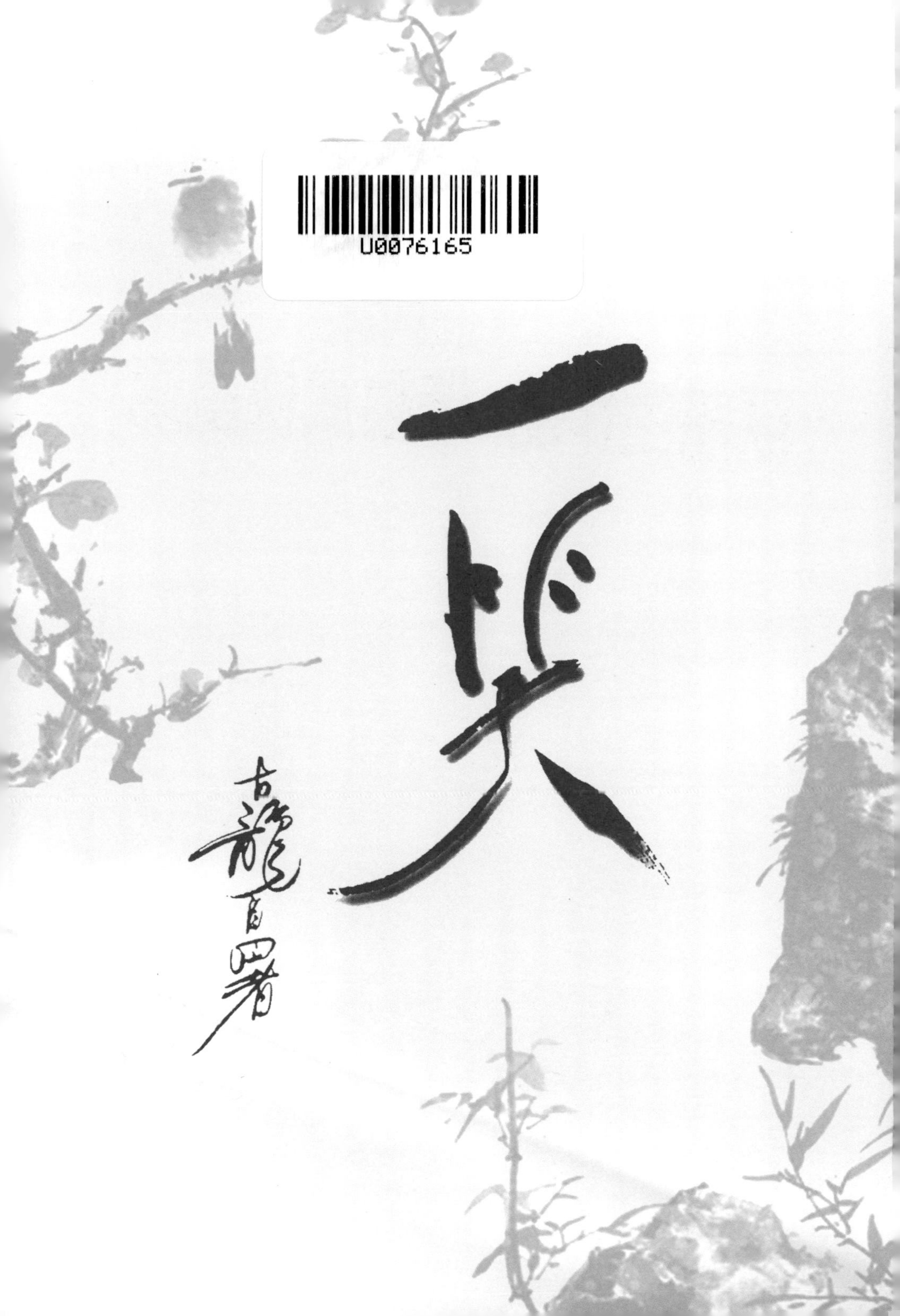
U0076165

盛期之風貌

臥龍生作品　帶動武俠風潮

《飛燕驚龍》開一代武俠新風

《飛燕驚龍》(1958)爲臥龍生成名作，共48回，約120萬言。此書承《風塵俠隱》之餘烈，首倡「武林九大門派」及「江湖大一統」之說，更早於香港武俠巨匠金庸撰《笑傲江湖》(1967)所稱「千秋萬世，一統」達九年以上。流風所及，臺、港武俠作家無不效尤；而所謂「武林盟主」、「江湖霸業」等新提法，竟成爲社會大眾耳熟能詳的流行術語了。

《飛燕》一書可讀性高，格局甚大。主要是寫江湖群雄爲覬覦傳說中的武林奇書《歸元秘笈》而引起一連串的明爭暗鬥；再以一部假秘笈和萬年火龜爲餌，交插敘述武林九大門派（代表正派）彼此之間的爾虞我詐，以及天龍幫（代表反方）網羅天下奇人異士而與九大門派的對立衝突。其中崑崙派弟子楊夢寰偕師妹沈霞琳行道江湖，卻如夢似幻地成爲巾幗奇人朱若蘭、趙小蝶之絕世武功技驚天龍幫，而海天一叟李滄瀾復接連敗於沈霞琳、楊夢寰之手；致令其爭霸江湖之雄心盡泯，始化解了一場武林浩劫云。

在故事佈局上，本書以「懷璧其罪」（與真、假《歸元秘笈》有關）的楊夢寰屢遭險難，卻每獲武林紅妝垂青爲書膽（明），又以金環二郎陶玉之嫉才害能，專與楊夢寰作對(暗)爲反派人物總代表。由是一明一暗交織成章，一波未平，一波又起，極盡波譎雲詭之能事。最後天龍幫冰消瓦解，陶玉帶著偷搶來的《歸元秘笈》跳下萬丈懸崖，生死不明，卻予人留下無窮想像空間。三年後，作者再續寫《風雨燕歸來》以交代陶玉重出江湖，爲惡世間，則力不從心，當屬狗尾續貂之作。

在人物塑造方面，臥龍生寫男主角楊夢寰中看不中用，固然乏善可陳，徹底失敗；但寫其他三名女主角如「天使的化身」沈霞琳聖潔無瑕，至情至性，處處惹人憐愛；「正義的女神」朱若蘭氣質高華，冷若冰霜，凜然不可犯；「無影女」李瑤紅則刁蠻任性，甘爲情死等等，均各擅勝場。乃至寫次要人物如「賓中之主」海天一叟李滄瀾之雄才大略，豪邁氣派；玉簫仙子之放蕩不羈，爲愛痴狂；以及八臂神翁聞公泰之老奸巨猾，天龍幫軍師王寒湘之冷傲自負等，亦多有可觀。

與

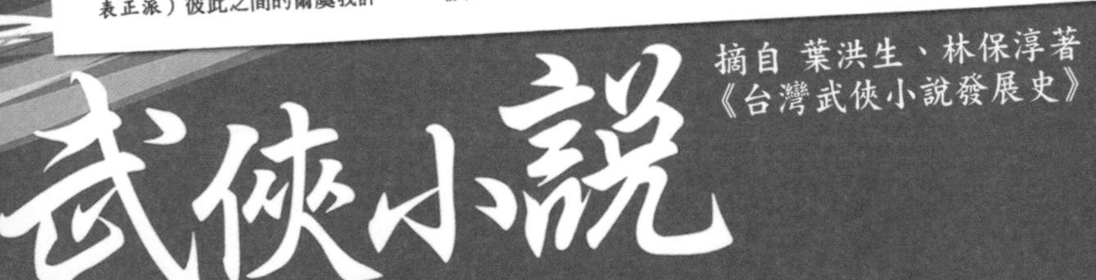

摘自 葉洪生、林保淳著
《台灣武俠小說發展史》

台港武俠文學

流行天王

臥龍生

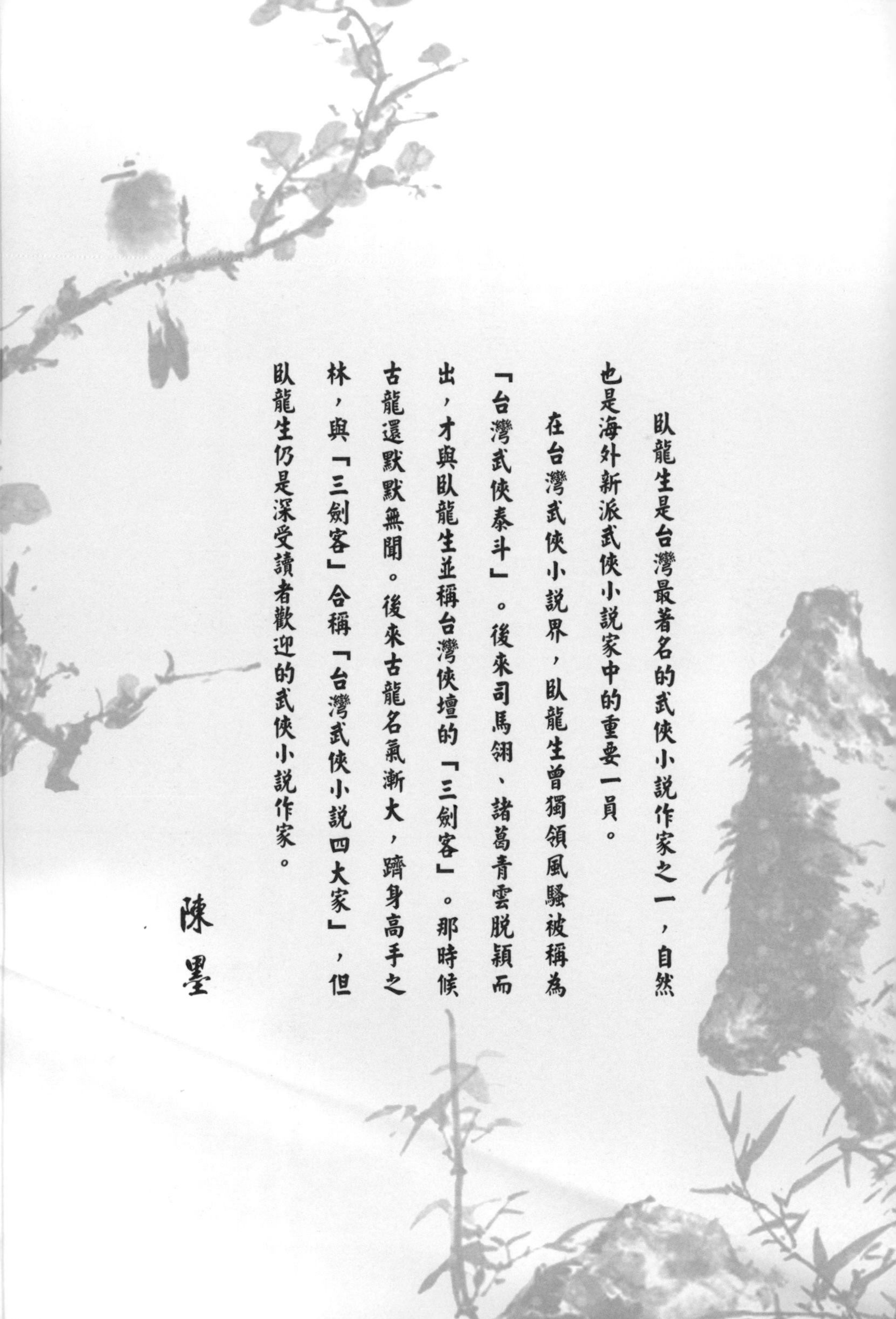

臥龍生是台灣最著名的武俠小說作家之一，自然也是海外新派武俠小說家中的重要一員。

在台灣武俠小說界，臥龍生曾獨領風騷被稱為「台灣武俠泰斗」。後來司馬翎、諸葛青雲脫穎而出，才與臥龍生並稱台灣俠壇的「三劍客」。那時候古龍還默默無聞。後來古龍名氣漸大，躋身高手之林，與「三劍客」合稱「台灣武俠小說四大家」，但臥龍生仍是深受讀者歡迎的武俠小說作家。

陳墨

臥龍生
精品集
58
劍氣桃花
(二)

臥龍生精品集 58

劍氣桃花(二)

目錄

十一　痛失秘笈

東方欲明未曙。

殘月疏星在天。

常三公子尚未起身，窗外已有了南蕙的喊叫之聲：「常大哥！常大哥，我爹要我來叫你了！」

常三公子一夜未曾熟睡，此番好夢正甜，聞言急忙起身，胡亂洗刷一下，就隨南蕙向谷底奔去。

這一次南蕙更加親近了，一路上大哥長，大哥短的喊個不停，詢問谷外之事。

常玉嵐也把汴梁的熱鬧，金陵的山川文物，不厭其詳的訴說著。

南蕙聽得幾乎著了迷，天真的道：「我從懂事起，就知道洗翠潭，成天看的不是石頭就是樹。」

「真的嗎？」

「等我爹真的去世，我一定要跟你出去見見世面，看看熱鬧，常大哥，你可不要不理我啊！」

「南老伯雖然下肢僵化，但功力深厚，哪會說死就死！」

「對！我爹的功力可大著哩！要我說也說不完。」

「蕙兒，又在多嘴多舌！」

原來，兩人一路聊著，不知不覺到了洗翠潭的小屋前了。

南天雷仍然坐在昨夜的地方，面前桌上，放著一疊焦黃的冊頁，好像是羊皮一類，陳舊得已半透明了。

常三公子恭身進門，朗聲道：「南老伯，晚輩已決定留在這裡七天，請前輩教誨！」

南天雷並不感到奇怪，只道：「這是老夫從不示人的幾頁絕世秘笈，我想送給你！」

常三公子幾乎不敢相信自己的耳朵。

因為南天雷說話的神態，異常平淡，絲毫沒有鄭重其事的樣子。

武林秘笈，乃是江湖至寶，哪怕是一招半式，各門有各門之秘，各派有各派的神，以秘笈相贈尤其是一件大事。

如今，南天雷絲毫不動容，實在是出乎常理。

南天雷見常玉嵐半晌無言，又道：「怎麼?你不希罕?」

「晚輩何德何能，敢領受前輩厚賜！」

南天雷凜然道：「金陵常家，乃是武林的寶庫，不但搜集了江湖的秘辛，而且有各門各派名人的實錄，包含各種武功的奇招絕學，可是，恐怕獨獨缺少老夫我這幾張鹿皮！」

常玉嵐心知他所言不虛，不由怦然心動，含笑道：「前輩教誨的是，如蒙慷慨相賜，晚輩恭敬不如從命，必妥為保管，仔細拜讀！」

南天雷順手取出最上一頁鹿皮，拋向常玉嵐，道：「先看這八個字。」

常玉嵐接過，但見首頁鹿皮上雕的是——

「血由恨起，

魔自心生。」

他一時未能會過意來。

而南天雷已激動的，一反先前平靜的神態，提高嗓門說道：「這就是你所說的『血魔』了。」

常玉嵐心頭一震，對著鹿皮上的字發呆。

血魔！

難道眼前這個白髮老人，就是六十年前聲震武林，惡名昭彰的血魔？

這太可怕了！

難怪聽到了司馬長風，南天雷就會勃然大怒，難怪他聽到自己要為司馬長風討取解藥，就會怒不可遏。

常玉嵐一心想知道血魔的究竟，自然想把秘笈弄到手。

因此，他竭力忍下心頭的不安，連忙道：「晚輩學疏才淺，末學後進，對六十年前之事，道聽途說，所知不多。」

「有這幾頁鹿皮，夠你受用的了！」

「是。」

「我已成了廢人，留下它也是白白的埋沒了祖師的一番心血，經過一夜深思，決定把它交給你。」

「晚輩絕不辜負你老人家的慈悲！」

「慢著！」南天雷雙手直覺的按在秘笈上，十分認真的道：「不過，你要答應我一個條件，也是我唯一的心願！」

常三公子聞言，不由倒抽一口涼氣。

因為他雖然才同南天雷第二次見面，已經覺得他不但個性怪異，而且十分霸道，絕不會為了小事求人。

所以，常三公子一時不敢信口答應。

「怎麼?你不接受條件?」

「非是不願，只怕能力不及，愧對前輩，所以……」

南天雷展顏一笑，慈愛的拍拍一直倚在他身側的南蕙，才道：「我唯一不放心的，就是我這寶貝女兒，要想接受我的秘笈，就得答應照顧她，你能嗎?」

常玉嵐聞言，不由吁了口氣。

他對南蕙展開笑容，朗聲道：「前輩，蕙姑娘如需人照顧，即使前輩不以秘笈相贈，只要交代晚輩一聲，晚輩也義不容辭，況且蕙姑娘蘭心蕙質，她的一身功夫晚輩自嘆不如呢！」

南蕙喜形於色，小嘴喜得合不攏來。

南天雷又道：「我只問你願不願意照顧她?」

「願意。」

南天雷將按在秘笈上的手輕輕一推，道：「接好！」

一疊鹿皮挾著破風之聲平飛起來。

常玉嵐不敢大意，雙手捧個正著。

南天雷喟嘆一聲道：「這份秘笈共分上、中、下三冊，上冊是武林咸知的『血魔神掌』。中冊所載的是『魔影血劍』，下冊是秘笈的精華，稱做『血洗心魔』，也就是本門修為登峰造極的功力了！」

常玉嵐傾神而聽，並沒打開秘笈。

「我這裡交給你的只是上、中兩冊。」

「前輩，那下冊呢？」

「被蕙兒的媽帶走了！」

南天雷說到此處，不由垂下頭來，拂著南蕙的秀髮，十分傷感，也十分神往的道：「你就不必問了！」

南天雷已顯得十分的頹喪。

南蕙插嘴道：「爹，你不是不准我提起娘的嗎？怎麼又傷心起來了！常大哥，我們去弄吃的，讓爹休息一陣。」

常玉嵐心知南天雷夫婦之間，必然有一段不尋常的往事。

因此，他也不願使這位老人太過傷神，便道：「對！前輩你養養神，我同蕙姑娘去弄點吃的。」

趁著南蕙張羅飯菜，常玉嵐迫不及待的翻開秘笈來看。

整個上冊詳細記載著「血魔神掌」的練法入門，十三招的圖解，更有制敵實戰的各種變化。然而，卻找不出任何施毒的所在，更沒有淬毒的方法。

常三公子陡然間，跌入了迷霧之中。

以司馬長風在武林中的崇高地位，不但不會撒謊欺人，而且更不會宣揚自己被人以毒掌所傷，那豈不是自貶身價，有損司馬山莊的威望。

那麼，這血魔神掌的秘笈是假的嗎？

應該不假。

因為，以南天雷的為人，絕不可能故弄玄虛，既不是受逼交出來的，又不是受他苦苦哀求才答應相贈的，何必要用贋品示人，落個欺詐惡名呢？

而何況，又以自己視同掌珠百般寵愛的女兒相託，做為交換條件，更不是出於愚弄或兒戲了。

南蕙見常三公子看得十分入神，不由笑道：「常大哥，日子長得很哩！瞧你專心一意的樣子。」

常三公子正好借機試探一下，便順勢說道：「南姑娘，你以前見過這份秘笈沒有？」

「當然見過，我照著秘笈練了十來年，怎會沒見過。」

「哦！」

「我爹呀！把它當成稀世奇寶，整天塞在貼身之處，連丁二伯也只見過一兩次，想不到這麼大方就送給你了。」

常三公子再也不能對手中的一疊鹿皮存疑了。

因為，南蕙的爽朗性格，加上天真無邪的神情，令人不得不相信。

南蕙又有幾分含羞的道：「常大哥，記住，你答應我爹的話，可不能欺負我啊！」

「放心，我常玉嵐不是說話不算話的小人。」

說著，南蕙已端好了飯菜，一齊捧到前屋來。

飯後。

南天雷果然照著鹿皮上的招式，一招招詳細解說，比秘笈中的簡單文字，容易懂得多了。

就在解說招式之際，南天雷也斷斷續續的講些血魔幫的淵源，以及秘笈的來龍去脈。

南天雷的說法是——

血魔本來無幫，「血魔」二字，乃是江湖上傳言方便，硬加上的稱呼，日子一久，積非成是，便有了血魔幫的血腥名銜。

把本來要勸勉警惕的「血由根起，魔自心生」八個字的原意，完全給弄反了。

創出血魔武技的祖師，乃是異域奇人，共傳了三個傳人。

一個是大弟子，從中冊的「魔影血劍」練起，一個是二弟子，入門稍遲，從上冊「血魔神掌」練起。

另一個是奇人的女兒，自幼隨在父親身邊，所以練到了下冊的「血洗心魔」。

令常玉嵐不解的是，南天雷既不願說出異域奇人的真實姓名，也不願說出其他兩位傳人的來龍去脈，即使姓氏名諱也不稍透半點口風。

從一些蛛絲馬跡來揣測，入門稍遲的二弟子，極可能就是南天雷。

然而，每逢常玉嵐談到此處，他都冷冷一笑道：「血魔不組幫，不立派，只要前人心血研究出來的功夫得傳，何必追根究底，徒增無謂的恩怨呢！」

常玉嵐知道南天雷已打定了主意，十分堅決，再問無益，也就不再追問，一心埋首於秘笈之中。

早、晚，南天雷就按著秘笈的秩序詳解一番，或是回答常玉嵐不懂的疑問。

轉眼，已是三天了。

月白風清！

洗翠潭涼意襲人！

南天雷的精神似乎奇佳，對常三公子說道：「三天了，你對本門秘笈的領會如何？」

「晚輩愚昧，還談不到心得。」

「魔影血劍共分三段，每段三招，只有九招，又名『血魔三絕劍法』！」

「三絕劍法？」

「對！絕名、絕利、絕情，是謂三絕！蕙兒！」

他叫來正在屋後做家事的南蕙，道：「你陪常哥哥用樹枝比劃一下。」

「我……我沒練成就……」

「你已經練成了，最少，你對前兩絕已能運用自如了！」

對於「魔影血劍」，常三公子在三天之內，曾特別看得仔細。

因為，他的常家劍法已有成就，日常又用的是劍，不免有些偏好，反而比第一冊「血魔神掌」

熟練得多。

因此，一時興致大起，笑道：「南姑娘，我們就練給前輩指點一下吧！」

他說著，順手折了兩截尺八長的樹枝，遞給南蕙一枝，南蕙似乎心不甘情不願的道：「好吧！你是要我做你的靶子。」

「請！」常玉嵐一抖樹枝，人已竄了出去。

南蕙本來天真無邪，一股興致，也被常玉嵐引起，彈身躍起道：「看招！」

兩人的兩截樹枝，劃出破風之聲，颼颼颼！真的對上了。

南天雷此刻突然順手抄起丈來長的釣竿，認定二人的劍花影中隨著點去，隨著二人縱躍騰挪，絲毫沒放鬆。

魔影血劍，只有三式九招，霎時已一口氣施展完畢。

常玉嵐與南蕙收招停手，躍身分開。

南天雷哈哈笑道：「你們二人都死了！」

常玉嵐不由大吃一驚，望著一身衣衫上留下的水印鞭痕，臉上發燒，半晌說不出一句話來。

再看南蕙深紅的衣衫之上，也有無數一點一點的水跡，分明是南天雷釣竿尖端所留下來的。

因此，常玉嵐紅著臉，朝南天雷拱手道：「看來我們的劍法尚未摸到竅門，才有許多漏洞。」

南天雷搖搖頭道：「你已練成了，只是本門中冊魔劍，並無外門解法，只有本門弟子同門操戈相鬥，再有本門高手從中破解，才能消除魔影血劍。」

常玉嵐心知他的話半絲不假，不由十分欣喜，也十分感激的道：「有此奧妙，這都是前輩所

賜！」

南天雷也頗為得意道：「虧你天資聰敏，能在三天之內，練好三式九招，只是還要朝夕研練，熟能生巧！」

躺在亂草堆裡，常三公子一時難以靜下來。

他想到了自己遠離金陵，短短的數月之內，竟然有一連串意想不到的奇遇。

他想到藍秀，一個外貌與南蕙完全相同，性情又完全不同的她，為何有那麼大的魅力？

反過來，自己與南蕙相處，終日對面，甚至並肩荒郊，為何沒有絲毫異樣感覺呢？

自然的，他想——

若是紀無情見了南蕙，不知是不是同見了藍秀一樣著迷？

想著……想著……

忽然，一絲破風之聲，分明是衣袂振起帶動的夜行之聲，雖很輕微，一來夜靜更深，二來常三公子機警聰慧，怎會分辨不出。

他摒息溜下石床，不走前門，翻出後面窗口，向發聲處望去。

星光淡微。

叢林中隱隱有一抹似有若無的黑影。

忽然，嘩啦一聲，潭水似乎有魚躍起。

常三公子凝神而視，不由臉上發燒，慶幸自己未曾冒冒失失的撲上前去，或是大呼小叫的。

原來是南蕙像一條美人魚，在潭中嬉水，濺得水花翻白，碧波蕩漾，月光下，令人心蕩神搖。南蕙並未發現常玉嵐，她湧身一躍，躍出水面丈餘高下，突然一式飛燕啣泥，一連三折，側身落向潭底。

就在此時，隔著雷鳴衝天而下的瀑布後面，突然傳出一聲：「假充正人君子，原來也是好色之徒！」

聲音不大，又因瀑布下沖，聲如雷鳴，但是，常三公子乃是伏於瀑布之後，所以聽得甚是清楚。

他生恐驚動了正在水中的南蕙，又因發話之人諒必也看到了南蕙全身赤裸的戲水情形，若是彼此照面，豈不叫南蕙難堪。

因此，他悶聲不響，騰身向發話之處撲去。

紅影一閃，發話之人不但不躲，而且迎著常三公子而來，壓低嗓門道：「姓常的，無賴！竟敢偷看人家黃花大閨女洗澡！」

常三公子聞言，怒道：「何方狂徒，血口噴人！」

不料，紅影一閃，沿著潭邊矮樹斜飄丈餘，快如驚鴻一瞥，朝向巨石木屋竄去。

常三公子心想，算你自尋死路。

因為那人若是順著瀑布向潭邊逸去，常玉嵐投鼠忌器，不敢與赤裸的南蕙碰見，如今紅影向木屋奔去，一則與洗翠潭是背向而馳，不虞南蕙難堪，二則木屋內南天雷尚在打坐，一根釣竿，比得上千軍萬馬，宵小之徒，斷難逃出他的釣竿之下。

常三公子心念已定，不再隱身，彈身追去。

啊——

一聲刺耳驚魂的慘號，從木屋之中傳出，黑夜之際，聲傳十里，淒厲怕人。

常玉嵐暗道了聲：「不好！」

人如離弦之箭，顧不得一切，從木屋的窗子中穿身而入。

石桌上油燈火苗尚在晃動。

坐在石凳上的南天雷雙目暴突，口角流血，胸前，不知被誰插進了一柄繫著血紅刀穗的匕首，鮮血順著刀柄向外翻流。

他的一雙手，抓著身前的石桌桌面，十個指頭竟有八隻插進堅石桌面之中，臨死的痛苦可想而知。

事出意外，也太突然。

常三公子微微一愣，心知兇手尚未去遠，又見右側木窗大開，必是兇手殺人後逃去之路，因此，一彈而起穿過窗戶。

誰知，他的人未落地，一點寒亡，夾著勁風破空之聲迎面而來。

常玉嵐乃是大行家，暗喊了聲「不好」，急忙低頭縮勁。

「篤！」

大約五七寸長的枯枝，如同白虎釘，釘在窗櫺之上，接著，一聲大嚷道：「常玉嵐殺人了！」

常玉嵐耳聽大叫之聲，這分明是小偷喊捉賊，若不抓到兇手，恐怕是跳到黃河也洗不清了。

因此，奮力循著吼叫之聲追去。

「常大哥！」南蕙一頭秀髮水淋淋的，胡亂披著衣服，赤著雙腳，狂奔而來，攔阻去路，面帶驚惶之色道：「你殺了誰了？」

「是誰？」

「我？」常玉嵐一愣道：「不是我……是……」

「是有人殺了你爹。」

「啊……」

南蕙聞言，推開常玉嵐，縱身跳進窗子。

就在他倆一問一答之際，先前紅衣人早已不見。

夜空寂靜，山風習習。

「爹！」南蕙的哭號之聲，從木屋內隨風飄來，令人心碎。

常三公子折回屋內，但見南蕙哭得像淚人兒一般，伏在南天雷身上，如同帶雨梨花，楚楚可憐。

他不由含淚上前道：「南姑娘，老伯往日與何人結仇，你可知道？」

南蕙只是搖頭，說不出話來。

常三公子又道：「好陰險的歹徒，他竟然高喊我常玉嵐殺人，南姑娘不會疑心我……」

南蕙抹了一把眼淚，搖頭道：「我不會上當，常哥哥，你沒有這把匕首，也沒有殺我爹的理由，我不會中了仇人的奸計。」

常三公子也放下心頭一塊大石。

忽然，南蕙止住哭聲，撩起衣角抹乾眼淚，臉上悲憤作色，咬著銀牙道：「常哥哥，你答應我爹的話算不算數？」

常玉嵐看她好像突然變了一個人，平常嘻嘻哈哈的天真活潑一掃而空，現在，眼中充滿了怒火，眉梢隱含殺機，有凜然不可侵犯的可怕神情，忙道：「蕙姑娘，你指的是……」

南蕙道：「我爹把我託付給你的事。」

「常某一言，終生不渝！」

「好，我們明天就離開盤龍谷。」

「離開盤龍谷？」

「是的。」

南蕙探手拔出插在南天雷胸前的匕首，高舉齊眉，對著閃閃的油燈，一個字一個字的蹦出來道：「借重你金陵常家的江湖經驗，幫助我打探出殺父仇人，我要親手為死去的爹爹討回血債！」

而縈繞在常三公子心中的，除了今後對南蕙的照顧之責外，還有一個若隱若現的影子在。

終南山出口的一片草坪，原本是荒涼的曠野。

此時，卻一反常態的人聲吵雜，東一群，西一群人，個個面色凝重，聚精會神向那僅有一條棧道的山路張望。

離谷口最近的是一位長鬚飄飄的赤面僧人，杏黃僧衣，肩上斜披著大紅袈裟，急躁的不時抖動手上錫杖。

他瞧了一下將要正午的太陽，大步走向斜倚在一株如蓋黑松蔭下打坐的老尼道：「了緣師太，你的消息真的不會有誤嗎?那小子該出山啦！」

了緣師太微睜著本來閉目養神的眼睛，也有焦急之色道：「應該不會有誤，青雲大師，你遠從峨嵋趕來終南，何必急在一時片刻？」

那名叫青雲大師的和尚，將手中錫杖在地上著力一震，沉聲道：「想不到貧僧是八十歲老漢倒繃孩兒，一大堆老一輩的在這荒郊野外等那個臭小子。」

正在這時，人堆中有人道：「來了！來了！」

草坪上一陣騷動，分聚在各處的人，一齊湧向終南山棧道出口處。

棧道出口處，五匹駿馬，一輛錦車，蹄聲得得，車軸轔轔，緩緩馳出。

青雲大師早已不耐，斜揚錫杖越過眾人搶上前去，厲聲喝道：「常玉嵐，洒家在此等候多時，下馬！」

常三公子遊目四顧，不由甚為訝異。

偌大的草坪之上，原來一字排列著百十來人，而且全都是叫得出字號的武林高人、知名人物。

他認得出，大聲喝叫自己下馬的，乃是四川峨嵋羅漢堂首座青雲大師。

青雲大師論武功，算不得一流高手，然而，峨嵋一派列為名門正派，這位大師對佛學的精研，乃是獨一無二的無上權威，望重江湖的前輩人物，平常嫉惡如仇，性如烈火。

常家與方外之人很少往還，但對峨嵋的青雲大師，卻不時走動，因為常三公子的祖母常太夫人

乃是佛門信徒，對於青雲大師十分尊敬，常三公子小時，曾隨祖母遠上峨嵋金頂，也曾拜見過這位佛學大師。

對著青雲大師豎目橫眉，完全不似出家人的口吻，常玉嵐大為驚異，強捺下怒火，笑道：「原來是青雲前輩，別來無恙！」

青雲大師冷冷一笑道：「你還認得貧僧？」

常玉嵐忙道：「大師風采依舊，晚輩當年隨侍家祖母曾在金頂打擾，怎能忘卻？」

「好！」青雲大師怒氣稍為收斂，收了當胸錫杖，朗聲道：「小施主難得沒忘那一段香火之緣，老衲就要討個薄面了！」

「敬請大師指教！」

「三公子，本門有一冊殘經舊頁，乃是開山祖師所抄，在峨嵋來說，乃是木之本水之源……」

常三公子忙接著道：「這個晚輩知道，是貴門相傳一千餘年的鎮山之寶，大師為何忽然提起此事？」

青雲雙眼一瞟常玉嵐，且不回答，卻又緩緩的道：「三公子說的對，在本門是前傳後教，但在金陵常府，卻是毫無意義對嗎？」

「我不明白大師的意思！」

「哦！那老衲說出來，恐怕……」

「恐怕如何？」

「恐怕有些不便。」

「大丈夫做事如青天白日，事無不可對人言，大師但說無妨！」

青雲大師突然將手中錫杖一掄，大聲道：「貧僧也不怕丟盡峨嵋的面子，八月中秋後一日，你夜闖峨嵋，用調虎離山之計，將本門佛經偷走，難道想賴嗎？」

「此話從何說起？」

常三公子騰身下馬，臉上變色。

不料，青雲大師左手一招，從他身後出來一位灰布僧衲的中年和尚，打著問訊高聲道：「弟子靈空在！」

青雲指著常玉嵐道：「那晚打傷你搶去佛經的可是此人？」

靈空掃視了常三公子一眼，毫不猶豫的說道：「正是他！弟子與他接了三招，被他一劍打……」

「退下！」青雲大師冷冷一笑道：「三公子，你常家好劍法，當然不是我們峨嵋第三代弟子所能接得下的，多謝你手下留情！」

「天大的誤會，大師……」

「三公子，首先貧僧要表明，並無尋仇生事之心，只要父還本門祖傳抄本，其餘的事也就在其次了！」

常三公子連連搖頭道：「中秋節後一日，在下從汴梁出發，前往孟津，何能遠去峨嵋，大師務必要……」

「哈哈哈！想不到江湖上的一些雕蟲小技，常三公子也拿來欺騙老衲，你聲東擊西故布疑陣，連三歲孩童也瞞不過。」

「大師未免太也武斷了！」

「口說無憑！」

「『無情刀』紀無情可以作證。」

「紀無情現在何處？」

「他……」

「他們狼狽為奸，就是姓紀的小輩現在出面，也難使老衲相信，常老三，你們先殺武當高手，後傷丐幫長老，想不到找上峨嵋，算你找錯了人，摸錯了門。」

他口中說著，腳下一步步向常三公子逼近，雙手橫端錫杖，大有以武相見之勢。

常三公子一見，不由暗暗納悶。

事實上，對於峨嵋殘經的事，乃是八竿子打不到的，為何會弄到自己身上來呢？

最令人為難的是，青雲大師一向性情耿直，也不會平白無故的入人以罪來挑事找岔。

而且，一門鎮山祖傳之寶失落，在武林相沿的習慣上說，可是非常不光榮的事，青雲更不致於以此為藉口大興問罪之師，遠從峨嵋找上終南。

他一面想，一面也悄悄的蓄勢待發。

青雲大師凝目聚神，抖動手中錫杖，悶聲喝問：「常老三，你以為老衲手中的錫杖不利嗎？」

常玉嵐淡淡一笑道：「在下與大師無怨無仇，並無交手的理由。」

「小輩，嘴硬！」

青雲大師已然無耐，喝聲中舞起丈二長的錫杖，一招漫天花雨，銅環連響，認定常三公子砸下。

常三公子一見，冷冷一笑道：「真的動手？」話聲中兀自屹立不動，只等錫杖夾著破空勁風襲來，眼看就要砸實，方才擰腰移位，斜地裡飄出丈餘。

「大師，在下確實不知此事，不要苦苦相逼！」

青雲大師一招落空，焉能罷手，順勢雙肩著力，將眼看落實的錫杖硬生生收住，橫掃向常三公子的中盤，來勢既猛又快，聲勢驚人。

常三公子見他出招凶狠，形同拚命，手上又無兵刃，只好平地上提，高縱丈餘，巧巧閃過。

青雲大師彷彿勢在必得，急怒之下出手，一時收勢不住，但聽轟隆一聲，錫杖掃在一株碗口粗的大樹之上。

那大樹齊腰而斷，殘枝落葉飛舞。

常三公子不由勃然大怒，一舉手，向錦車上喝道：「蓮兒，劍來！」

就在此刻，一條快如驚燕的紅影，從錦車中掀簾而出，凌空略一疊腿，像支利箭，直向青雲大師撲去。

常三公子一見，心中暗叫了聲：「糟！」

這時，但聽青雲大師慘叫一聲，手中錫杖拋出五丈之外，雙手掩面，鮮血從手指縫中滲出。

場子中，峨嵋雪山兩派僧尼，刀劍齊出，同聲吼叫。

常三公子接過蓮兒拋來的長劍，尚未出鞘。

南蕙一發不可收拾，但見她雙掌連振，分合之間，人如一道紅練，不分青紅皂白，遊走在百十僧尼之中如入無人之地。

暴吼連連，哀號四起。

常三公子忙不迭挺劍上前，他既怕兩派人馬傷了南蕙，又耽心南蕙在父親剛剛遭人暗算，一肚子怒火無處發洩之下放手而為，與各大門派結下深仇大恨，因而無以收合。

果然不錯。

南蕙用血魔神掌出其不意的擊斃了青雲大師，哪管三七二十一，悶聲不響，迎著兩派徒眾招招著力，式式落實。

峨嵋、雪山兩派人馬都是二、三代弟子，武功雖各有專長，但對於南蕙的「血魔神掌」可說完全不知。

而南蕙早在常玉嵐與青雲大師喝叱怒責之際已是不耐，她從未在武林行走，對於什麼門派一概不知，也就不考慮後果。

好不容易聽常玉嵐向蓮兒要劍，心想是要動手了，故而，擒賊擒王，出手先認定青雲大師全力一擊。

南蕙在洗翠潭練了十餘年，何曾有一展所學的機會，一旦出手得勢，更加形同瘋虎，一連擊斃了七八人，兀自全力而為。

常三公子晃劍逼退眾人，探手抓住了雙目發赤的南蕙，低聲道：「蕙姑娘，住手！快住手！」

南蕙愕然道：「常大哥，你們欺負你，我不會放過他們的。」

常玉嵐忙道：「誤會！這是我的事，與你無關。」

正在此時，「雪山神尼」了緣師太先前因為眾人亂成一團，無法插手，此時揮手攔住眾人，迎著常玉嵐道：「阿彌陀佛！小施主，今天之事不知你要如何交代？」

南蕙柳眉一掀道：「憑姑娘的一雙血魔掌交代！」

她這一點明血魔掌三字，整個草坪上百十人全都噤若寒蟬。

連沉著冷靜的了緣師太，也不由面露驚愕之色，對著南蕙道：「姑娘說的是血魔掌？」

南蕙嬌叱道：「不服嗎？」

了緣口誦佛號道：「阿彌陀佛，姑娘與常大俠如何稱呼？」

「我是他妹妹，他是我常哥哥，又是好朋友，怎麼？」

常玉嵐來不及開口，事實上也不能分辯，當然也無法否認。

了緣師太面帶戚容，對著南蕙道：「出家人今天算開了眼界，總算親眼看到了六十年前血灑武林的血魔掌，多謝姑娘！」

「你要怎樣？」

「畢生難忘。」

她說完了這四個字，手中拂塵微揚，對著圍繞在她身後峨嵋、雪山兩派僧尼，大聲道：

「走！」

南蕙不明就裡，忽的一彈身攔住去路，道：「走？想跑？」

了緣師太冷然一笑道：「常三公子，是趕盡殺絕還是殺人滅口？」

常三公子急忙攔在南蕙的身前，對了緣師太道：「神尼，千萬請不要誤會，蕙姑娘她並無歹意！」

了緣師太淡淡的道：「這是金陵常家的事，方外人並不是怕死，武林中自有一個公道，你常三公子要留下我這個臭皮囊，只管吩咐！」

常三公子心知這件事必然使常家背上黑鍋，但是事已至此，已無法解釋，因此也苦苦一笑道：「今日之事，由常某負責，師太如何想，常某也管不到，你請吧！」

說著，又拉住南蕙道：「蕙姑娘，上車，我們也要趕路！」

他滿腹心事，無奈沒法向南蕙分說。

目送了緣師太一行人去遠，才幽幽嘆了口氣，騰身上馬。

一行人進了車馬繁華的孟津城。

仍然到通慶客棧打尖。

想不到店家早在門外侍候，小二哈腰上前，恭聲笑道：「常公子，上房，酒菜，早就替您準備好了！」

常玉嵐奇道：「哦！店家，你的消息真靈通啊？」

小二笑道：「小的是奉了您常公子的好友的吩咐，不過是照辦而已。」

常玉嵐心想，一定是紀無情料定這幾天自己會出終南山，事先安排好的，便道：「是不是一位姓紀的公子交代的？」

「不是，啱！您瞧，就是這位大爺交代的。」

常三公子順著店小二手指之處瞧去。

但見店門石階之上，有位風度翩翩的少年，一身杏黃衣衫，束髮不冠，面色白嫩，劍眉朗目，嘴角含笑，人如玉樹臨風，分明是濁世人龍，貴介公子。

只是非常陌生，常三公子毫無印象。

不等常三公子向前，那黃衣少年已滿面春風，拱手含笑步下石階，朗聲道：「常兄，一路辛苦了！」

常玉嵐忙拱手答禮道：「兄臺何人，恕常某眼拙，我們哪裡見過？」

黃衣少年微微搖頭道：「雖然未曾識荊，但金陵白衣『斷腸劍』常三公子的令名，小弟久已仰慕！」

常三公子見那人溫文典雅，自己雖然深為自許不凡，但也不能不認為面前此人絕非等閒之輩。因此，連連拱手道：「豈敢！還沒請教兄臺怎麼稱呼？」

「小弟複姓司馬，單名一個駿字。」

「原來是威震武林，譽滿江湖，司馬山莊的少莊主！失敬，失敬！」

對於司馬山莊，常玉嵐心中有幾種不同的感受。

司馬山莊望重江湖，是武林的泰山北斗，而且自己金陵常家與司馬山莊有通家之好，然而，百花夫人意在置司馬長風於死地，而這個執行的殺手任務，又落在自己身上，這是件水火不相容，極端矛盾的兩件事。

更由「妙手回春」丁定一口中，得知血魔掌無毒的秘密，而司馬長風為何要聲稱有毒，千拜託萬拜託要自己去一趟鋤藥草堂。

還有血魔幫重現的傳言，究竟是從何而起？是真是假？

在沒有見到司馬駿之前，常玉嵐對這一連串的疑團也僅僅是放在心中而已。

如今，面對著司馬山莊的少莊主，不由一股腦兒引發出來，一時陷於沉思之中，盤算著如何從司馬駿口中問個明白？

對於眼前神采奕奕，人品不凡的司馬駿，在常三公子的心目之中，認為是少見的英俊人物。

且莫說江湖武林中從未見過，即使王公巨卿的後裔，可能也不可多得。

有了這份先入之見的觀感，常玉嵐特別親切，口中說著，搶上幾步，接著又道：「曾聞紀兄提到少莊主的大名，今日一見，不由自慚形穢，少莊主風采，果然不同凡響！」

司馬駿見他連聲誇讚，不由正色道：「常兄，小弟正想高攀深交，你這等謬獎，使小弟汗顏無已，是不是不想交我這個俗物？」

常三公子笑道：「太謙！」

「請！」司馬駿側身一讓，兩人並肩進店。

同樣的通慶客棧，比上次常三公子住宿之時，完全變了樣，不但粉刷一新，而且清掃得一塵不染，窗明几淨。

最令人不解的是，連一個其他的客人也沒有。

司馬駿已經看出常玉嵐有些奇怪，便笑笑道：「小弟得知常兄近日重臨孟津，因此，事先讓店家灑掃一番，並包下客房，好讓常兄一行歇息。」

常玉嵐又感激，又不安的道：「住店不過一宿，怎當少莊主如此關注？」

司馬駿灑脫的一笑道：「常府金陵世家，三公子風流倜儻，武林無人不知，中州北國，司馬山莊該是半個主人，怎敢怠慢常兄，哈哈！」

他的笑聲清越，令人覺得爽朗明快之外，也隱隱展露了他的深厚內力。

南劍、北刀，為武林新生代的青年俊彥，常三公子與紀無情兩人論交，正是由於惺惺相惜，才有每三年一次的約會，才有並轡遨遊江湖的雅興，結成莫逆。

常三公子自命不凡，而今面對司馬駿，只覺得這位少莊主英氣逼人，對人和藹平易，掛滿笑容的臉上，使人備覺親切。

況且，司馬駿毫無江湖習氣，看不出半點武夫的粗魯，甚至，他謙虛誠懇的態度，不像是武林第一家司馬山莊的少莊主。

常三公子心目之中，司馬駿是他平生少見的優秀人物，值得一交的知心良友，因此也十分誠意的相待。

「若蒙少莊主不棄，常某當視少莊主為良師益友！」

「多謝常兄折節下交，小弟當奉為長兄。」

兩人言談之間，店家已擺上酒菜，甚是豐盛，司馬駿帶笑道：「常兄瀟灑飄逸名滿天下，這錦車美婢無人不羨，今日請原諒小弟不習慣與異性同飲，恐有擾常兄清興！」

常三公子不由臉上一陣發熱，忙道：「此乃江湖誤傳，小弟並非如此！」

「那麼，我敬常兄三杯！」

司馬駿自己已坐了主位，以上位款待常玉嵐。

酒逢知己，兩人對酌，談些武林逸聞江湖瑣事之外，也論些詩詞書畫。

原來，司馬駿不但對武功路數談得頭頭是道，而對琴棋書畫無一不精，更加使常三公子折服。

一席酒吃到二更時分，方才分別回房。

約莫是夜半三更。

常三公子朦朧之中，只覺口乾舌燥，雙眼發澀，正想起身，忽然紙窗上竟然發現一個半身人影，分明是院牆上，透著月光映下來的。

他躡手躡腳溜下床來，就窗縫空隙向外張望，月淡雲濃，但常三公子目力何等敏銳，已分辨得出那人影身材碩壯，披的是血紅披風。

紅衣人！

他心頭一震，掀開窗櫺，悶聲不響撲向院牆。

常三公子的輕身功夫已臻一流，反應之快無與倫比。

然而，他快，紅衣人更快，就在他掀窗起勢之際，紅色身影也已彈身凌空，連番跳躍，向黃河古渡奔去。

常三公子哪敢怠慢，全力追蹤過去。

轉眼間，已遠離孟津城何止十里。

滾滾黃河，水波蕩漾。

常三公子心中暗忖，黃河擋道，看你向哪裡走？

誰知，一連翻過幾處黃河舊道的河堤，視線已不是先前開朗，常玉嵐生恐前面紅衣人給追掉了，腳下連番縱騰，越發加快起來。

果然，月光下，紅衣人已停在濁流滾滾的河畔，對著河水發呆。

常玉嵐揚聲道：「朋友，該歇下來了吧！」

說著，人已一撲上前，探臂抓住了……

「噫！」

哪裡有什麼紅衣人，卻原來是一件大紅披風，披在人高的一大截朽木之上，被他著力一抓，已腐的朽木斷成幾截，紅色披風，散落在污泥之中。

一掌抓空，常玉嵐既氣又急。

這是一件不可思議的事，也是一件見不得人之事，若是傳入江湖，豈不是天大的笑話。

以常玉嵐的功力，不但把人追丟了，而且被人戲弄，他怎忍得下這口氣，尤其是此人身法之快，他打從心底不服。

因此，游目四顧，前面橫著的黃河，既無渡船，當然沒有去路，後面孟津城的來路，也不可能躲過常三公子的眼睛。

戲弄自己的人，不是隱於左側河堤縱橫之處，就是向右方土埂掩護之下逃去，諒也跑不了多遠。

一念既起，絲毫不停，展功向左搜去，一連越過十餘道廢棄的河堤，並沒發現敵蹤，折身向右，沿著土埂搜尋，也是毫無所見。

常玉嵐對著奔騰的混濁黃河，一時不由呆住，暗想，此人目的何……

「不好，中了調虎離山之計！」

人在心急意亂之下，往往失去理智。

能夠臨危不亂，乃是說來容易做時難，常三公子先前一心一意要搜尋紅衣人，自然免不了心無旁騖。

此時想到那人為何引自己遠離客棧夜半更深到古渡口來，而又突然用金蟬脫殼之計一走了事，不免值得疑惑。

因此，口中自言自語的驚呼聲中，人也折身而回，迫不及待的奔向通慶客棧。

孟津城鑼聲大響，火光沖天，人聲吵雜。

常三公子打量，那正是城內市集熱鬧之處，也正是通慶客棧的位置。

這一驚非同小可，越過幾條街道，但見整個通慶客棧已像一片火海，熊熊烈焰之中，司馬駿撲向火裡，又從煙火中射出。

只見他正在幫忙搶救常三公子的馬匹行囊，連衣袂也被火燒煙薰得不成樣兒。

翠玉以及蓮、菊、梅、蘭四婢，護著錦車。

四個刀童也毫髮無傷。

只有南蕙童心未泯，攔著司馬駿問長問短，似乎覺著大火燒得很好玩似的。

常三公子一竄到了火場，大聲道：「蓮兒，是怎麼起火的？」

「婢子也不知道，睡夢之中，火苗已透過門窗。」

翠玉也道：「火勢來得太突然，也不知道火從哪裡燒起的？」

南蕙笑嘻嘻的嚷道：「常大哥，你到哪裡去了！怎麼沒看見你，司馬大哥好急喲！他一連衝到火裡面找你兩三次！」

蓮兒眼中含著淚水道：「幸虧少莊主再三阻止，說你不在火場內，不然，婢子也只有跳進火窟！」

司馬駿緊皺雙眉道：「常兄，太意外了，是小弟待客之道不誠，還是這把火之中有些奇怪？」

常三公子對這場大火，本就覺著不比尋常，順口反問道：「司馬兄的意思是……」

司馬駿面有慍色道：「火勢不是由一點而起，頗有人存心放火之嫌，而且煙氣沖人之中，又有一股硫磺氣味，令小弟生疑！」

常玉嵐早已查覺，不料司馬駿也已感覺到，而且一一指出，連聲道：「少莊主所見不錯，常某觀察火場，嗅到煙氣也有同感。」

司馬駿面有愧色道：「當初小弟不選在通慶客棧，就不會有此一場虛驚，好在貴屬等無恙，乃不幸中之大幸。」

「多謝司馬兄大力施救！」

南蕙天真的雙手抓著司馬駿，仰著臉，嬌笑著道：「對！要不是司馬大哥抱我出來，我還在做

夢哩！」

司馬駿一手攬著南蕙的柳腰道：「哪會在做夢，要不是我抱你出來，只怕你這件漂亮的衣服要被火燒得不能穿了！」

常玉嵐忽然心中一凜，臉上變色。

司馬駿似乎並沒察覺常玉嵐的神色有異，含笑拱手道：「常兄，天已大明，小弟奉家父之命，要去一趟潼關，就此告辭！」

常玉嵐如癡如呆，雙目直視火場，連司馬駿的話也彷彿沒聽到。

卻是南蕙對司馬駿有依依不捨的樣子，仰面道：「司馬大哥，你要走了？」

司馬駿持著南蕙的雙手，脈脈含情，輕輕的撫摸著道：「南姑娘，後會有期，我會記得你的！」

南蕙長在盤龍谷，一向在嚴父的督責之下，但一個二十歲的姑娘家應有的人性，一直埋在心底深處，只是沒人引發而已。

等到見了常三公子，一種異性的特有感受，不知不覺的成長。

偏偏常玉嵐又有一股不喜愛美色的脾氣，所以也沒觸發一個少女的情懷。

如今，司馬駿溫柔的語氣，關心的神色，懾人的目光，都使這個涉世未深少女心中起了漣漪，甚至有了前所未有的震撼。

從來不會有害羞之感的南蕙，竟然低垂粉頸，咬著下唇說不出話來，急忙抽開司馬駿緊握的手，轉身向常玉嵐道：「常大哥，司馬大哥要走了！」

常玉嵐一愣道：「哦！司馬兄！」

「小弟就此告辭！」

常玉嵐勉強壓住心中焦急而又不能說出的苦衷，拱手道：「少莊主，請便！深情款待，容當再謝！」

司馬駿淡淡一笑道：「常兄，你似乎有心事，小弟能否効力之處？」

常玉嵐忙道：「沒有！沒有！」

司馬駿瀟灑的頷首道：「如此，後會有期！」

說完，他一躍上馬，絕塵而去。

常玉嵐忽然一墊步躍進餘煙繚繞，殘焰未滅的火場，四婢等全都大吃一驚，又來不及追問。

許久——

一臉煙灰，雙手污泥！

常三公子沮喪的踏著瓦礫，一步步走出火堆，眼中急出的淚水與額上流下的汗珠混成一團。

因為，他失去了南天雷親手交給他的血魔秘笈，一部絕世武功的鹿皮至寶。

四婢連同翠玉、四個刀童，看到常三公子雙眼發直，愣愣的從火堆瓦礫中腳步沉重的走出來，不由都大感奇怪，一擁上前，不約而同的望著他發呆。

南蕙關心的道：「常哥哥，你怎麼啦？」

常玉嵐面無表情的道：「沒有！沒有什麼，我們走！走！」

坐在馬上，常玉嵐腦海裡一片空白，不知在想些什麼？因為，他腦海中塞得滿滿的，要想的實在太多了，反而理不出半點頭緒來。

人在心煩意亂之時，一切智慧都成了空白，任何聰明的人，也都有茫茫然的時候。

常三公子對於江湖事物瞭如指掌，對於武林恩怨如數家珍，就是無法解開自己滿腹滿腦的疑團。

藍秀究竟是何來路？

她是用什麼方法使自己甘心受她的驅策。

百花夫人真的只是為了要獨霸武林嗎？

她的手段與狡計果真會成功嗎？

司馬山莊為何能把各大門派的頂尖高手收入門下，充當賤役？

司馬長風所中的血魔掌究竟有毒沒毒？

丁定一的話可靠嗎？

紅衣人的來龍去脈？

南天雷被誰所殺？血魔秘笈真的被大火焚去？

紀無情一去毫無消息，他的人在何處？紀家到底發生了什麼事？

想到紀無情，常三公子對他既愧疚又想念。愧疚的是直到現在自己沒有中毒的事還始終隱瞞著他，想念的是，此時若是紀無情在，失去血魔秘笈之事，最少可以同他商量，也不致於把煩惱埋在心頭。

偏偏眼前四個婢女雖然是貼身丫環長年相伴之人，但這等大事，她們又能有甚麼主意？

至於翠玉，她捨身違背百花門，冒著生死的危險，跟著自己，不但從來未曾在江湖上行走，數月來總是隱隱藏藏，分明朝夕提心吊膽過日子，哪能再讓她知道這等事哩！

南蕙涉世未深，血魔秘笈與她有切身利害，更加不能使她知道。

對著茫茫前程，望著一路上枯草衰陽的冷清秋月，常三公子有一種寥落之感。放轡任由袴下馬緩緩而行。

蓮兒心思敏慧，明知主人必有重大心事，但也不敢追問，只是低聲道：「公子，我們到哪兒？」

常玉嵐不經意的道：「開封！」

說完，生恐蓮兒再追問甚麼，一勒韁繩，策馬向斜陽荒野狂奔。

砰！

蓮兒手中長鞭迎風一抖，發出聲脆響，駕車的馬也展開四蹄奮力向前。

古道上，揚起老高的黃塵。

蘭封雖然是一個小縣，但因為距離開封近在咫尺，所以也頗為熱鬧。

尤其是座落在北門不遠的五福樓。

五福樓的黃河鯉，是北五省出名的一道菜，南來北往的人，到蘭封一定要到五福樓，到五福樓必然要嚐嚐黃河鯉。

今天的五福樓不知為何，竟然沒有開市，八扇木板門關著六扇，中間兩扇雖然開著，兩邊卻各有四個黑衣勁裝漢子，右手捧刀，左手插腰，相對而立，比隔著幾條街的縣衙還要關防得嚴。

日正當中。

北門大街，來了一乘軟轎，四個轎伕平穩的抬著，一起一伏的轎竿，有規律的閃動。

隨著轎的兩側，一步一趨步行的，各有八個大漢，一式倒提著齊眉棍，雖然沒有甲冑鮮明，看得出個個孔武有力，全是武林健者。

軟轎離五福樓還有一箭之地，五福樓門內急步出來一位黃衣少年，迎上前去，隨著並未稍停的軟轎，十分恭謹的低聲道：「啟稟莊主，除了各大門派之外，江湖稍有名望的人都到齊了！」

軟轎中人輕咳了一聲才道：「費天行，他們不會有甚麼疑心吧！」

費天行哈著腰，湊近軟轎的流蘇珠簾又道：「莊主放心，屬下已經分別試探，他們對莊主的善意，全都感激得五體投地！」

「費總管，你這件事辦得很好！」

「全是莊主的神機妙算。」

「哈哈哈……」

轎中人笑聲之中，已到了五福樓門前，費天行揮手掀開珠簾，司馬長風含笑而出，略一打量四周，步上石階進了五福樓。

大廳上本來鬧哄哄的人群，此刻忽然鴉雀無聲，數百隻眼睛，一齊看著大步而入的武林第一人，江湖威尊的司馬山莊老莊主。

司馬長風略一頷首，踏上鋪滿紅氈的大廳，在總管費天行陪同之下，坐在為他預備的貂皮椅上，十分親切的道：「各位請坐！費總管，你也坐下！」

坐在左首的是少林掌門明心大師，手撫長鬚，朗聲道：「老莊主，承蒙飛書相邀，據傳乃是為了血魔重現之事，不知司馬莊主有何高見？」

司馬長風道：「本莊忝列武林一脈，並無主見，只是……」

他說到此處，斜面向面露愁雲隱含怒火的鐵拂道長道：「武當一門首當其衝，不知鐵拂道長作何打算？」

鐵拂道長勃然作色，離座而起，緩步走向一位年約五十，蓄著五柳黑髯的老者，惡狠狠的道：「這要問問金陵世家的常大俠了！」

原來常三公子的老父常世倫，也因接到了司馬長風的請柬而來，此時聞言不由一震，忙道：「鐵拂道長，何出此言？」

丐幫幫主「九變駝龍」常傑也已沉不住氣，揚起手中的駝龍杖，冷冷的道：「宗兄，此次既蒙司馬老莊主感情相邀，彼此面對面，就不必再推諉了！」

常世倫更加不解的道：「常幫主，越發使常某不明白了！」

鐵拂道長更進逼的道：「常世倫，虧你是金陵世家，號稱消息靈通，為何對於血魔重現之事一無所知？這不是天大的漏洞嗎？」

此話一出，大廳之上立即七嘴八舌，吵成一團。

司馬長風虛虛向空一按道：「各位靜下來，常兄也許有難言之隱，事緩則圓，有事好商量！」

常世倫忙道：「司馬兄，小弟並無難言之隱，話可要說明白！」

「雪山神尼」了緣師太接口道：「那就是縱子行兇！」
「老師太，出家之人，說話不可信口開河！」
「打死峨嵋羅漢堂首座青雲大師，是貧尼親眼目睹。」
「是誰？」
「就是你兒子常玉嵐。」
這時，環立在了緣師太身後的峨嵋、雪山兩派弟子，群情憤怒，亂糟糟的吼叫起來。
常世倫雙臂一振，挺身上前，朗聲道：「司馬兄，飛柬相邀小弟，是要商量武林大事，還是要群打群鬥，欺負這裡不是金陵嗎？」
司馬長風依舊面露微笑道：「常兄責備得是，現在司馬山莊地帶，長風絕對負責。」
常世倫也苦苦一笑道：「常某並不需要任何人負責，只是鼓不敲不響，鑼不打不鳴，今日之會，似乎是衝著我而來。」
鐵拂道長冷哼道：「明白就好。」
常世倫也報之冷笑道：「嘿嘿！常某就是不明白。」
鐵拂道：「擄去本門俗家弟子黃可依，傷了師侄白羽，還有師弟鐵冠，你欠下武當一門血債，還敢說不明白！」
武當在場弟子計有三十餘人，此刻一個個橫眉怒目，手按兵刃，漸漸向常世倫逼近。
加上峨嵋、雪山兩派人馬也躍躍欲試。
一時，大廳內有山雨欲來風滿樓之勢，像拉開緊繃了的弓，隨時就可發生一場生死之搏鬥。

司馬長風一施眼色，費天行晃肩躍入大廳核心，攔在鐵拂道長與常世倫之間，連連拱手道：「二位都是敝莊主的貴賓，可否暫請息怒！」

鐵拂道長盛怒不已，手中蓮花鐵拂疾振，回首對坐在上首的司馬長風道：「司馬山莊望重武林，今日既蒙相約，老莊主應該主持正義，還我武林一個公道，難道說這筆血淋淋的賬，就能輕易善罷干休了嗎？」

了緣師太也乘勢道：「武林各派是衝著司馬山莊應邀而來，老莊主，你可不能不對天下武林有所交代！」

「九變駝龍」常傑雖沒做出惡狠狠的架勢，但也上前道：「丐幫執法長老焦泰的血，也不能白流。」

他們且不向常世倫追問，反而逼向司馬長風。

但話雖是衝著司馬長風，而聽在常世倫耳中，比他們責罵自己還要難受。

偏生司馬長風只是一味陪笑，連聲道：「各位，老朽對金陵世家，一向敬重，私交上與常世倫兄更為莫逆。常家的事，就是我司馬山莊的事，請諸位平心靜氣，常家如有得罪之處，老朽願為陪禮！」

鐵拂道長勃然作色道：「老莊主，此言差矣！人命關天，事涉一門一派的聲譽，恐怕不是陪罪可以了斷的。」

了緣師太接道：「鐵拂道長說的不錯，天下沒這麼便宜的事。」

司馬長風冷冷一笑道：「依二位之見該如何呢？」

鐵拂道長不假思索道：「交出常玉嵐，舉行武林大會，按照江湖令條處斷。」

「太嚴重了吧？」

「這是武林數百年的規矩，無論何人，也改變不了。」

「老掌門，你是不滿我司馬山莊？」

「老莊主！」常世倫大喊一聲，挺胸上前半步，朗聲道：「常世倫在此先行謝過你的美意。」

因為，鐵拂、了緣兩人，與司馬長風針鋒相對，似乎都有揭開情面之勢，身為當事的正主，常世倫如何能袖手旁觀呢？

眾目睽睽之下，金陵常家的事，若是真的累及司馬山莊，豈不是天大的把柄抓在人家手裡？今後，金陵世家恐怕要從武林之中煙消雲散了。

相對的，司馬山莊既不是正主，各門派又能奈何他，不但奈何不了司馬長風，而且更加使他重義任俠的美名。

雖然如此，常世倫對司馬長風仍是十分感激。

他轉面對大廳眾人道：「常家家教不嚴，至使三小兒失教，只是耳聽是虛，在常某未見到犬子之前，還不能明白罪在何方。」

他侃侃而談，本想說明道理。

誰知，了緣、鐵拂首先益發大怒，齊聲道：「難道你沒看見就想要賴？」

常世倫也不是怕事之人，厲聲道：「我敬二位是一門宗師，已多讓步，耍賴二字不是金陵常家可以忍受的，希望不要逼人太甚！」

說著，嗆鎯一聲，長劍出鞘七寸。

常世倫昂首又喝道：「金陵常家之人，可殺不可辱，何況……哼哼！未在手底下見真章，鹿死誰手，還是未知數。」

他這一作勢，大廳之上刀劍之聲此起彼落，真的是劍拔弩張。

鐵拂道長手中鐵拂迎風疾擺，怒髮衝冠的叫道：「好！今晚初更，城外飛鳳坡見，武當弟子速速離開！」

他說著，大踏步率先出了大廳，三十餘個武當門人怒目盯了常世倫一眼，尾隨掌門人蜂湧而去。

了緣師太也離座而起，對著明心大師道：「大師！事已至此，我們也只有到飛鳳坡一行了！」

「阿彌陀佛！」明心大師合什對司馬長風道：「老衲告辭！」

一僧一尼結伴而去，大廳中其餘各人也紛紛向司馬長風告辭。

原來一場火併的局面，瞬間已變成了冷冰冰的情景。

只有丐幫幫主「九變駝龍」常傑一人留在大廳之內，向司馬長風道：「老莊主，老花子原想必有一頓酒飯，想不到也落空了！」

司馬長風道：「本來備有水酒，料不到不歡而散！」

常世倫道：「慚愧！」

「九變駝龍」這才一本正經的對常世倫道：「常兄，咱們可是一筆難寫兩個常字，金陵世家也不是邪門外道，可否容我老花子直言？」

常世倫道：「幫主何以前倨後恭？」

常傑道：「身為一幫之主，當著天下武林面前，我有做幫主的立場，常兄，難道老花子對本幫長老之事在眾人面前裝聾作啞？」

沒等他說完，司馬長風已離座而起，搶著問道：「幫主難道有什麼高見，可以化解今晚飛鳳坡的一場紛爭嗎？」

「那倒沒有！」常傑一頭亂髮搖個不停道：「老花子我有幾句心中的話，要對常兄說清楚。」

常世倫道：「幫主有話請說！」

常傑抓抓芳草般的短鬚，嘆了口氣才道：「府上三公子參與阻截武當高手，重傷本幫執法長老焦泰。

而且掌劈峨嵋羅漢堂堂主青雲，這非傳言，乃是鐵的事實，常兄，諒來會相信我老花子不打誑語的個性！」

常世倫幽幽嘆了口氣道：「此事是前數日耳聞，已經專人找尋犬子，要他回金陵城，追問實情！」

「府上家規嚴謹，令郎一向也有清譽，此事恐與血魔重現有關，常兄但請不要等閒視之，務必查明真相。」

「幫主，常某感激！」

「今晚飛鳳坡之約，常兄真的要去？」

「絕不會令他們失望！」

「老花子恕不奉陪，但是，請常兄以武林大局為重，記住忍字訣吧！」

「九變駝龍」常傑語畢，分別向司馬長風與常世倫遙遙舉棒為禮，大步向五福樓外走了出去。

司馬長風目送「九變駝龍」常傑走出大門，這才向身側的費天行道：「天行！準備酒菜，沒有我的准許，任何人不准踏入五福樓一步！」

常世倫道：「司馬兄，小弟也要告辭！」

「小弟有話要向常兄請教，何必去意太急！」

想起適才司馬長風為了金陵常家，幾乎與武當峨嵋雪山等各大門派怒目翻臉，常世倫對司馬長風是從心底的感激。

因此，陪笑道：「太謙了，老莊主為了寒舍擔了太多的責任，常某實在感到不安。」

「你我世交，常兄說此話未免見外了。」

「小弟尚有飛鳳坡之約，改天再到司馬山莊討擾，餘容後謝！」

司馬長風只好作罷，笑道：「晚間之約，尚望常兄保重，屆時我也一定前往，咱們飛鳳坡見吧！」

常世倫前腳離開五福樓，費天行面露喜色，低聲在司馬長風耳畔道：「莊主，你盼望的秘笈已經到手。」

司馬長風喜道：「哦！你怎麼知道？」

「少莊主派專人飛騎送來多時，只是不便回稟。」

「人呢？」

「現在側房。」

「快快叫他進來。」

「是！」

費天行應聲之中，雙掌連聲三響。

側房之中閃出一個紅衣漢子，那漢子大白天還罩著一頂齊頸蒙臉的面套，搶步上前道：「屬下叩見莊主。」

司馬長風眉頭一皺道：「青天白日，又是在老夫面前，還用得著蒙頭蓋臉嗎？」

「是！小的該死！」那漢子單膝落地，取下血紅頭套，垂頭不敢抬頭。

司馬長風面色稍霽，問道：「少莊主交給你的東西呈上來。」

「是！」那漢子從懷中取出一個黑色平型包裹，雙手高舉大聲道：「請莊主過目！」

費天行雙手接過，連看也沒看一眼，又遞到司馬長風面前。

司馬長風很快的接了過來，解開黑布。

內面裹著的，原來是一疊焦黃陳舊的鹿皮。

他一連掀過幾張，臉上既焦急又緊張，再一次的掀幾張，最後翻來覆去的抖了幾抖。忽然他怒氣沖沖的吼道：「咦！都在這兒嗎?你路上沒偷看，少莊主交給你的時候就只有這幾張？」

他一迭連聲的追問，急躁之情可見，兩眼精光碌碌，充滿了血絲。

那漢子本已微微抬起頭來，一見莊主怒容滿面，連忙伏下身子，聲音發顫的道：「是！屬下馬不停蹄從孟津星夜趕來，哪有工夫偷看！」

「哦！」司馬長風原本怒不可遏的神情，哦了一聲後突然臉色蒼白，嘴角微動，似笑非笑。

突然，他離座緩緩而起，一步步向伏在地上的紅衣漢子走去，一臉陰沉的道：「沒功夫看，馬不停蹄，實在夠辛苦了，應該好好犒賞你！」

說到你字，他忽然雙目暴睜，右手斜刺裡上揚，五指平伸，連劈帶拍，直向紅衣漢子的腦後玉枕大穴按去。

那漢子連哼也沒哼一聲，喉頭發出輕輕的一喀，前撲當場，腦後並無皮破肉綻血流的慘狀，隱隱中髮根以下，多出淡紅的半截掌痕。

費天行緊走幾步道：「莊主，此事由少莊主親自出馬，諒來不會……」

司馬長風以手示意，阻止費天行的話，凝目望著遠處許久，夢幻般的道：「難道真的被她帶走了！她有這個能耐嗎？」

費天行趨前道：「莊主，你在說什麼？」

司馬長風濃眉倒豎，怒叱道：「費天行，你管得未免太多了吧？」

費天行連退二步，低聲道：「屬下該死！」

司馬長風雙手倒放在背後，大剌剌的道：「司馬山莊不同於丐幫，該知道的，你不知道也不行，不該知道的，還是少問為妙！」

費天行唯唯喏喏的應道：「是！是！」

司馬長風遊目四顧，然後才手指著費天行，十分不屑的道：「不要忘了，你是我司馬長風三十萬兩銀子買來的。沒有我白花花的三十萬兩銀子，你丐幫連個窩都沒有。要是你膽敢違背我的約

定，銀子不要了，派人拆掉你們丐幫總壇，連常傑那老花子頭也不敢蹦出半個不字！」

費天行垂手低頭，口中似有若無的有話無聲：「屬下既然賣身，當然要受莊主的驅使，莊主放心！」

「那就好！」司馬長風怒氣稍減，又問道：「你沒忘今晚之事吧！地點是飛鳳坡，要是誤了我的大事……哼！你這個總管……」

「屬下這就去準備，這就去！」

「哈哈哈哈……」

司馬長風的狂笑，在空洞洞的大廳裡激蕩，回音久久不絕！

飛鳳坡，地名不俗。

而事實上是一片荒煙蔓草的亂葬崗。

斜月初升，纍纍墳塋上綴著冷淒淒的秋夜。

颼颼颼……

少說也有十幾條紅罩套頭，裹著血紅披風的人影，魚貫落在土墳隱蔽之處，月色黯淡，夜霧迷濛之中，不經意，誰也看不出他們埋伏的地方。

初更天氣！

鐵拂道長拂影舞動之下，首先疾奔而來。

了緣師太啣尾緊隨。

兩派弟子五六十人之眾，各亮兵刃，在一道一尼身後插腰環立，不遠之處，星羅棋布著各派各門的高手。

鐵拂道長瞧了一下北斗星道：「常世倫該到了！」

了緣師太點頭道：「他不會失言，金陵世家的字號得來不易！」

此時，離起更恐怕還有些時候……

一言未了，一條匹練也似的人影，從蘭封方向星飛丸瀉，疾奔而至，夜空中，響起一聲尖銳的刺耳厲嘯。

鐵拂道長低喝道：「本門放的暗樁報警，姓常的來了！」

了緣師太也已發覺那條白影，穿著、身法，正是金陵常世倫，口中忙道：「道長，常家雖然不義，我們還是要先禮後兵。」

「貧道知道。」

二人一問一答之間，白影已掠空而至，而且一言不發，人在半空，劍勢如虹，劍尖抖出千萬朵銀芒，竟朝向尚未作勢的鐵拂道長和了緣師太喉結大穴戳至，勢如泰山壓頂，銳不可當。

事出突然，鐵拂道長大叫了聲：「師太小心！」急切間，橫起鐵拂凌空掃去，腳下一個踉蹌，幾乎仰面跌倒。

就在同時，了緣師太因遲了半步，慘叫一聲，雖然躲過了喉結要穴，下巴被劍尖硬生生削去寸來長一片，血流如注，再無還手餘力了。

白影一招得手，凌空身形不變，反抽長劍，雙手緊握劍柄，直刺站腳不穩的鐵拂道長中庭要

害。

這一招既狠又毒，奇異詭怪，大出鐵拂意料之外，加上了緣師太慘呼之聲使他分神，更加無法化解。

急忙之中，右手鐵拂欲架不及，為了保命，鋼牙一咬，拚著一隻左手，認定劍芒迎著揮去。

颼——血噴丈餘。

鐵拂道長的一隻左臂齊肘而斷，被削飛在五丈之外，整個人也在地上滾了幾滾，動彈不得。

這一連串驚心動魄的慘狀，也不過是一瞬間的事。

兩大門派的頂尖高手，竟然連回手還招都來不及，實在是駭人聽聞。

環立在周遭的武當、雪山兩派弟子，一時都給怔在當場，等到回過神來，齊的發聲大喊，數十件兵刃，全向白影撲到，分明是捨命相拚。

不料，白影並不出招，霍地凌空上衝，劍氣人影如同長虹，陡的上穿五丈，口中發出刺耳一聲尖叫。

就在他叫聲之中，先前埋伏在墳堆各處的紅衣人，如同夜梟掠空，每人手中一柄雪亮的匕首，個個捷如鷹隼掠落。

迎首疾攻兩派弟子數十人，不分青紅皂白，三幾個起落，不但兩派弟子無一倖免，而且人人一刀斃命。

飛鳳坡橫七豎八的屍體擺滿了四處，觸目驚心。

遠遠圍觀的其他門派，誰曾見過這等陣仗，一個個膽顫心驚，悄悄溜走。

白影此刻扯下蒙面白巾，露出本來面孔，原來是武林泰山北斗譽滿天下的司馬長風，冷冷地道：「費天行，有活口嗎？」

紅衣人之一趨前道：「啟稟莊主，乾淨俐落，沒有一個活口！」

「好，我摹仿常家劍法的招式，你可曾仔細看過？」

「十分神似，除非是常家人，恐怕無人能分辨得出了。」

司馬長風頗為得意的道：「常家劍法不易對付，吩咐他們要全力而為，可是，記住！要留活口！」

費天行抹抹紅色頭套道：「莊主，一定要留活口，可能比較困難！」

司馬長風不悅的道：「司馬長風一生無難事，只要留下老的活口，小的才能聽話，時候不早，照我的話去做！」

「莊主……」

「緊要關頭本莊主自有道理，有人來了！」

他話出人起，一溜白煙，隱入墳墓深處。

費天行雙手急擺，也指揮十餘紅衣人沒入先前埋伏隱身之處。

先前的一點白影，此刻漸來漸近，轉眼之間，飄花落葉般，落在亂葬崗的雨亭頂上，手按劍柄，朗聲道：「常世倫應約來了，鐵拂道長，請出來吧！」

四野寂寂，萬籟無聲。

常世倫環顧一下，又叫道：「各位，不必藏頭露……咦！」

他發現隔著斜坡無數墳墓前，一片荒草之中，隱隱有數十人伏在地上，一動不動，心想：「要什麼花樣？」

心念初動，人也竄下雨亭，走得近了，才發現鐵拂道長左臂齊肘削斷，了緣師太臉上血肉模糊，不由吃驚的道：「這是怎麼回事？」

就在此刻，突然傳來話聲——

「常世倫，好狠毒的心腸！」

「不要放走了常世倫……」

「常世倫……」

荒墳堆裡，數十紅衣蒙面人，口中嘶吼連聲，各亮七寸匕首，圍繞上來，看樣子個個身手不凡，人人都是高手。

為首的一個幾個縱躍，越過十餘墓碑，已到切近。

常世倫仗劍沉聲道：「你們是哪一條道上的朋友？」

為首的紅衣人壓緊嗓門道：「朋友，誰是你的朋友？我們是替武林伸張正義的！」

常世倫冷笑道：「伸張正義？伸張甚麼正義？」

「你血腥屠殺武林正派人士，難道還不該殺？」

「這……哈哈！」常世倫狂笑道：「小把戲，鬼伎倆，分明是借刀殺人，有種的露出真面目來！」

為首紅衣人似乎無話可答，怒道：「贏了之後，自然你會看見，輸了，那就今生今世也看不見

了！」

一聲令下，數十紅衣人浪潮也似的撲上。

常世倫身陷重圍，面不改色，大喝道：「要以多取勝嗎？常某久不用劍，卻是難得的好機會！」

金陵常家劍法自成一派，反刺、挑，多用削、扎，在武林之中，也曾顯赫一時，常世倫家學淵源，浸淫獨門劍法近四十年，更有十分火候。

雖然二十餘年以來，從未與人動手，但聲勢氣派，仍是高手的作為。

而今，面對地上的屍體，心知自己已陷入了一個安排好的圈套。

唯一可以洗脫自己濫殺惡名還我清白的機會，就是要揭開眼前這群紅衣怪人的真面目，否則今後常家無法安寧。

想著，不再在嘴上鬥口，拔劍出鞘，舞起斗大劍花，護住迎面子午，腳下踏罡遊走幾步，仰天長嘯一聲道：「邪魔外道小輩，你以為金陵常家劍法不能殺人嗎？」

「殺！」

紅衣人也不分青紅皂白，分進合擊，數十柄寒芒，夾風雷之勢，一齊撲來。

常世倫明知難免一拚，長劍揚處，捲成一道長虹，人劍合一迎著眾人展開常家獨門絕學。

月光之下刀光霍霍，劍氣森森，人影乍分即合，沾身倏又分開。

常世倫不由大感意外。

因為，眼前的紅衣人在記憶之中，找不出他們的幫派已算奇特。

最令常世倫不解的是，這些人穿著打扮一式無二，手中兵刃，也是一式的七寸鋒利純鋼匕首，形式上應該是同一淵源，新崛起的幫派。

可是，竟然每個人的身法各異，出手招式也完全不同，這的確是少見的事。

最使常世倫感到驚訝的，還是他眼見所有之人，個個都有絕世功夫，人人都是少見的高手。

常世倫勉力支持了三十餘招，覺得喉頭發乾，額上與脊骨凹處隱隱見汗。

反觀一眾紅衣怪人，個個毫無疲態，數十把匕首帶起的勁風，也越來越烈，常世倫乃是行家，心知最多十五六招敗北事所必然。

好在他用的是尺八長劍，而紅衣人等使的是僅有七寸匕首。

常言道：一寸長、一寸強，占了不少便宜，最少能在緊要關頭，將襲來之敵逼退在劍花之外。

但是，無奈目前不是一對一，而是一支劍對付數十匕首，逼退東，顧不了西，迎拒了左，守不住右，心中漸漸有力不從心之感。

武家過招，貴在心中一念，心動則氣浮，氣浮則力散，力既散，劍招就亂了。

常世倫的招式散亂，焉能瞞得過圍攻的紅衣怪人，他們手上匕首益形加緊，雨點一般揮動。

匕首所發的寒光，罩住了常世倫周圍七八尺，像一把點點星芒編成的刀傘，灑水不透，紋風不進。

常世倫但見眼前金星亂閃，手中劍已無法運轉自如，初期採取守勢，舞動劍身，護住命脈。

漸漸地，氣喘吁吁，手臂發軟，心中暗暗忖道：如其死在敵人亂刀之下，或是受傷被擒受辱，不如自行了斷。

心念既起，拚盡來生之力，突的挽劍直挺，以攻為守，認定左側紅衣人捨命一擊，劍走中途，腕力疾收，趁機橫劍回割。

這一招是捨命而為，用力之猛尚在其次，變招之速，無可比擬。

他快，那為首之人更快，斜地裡欺身揚腕，不用匕首勾刺，左掌著力削向常世倫的執劍右肘，大喝一聲：「你還死不得！」

嗆鎯一聲，常世倫的劍應聲落地。

同時，左、右、前、後，已有五支收拒不及的匕首，刺中常世倫的肩井、脅下、小腹、背夾。

常世倫一連拚了近百個回合，本已筋疲力盡，又兼身中五處刀傷，再也支撐不住。

「帶回去！」

為首的紅衣人拾起地上常世倫的長劍，招呼眾人一窩蜂似的在月色掩映之下越過亂葬崗，奔向一片樹林中。

樹林中繫著五輛蓬車。

眾人分別上了蓬車，直向開封方向奔去。

這時，天色已接近黎明。

大路上一匹健騾，狂飈似的迎面奔來，離蓬車不遠，騾上高舉右手，示意蓬車停下。

費天行此刻已脫下頭套，褪去披風，坐在第一輛蓬車車轅，放眼看去，忙不迭躍下蓬車迎上前去，哈腰垂身路側道：「上稟莊主，幸不辱命！全依莊主吩咐辦妥！」

司馬長風低聲道：「人呢？」

費天行道：「在第三輛蓬車之內，屬下遵照莊主令諭，點了他的睡穴，此時一定在夢鄉之中。」

「辦得好，他的傷勢不嚴重吧！」

「遵照莊主指示，五處皮肉之傷而已，不會有生命危險。」

司馬長風雙目之中，忽然閃出陰森森的逼人殺氣。

費天行看得心頭一愕，幾乎打了個寒噤。

他不止一次的領會這種可怕的眼神，因為，凡是司馬長風眼中有這份逼人的殺氣，面色必定冷如冰霜，也必然有人要橫屍當場。

這種情形，屢驗不爽，百試百靈。

因此，他凜然道：「莊主有何指示？」

不料，司馬長風淡然一笑道：「你告訴隨你去的眾人，大路已有敵蹤，立刻轉走小路，在黃泥崗我已準備了幾罈好酒，算是給你們慶功，折騰了一天一夜，吃飽喝足了再趕回山莊不遲，我也跟你一道回去！」

「是！」

一行人眾眼見莊主單人獨騎前來迎接，又破例的有酒肉犒賞，立刻調轉蓬車，向小路縱去。

果然，黃泥崗路邊，兩個莊丁已經備好了酒菜，正迎了上來。

司馬長風面帶微笑，大聲道：「你們一路辛苦了，各自儘情的用吧！我與費總管有話商量！」

費天行折騰了整夜，本想隨著眾人暢飲，聞言只好侍立在司馬長風身側，低聲道：「莊主有何吩咐？」

「我要救你一命！」

此言一出，費天行想起適才在官道之上，司馬長風的眼神，頓時不安起來，忙道：「屬下……」

司馬長風不等他說完，手一指正在飲酒的紅衣人，道：「你看！」

順著司馬長風的手指望去，費天行一股冷意由背脊涼起直透五腑六臟。

但見那群人個個雙手抱腹，沒有一人不是痛苦萬狀，在地上打滾。

有幾個人已七孔流血，直挺挺的倒在地上氣絕身亡，甚至連那二個準備酒菜的莊丁也不例外。

這是費天行做夢也想不到的，他張口結舌，既怕又驚，而且不敢開口多問。

司馬長風若無其事，得意地道：「怎麼？感到奇怪？」

「屬下只是愚昧！」

「留下他們，今夜的秘密就保不住，留下他們，本莊主的計劃就無法實現，留下他們，就是留下火種、禍根，這就叫量小非君子，無毒不丈夫！你明白嗎？」

「是！可是，莊主正在用人之際……」

「你怕沒人用？偌大的地下秘室，七年來調教的數百高手不除去一些，會擠不下的，再說，調教他們的目的，就是要替本莊主賣命，完成任務，功德已滿，哈哈！費天行，你要多多體會本莊主的妙計！哈哈！」

費天行見他又有狂態，生恐惹起他的野性，忙道：「屬下愚昧，莊主高明！」

司馬長風拍拍他的肩頭，笑道：「放心，你是本莊主重金延攬而來，等本莊主大計一定，再論功行賞。」

「屬下一定忠心不貳，以報莊主天高地厚之恩，我們回莊吧！」

「有事來了，還不是時候！」

說著，他又向費天行低聲咐囑幾句，並把自己的劍交給他。

費天行點點頭，騰身一躍，竄進第三輛蓬車，對著被制睡穴的常世倫並指連點，解去他的穴道，絲毫不停的返身而出。

人像發了瘋一般，揮動手中劍，向已經毒死的一些屍體上橫劍直搗，有削有斬，口中還不時發出厲喝暴吼。

這時，司馬長風一躍上了蓬車，俯身向已經醒了過來的常世倫面帶戚容道：「常兄，此刻你感覺如何？」

常世倫如在夢幻之中，反側了一下身子，愣愣地道：「司馬莊主，這是……」

「小弟來遲了一步，你一口氣殺了鐵拂和了緣的事，未能趕上，實在是非常不幸之事，我深知必是他們逼你太甚！」

「莊主說我殺了鐵拂和了緣他們？」

司馬長風並不回答，也不解釋，接著又道：「常兄被一群不明來歷的紅衣強徒攻擊重傷，小弟適才帶同總管費天行在此碰上，常兄放心，烏合之眾，有費天行也就夠了，小弟保你萬無一失！」

說著，費天行倒提長劍，鑽進車蓬，道：「上稟莊主，一眾歹徒無一脫逃！」

「蠢材，為何不留一個活口？」

「屬下在動手之時留有分寸，重傷了二人，不料，他們竟自行了斷，屬下慚愧，請莊主責罰！」

常世倫曾經與他們口中的紅衣歹徒動過手，深知全不是等閒好相與的。而又見費天行額上發亮，分明已夠累了，除了身上濺滿血跡之外，連提在手中的長劍，也血痕斑斑，一場惡鬥可想而知。

而今，為了自己，又受主人的責怪，怎生說得過去，因此忙道：「總管辛勞，多承相救，已是感激不盡……」

司馬長風臉上稍稍息怒道：「既然常兄不怪罪，也就罷了，駕車趕路吧！」

常世倫道：「此處何地，常某意欲趕返金陵！」

「常兄哪裡話來，你身受重傷，需要調息，此處離開封不遠，且回敝莊將傷養好，才能長途跋涉。」

常世倫愁容滿面道：「小犬無知，惹下天大是非，小弟怎能放心？」

司馬長風誠摯的道：「小弟當派人去貴府傳送信息，常兄安心養傷！」

說著，蹄聲得得，車輪轉動，蓬車已由緩而快，走上了官道。

薄霧濃雲。

黃昏時節。

孟津的一場大火，燒出了常三公子心中一個解不開的鬱結。

一位瀟灑飄逸的金陵少年，踏入江湖不久，竟然陷入一場糾紛不清的紛爭之中，離奇之事層出不窮，前途茫茫，使他的雄心壯志，消磨殆盡。

滾滾煙塵裡，已遙遙看得見古汴梁櫛次鱗比的屋脊，高聳入雲的鐵塔，在黃昏冷霧裡依舊。而重回開封的常玉嵐，卻像徘徊在十字街頭的異鄉飄零遊子，不知何去何從。

開封城雖然在望，但是，到開封來是為了什麼呢？

殺死司馬長風？

為什麼？

對常玉嵐來說，既然沒有私人恩怨，而且是通家之好，長一輩的人物，司馬山莊是武林的泰山北斗，深為江湖尊重，必然有絕對的道理，否則八大門派，加上數不清的俠隱高士，為何能服呢？

即使是邪門黑幫，也對司馬長風敬畏有加，只是聽了百花門的一句話，就動手殺死武林的一代宗師，江湖盟主，是否會遺臭萬年，受人唾棄？何況，自己並未中毒，原本可以不受百花夫人的挾持。

再說，司馬山莊聚集了好幾派高手，若是明來明往，要想殺一莊之主的司馬長風，談何容易？

除了用暗算手段，也許可以僥倖成功。

想到暗算，常玉嵐不由呸了一聲，他是不恥於施用暗算的。

這一次孟津大火，失去南天雷交付的血魔秘笈，正是遭人暗算。

暗算自己的是誰？

為什麼要暗算自己？

南天雷不明不白的死，也是遭了暗算，否則，南天雷雖下半身殘廢，但是還不致於被人一刀斃命，輕易的送命。

難道就這等不明不白的把南天雷托付給自己的絕世血魔秘笈給丟了嗎？

常玉嵐捫心自問，反覆的思慮，不由自言自語起來：「常玉嵐，常玉嵐，你呀！自命不凡，可是……」

忽然，隨著常玉嵐的喃喃自語，隱約之間，真的有人在叫他──

「常玉嵐……」

常玉嵐悚然心驚，一切的思線也陡然中斷，放眼四顧。

翠玉恰在此時，從錦車中探出頭來道：「公子，夫人來了！」

「哦！」常玉嵐一驚。

斜刺裡，金碧生輝，珠簾絡繹，四匹欺霜賽雪的白色駿馬，緩緩馳來。

常玉嵐料到百花夫人在此時出現，必然是興師問罪。

因為，百花門是不允許失敗的，自己一再答應到開封定會遵照指示殺死司馬長風，而今事隔兩月，不但沒有完成任務，而且使百花門安在司馬山莊的暗樁，以及開封府的眼線因曝露身分而賠上性命。

另外還有，未經百花夫人許可，讓黑衣「無情刀」紀無情在任務尚未完成前，擅自遠赴南陽，也是百花門中不可原諒的禁忌。

最使常玉嵐擔心的，是他與翠玉之間的秘密，紙包不住火，可能已被百花夫人看穿。

這幾層顧忌之中，只要百花夫人追問其中的一條，今天就難以搪塞。

常玉嵐想著，不由打起精神，低聲向揮鞭駕車的蓮兒道：「蓮兒，小心戒備，今天可能是生死關頭，看我眼色行事！」

蓮兒先前尚未察覺常玉嵐的神情凝重，此時聞言，手中長鞭迎風連揮三下，發出三聲脆響。吧！吧！吧！

這是常家的告驚信號。

車內菊、蘭、梅三人聞聽三聲鞭響，在蓬車內各按長短雙劍，蓄勢戒備。

翠玉神色大變，一面雙手連搖，一面細聲道：「姐姐們，千萬不可，憑我們幾人再加上十倍也無濟於事！」

南蕙因晨起趕路之時，選了騎馬，整天勞頓，還倒在蓬車車尾睡得香甜。

這一連串的緊張反應，也不過是剎那之間，幾乎同時發生的。

然而，百花夫人的珠簾錦車，已到了切近。

常三公子心存戒備，並沒下馬，只是拱手道：「夫人，別來無恙?荒郊野地，只有馬上參見了！」

珠簾內鶯啼燕語，傳出聲：「三公子，參見不是太俗了嗎？」

常玉嵐要先發制人，不等百花夫人追問，開門見山的道：「屬下未能完成開封的任務，非常慚

愧，只是情非得已，請夫人原諒！」

「格格格！」

輕脆悅耳的笑聲，令人心動神搖，如同銀鈴輕搖。

笑聲甫落，珠簾忽的分向左右捲開。

三個白衣少女，如同嫦娥奔月，裙裾飄飄躍下錦車，分立在車轅兩側，曳車駿馬之前。

如雲似霧，似白帶青，水紋般的輕紗羅裳動處，百花夫人雲鬢高聳，斜插一支明珠串成的飛鳳，淡掃蛾眉，薄施脂粉，左手尖尖五指，蘭花形輕按腮側，右手揚著淡紫羅帕，不著意的跨出珍簾。

雖然，常玉嵐曾兩次見到百花夫人，都是在隱隱約約之中，此時，也不禁為她的風采與美艷所奪。

百花夫人的美，在於她那種成熟的嬌媚，風情萬種的艷麗。

這與藍秀是迴然不同的。

藍秀是一種青春特有的媚力，加上如蘭似蕙的氣質。

使得常玉嵐吃驚的，除了百花夫人的艷光四射之外，還有她毫不著意的舉止。

但見她蓮步輕移，柳腰款擺，輕紗飄浮之下，整個人像是凌虛欲飛一般，離地高有五尺錦車，簡直像是同地面一般平坦。

百花夫人衣袂不振，已悄然站立在四個白衣少女中間，黛眉微動，星眸斜飄對著馬上的常玉嵐，啟動櫻唇道：「長話短說，我在暗香精舍等你。」

常三公子只顧凝神呆視，聞言如夢初醒，忙不迭翻身下馬，十分尷尬的說道：「屬下失禮！」

百花夫人盈盈一笑道：「是嗎？三公子，你——為什麼失禮呢？嗯！」

女性的嬌、媚、柔，都在百花夫人這含有鼻音的一聲「嗯」中，十分傳神的表露無遺了。

生來就有抗拒女性誘惑天賦的常玉嵐，覺著通身的肌肉不自覺的拉緊起來，一顆心幾乎要從口腔裡跳了出來。

這是少有的現象。

經百花夫人這麼一問，越發通體不安，囁嚅的道：「我……我……我沒完成任務，夫人你……」

「我不會責怪你的！」

「哦！這……」

「因為你已經立下了另一樁大功，比殺司馬長風還要重要的大功勞。」

「夫人指的大功勞是……」

百花夫人並沒有回答常玉嵐的問話，又道：「二來，司馬長風死與不死，現在並不重要。」

「為什麼？」

「因為，當前武林情勢已有了極大變化，百花門最大的敵人，已不是司馬山莊了，第三……」

百花夫人說到第三，忽然紅暈滿面，睫毛如扇掩住了秋水深潭般水汪汪的眼睛，本來稍帶幾分剛健的神情，彷彿嬌弱無力。

常三公子搶上三步，扶住搖搖欲倒的百花夫人，慌忙說道：「怎麼啦？夫人你？你身體不

適？」

百花夫人微抬右手，扶在常玉嵐手臂之上，搖搖頭含嗔帶笑道：「我可不是多愁多病之軀，因為我沒有閉月羞花之貌！」

常玉嵐只覺有一股暖流，從隔著一層輕紗，百花夫人那隻柔若無骨的五指之間，直透心脾，令人難耐。

「噗嗤！」

百花夫人失聲輕笑。

但立刻又收斂了笑容，道：「翠玉現在何處？」

「現在蓬車之內。」

「叫她跟我走。」

「夫人……」

「有話晚上再說，記好了？」

「是！」

說完，百花夫人虛飄飄的身子，像被人提起，又像世人所形容的騰雲駕霧一般，腳不沾地的踏上錦車。

背對著愣在當地的常三公子，她又道：「從這裡走，不要進開封城，折向西過了禹雨臺，就是暗香精舍！」

此刻，四個白衣少女，同一腳步，已到了蓮兒所駕的蓬車之前，同聲道：「夫人有諭，翠玉姑

娘立刻隨夫人香車侍候。」

翠玉應聲從蓬車內一躍而出，一面道：「婢子遵命！」

她口中說著，腳下也沒稍慢，搶在四個白衣少女之前，向錦車走向，頭也沒回。

常玉嵐心中一陣淒涼湧向腦際。

對於翠玉，常玉嵐並無任何留戀之處，那是他本身修養有素，環繞身側，伴著他東飄西蕩的四婢，雖不是國色天香，也是千中選一的美女，江湖人人樂道的嬌娃，翠玉的姿色，也在四婢伯仲之間，常玉嵐自然不會有興趣。

然而，翠玉不幸，陷身百花門中，不但失去了一切自由，而且心靈上的壓力，精神上的痛苦，是值得同情的。

尤其對於常玉嵐來說，翠玉算是有恩於他。

翠玉甘冒不諱，拚著淪為花奴，受生不如死之苦，而把常玉嵐從中毒的邊緣救過來，意義是無比的重大。

離開百花門，翠玉終日在常玉嵐身邊，並不覺得有何特別之處，而今一旦要離開，對於感情豐富的常玉嵐來說，怎不黯然神傷。

百花夫人突然將翠玉帶走，尤其有一種不祥之兆的意味。

翠玉雖然沒有任何悲痛的樣子，但是，常玉嵐已隱隱看到她眼中滴溜溜的轉動淚水，分明是不敢把滿腹的辛酸表露出來，連一句道別的話都不敢開口。

一個人遭遇到傷心或悲哀之事，若能盡情一哭，把內心中悲痛盡量發洩出來，漸漸的，也就能把悲哀沖淡，甚而化解於無形。

像翠玉這樣，連放聲痛哭的發洩都強自壓抑下來，內心的沉痛，一定是外人所無法體會的。

常玉嵐一身揹著的煩惱太多，雖然一百個不願翠玉就這樣被別人押解而去，但他不敢孟浪。在沒弄清楚百花夫人暗香精舍之約，究竟為了何事之前，不能因翠玉之事，而誤了大事。

因此，他只對著已上車坐於珠簾之外，一側的翠玉揮揮手，高聲喊道：「翠玉姑娘，多多保重了！」

四匹雪白駿馬，已掉轉韁繩，緩緩馳去。

目送百花夫人去遠，常玉嵐倍覺惆悵。

正所謂一波未平，一波又起。

百花夫人喜怒無常，難以揣測，從她艷若桃李的外表看，分明是一個絕代嬌嬈，但是以她神秘行為，又令人莫測高深。

翠玉此去是福是禍，實在令人擔心。

常玉嵐對著落日，如同木雕的仲翁一樣，呆立無語，目視遠方茫然無主。

蓮兒急忙跑下蓬車，上前低聲道：「公子，翠玉本來是百花門的人，百花門把她帶走，你又何必難過呢？」

常玉嵐噓了口長氣道：「蓮兒，我們什麼時候可以回金陵？」

這一聲長嘆，無限感慨的話語，道出了一個江湖人的滿腔心怨，也傾訴了天涯飄泊人的全部心情。

蓮兒是四婢之中最善解人意的一個，聞言也有一種說不出的淒楚之感，低聲道：「公子，我們是該回去了，但是，公子，你的處境……」

「這就叫人在江湖，身不由己！」

蓮兒自幼就在常家，對於主人乃是忠心耿耿，唯命是從，至於談到了江湖武林大事，自有分寸，哪敢隨意表示主見。

所以，強打歡顏，吟吟而笑道：「公子，你是武林世家，金陵的貴公子，誰說我們是江湖人來著，騎了一天馬，也該累了，把馬繫在車後，上車養養神！」

「對！要養養神，說不定今晚有驚天動地的事情發生！」

「今晚我們不是要到開封下店嗎？」

「不！」

「為什麼？」

「我們要到暗香精舍去。」

「暗香精舍?在什麼地方？」

「我知道！」

常玉嵐撩起長衫，一縱跳上蓬車，順勢抓起長鞭道：「我來駕車！」

吧達！

長鞭抖得一聲脆響，已停多時的馬，猛然受驚，放開四蹄，在滿天彩霞之下的紫色大地散轡狂奔，蹄聲如同撒豆。

常玉嵐似乎要把滿腹煩惱，都藉著長鞭發洩。鞭聲連連，整個蓬車捲於揚起的塵土裡。

十二 暗香精舍

一鈎新月，數點寒星。

常三公子不由大感驚奇。

北方少見的一大片竹林，雖是深秋季節，卻依然翠綠欲滴，而且彷彿是一望無際，找不到盡頭。

收韁停車，四下打量，竹林中並無通路，莫說是蓬車，連個人行小徑也沒有，只好沿著竹林的邊緣尋去。

果然，遠離大道數十丈處，有一條恰容一車通過的石峽，天然生成得像個石門。

常玉嵐將長鞭交給蓮兒，一躍下了蓬車。

石門中不知何時，已站著一位玉面朱唇的中年人，年約三十餘歲，通身淡青長衫，似笑非笑，拱手道：「常少俠，多日不見，閣下風采依舊！」

常玉嵐有些納罕，因為他明明從沒見過此人，為什麼對方會說多日不見呢？因此，拱手還禮道：「恕常某眼拙，閣下是？」

青衣中年人聞言仰天打了個哈哈，笑道：「哈哈！是了，我見過少俠，少俠沒見過我，在下樂

無窮，你沒聽說過吧？」

常玉嵐真的沒聽說江湖武林之中有一個名叫樂無窮的人，但口中卻不便說出來，只好道：

「哦！哦！原來是樂兄！」

樂無窮一臉冷然的神態道：「無名之輩，難得有幸見到金陵世家的貴介公子。」

表面上言辭謙和，但是，從他的神色與言外之意推斷，並不友善，而且有酸溜溜的幾分諷刺。

常三公子焉能聽不出來，只好直接了當的說道：「在下是找尋暗香精舍誤到此處……」

樂無窮又是一聲乾笑道：「常少俠真會說笑話！」

「你這什麼意思？」

「明明已經到了暗香精舍，說什麼誤到此處，門主命樂某在此，就是專候少俠的虎駕！請吧！」

常玉嵐臉上一紅，心知此人不是善良之輩，必須小心行事。

因為，按理他既是百花夫人命他前來，不是迎接定是引路，偏偏不說明，甚至連他是百花門中人也不亮出來，存心逗常玉嵐乃是很顯然的事。

常玉嵐且不計較，訕訕的道：「原來如此，真是多謝門主，也勞動樂兄你！」

說著，回頭向蓮兒等招招手，朗聲道：「通路狹窄，蓮兒，小心駕車！」

不料，樂無窮側身讓過了常玉嵐，橫擋在石峽前面，高聲道：「門主令諭，常少俠的貴介等另院款待！」

他一臉嚴峻之色，接著雙掌連拍二下。

石峽後應聲轉出四名勁裝少女，同時向樂無窮施禮道：「婢子等侍候！」

樂無窮似乎在百花門中頗有權勢地位，不但不還禮，連正眼也不看一下，只顧道：「引常公子的屬下到別院款待。」

「是！」四個勁裝少女像是習之有素，同聲齊應，有的牽馬，有的趕車，有的與蓮兒等交代。

樂無窮向常玉嵐道：「樂某帶路，隨我來吧！門主已備好酒宴要替少俠接風，這等風光是百花門破題兒第一遭，前未之見的啊！」

說著，自顧向竹林中唯一的石板路走去。

但見他舉步紋風不驚，兩旁的荒野絲毫沒有被帶動的風力吹倒，而且衣袂不飄，看慢實快。

常玉嵐乃是武林中經多見廣的大行家，怎會看不出樂無窮是在提氣催動內力，施展輕身功夫。

這分明是自顯修為，也有試一試常玉嵐的意味。

常玉嵐真是左右為難，欲待施展，一則不屑同一個江湖籍籍無名之人比拚，二則自己縱功力超過樂無窮，眼前情勢所迫，也不能超過去在前面的人而全力而為，因為表面上樂無窮是在帶路，理應走在前面。

最使常玉嵐為難的是，自己明知樂無窮狡詐，但又不能不施展輕功，否則會被他拋後，豈不是天大笑話。

於是，只好展功，一步一趨，緊隨在樂無窮身後。

幸而常玉嵐未曾大意，原來樂無窮並非空自托大的狂徒，他的腳下漸走漸快，不見奔跑，步伐如風，沒有作勢，身法奇絕。

走到後來，只像一縷輕煙，又像順水滿帆之船。

留下絲絲風聲，飄忽之際一掠而過。

常三公子哪敢怠慢，仍然是啣尾跟蹤下去，只覺兩側的千竿翠竹，分不出枝葉，飛快的向身後倒去。

足有盞茶時分。

竹林已是盡頭。

樂無窮停功收勢，回頭淡淡的道：「常少俠，這裡才是暗香精舍！」

他對於剛才一路施展輕功之事，好像沒有發生一般。

此人城府之深，可以想見。

常玉嵐也不挑明，放眼望去，心中暗暗稱奇。

原來別有天地。

眼前豁然開朗。

好一片平坦的草坪，此時雖然草已枯萎，但紫黃深褐好似一片巨大無比的毛氈，平鋪整齊，令人心胸舒暢。

沿著草坪四週，刀切斧削般筆直的開滿了金黃色碗大風菊，恰是把大地氈鑲上金黃花邊，蔚為奇觀。

穿過軟綿綿的草坪，乃是一座拱橋。

橋下殘荷焦葉，水清見底，銀鯉可數。

荷池盡頭，白玉迴廊，曲折九轉之處，飛簷碧瓦，「暗香精舍」四個古篆金匾高懸，真像帝王宮闕。

常三公子所居之處乃金陵世家，也沒有這等形勢古典，不見寬大卻呈精緻的接客大廳，他不由多看了一眼。

走在前面的樂無窮越過大廳，步入左側的月洞門。

門內，一大片花圃。

雖是深秋天氣，也開滿了不知名的奇花異葩。

花圃邊際，像是一座暖閣，簾幕低垂，一色絳紫，越見深沉。

誰知，樂無窮也不引客進入暖閣，只繞過暖閣的窗下，踏上大理石鋪得平整的通道，轉過通道，迎面一陣清香撲鼻。

原來，一眼望去，種滿了金黃丹紅的矮桂花樹，怕不有千百來株，壓滿枝頭的桂子，香清不膩而濃，不但形成一大片花海，而且香息永不飄散。

這時，樂無窮才停在桂林之外，輕輕擊了一下手掌，一改路上不開口的神氣道：「少俠！樂某的責任只是引你到此！」

說完，頭也不回，逕自去了。

桂林深處，已傳出百花夫人的聲音道：「常三公子，沿著路進來吧！」

常玉嵐依言走向桂林深處。

隱約中，已見紗燈的燭光，從一座玲瓏小巧的精舍內射出。

稱它為精舍，實在非常適宜。

六角形的建築，六面一式雕花梨木格扇，蒙著淺紫的宮紗，格扇處是遊廊欄杆，乃是雪白的原石雕琢。

每隔丈餘有一個石柱，石柱上又一色的名貴花盆，全是盛開的荷包海棠。

在燭影搖紅，宮紗掩映之下，那份幽雅、寧靜、高貴，加上四溢的香息，實在使人猶如置身天堂。

常玉嵐簡直不敢相信自己的眼睛。

因為，這一切都似幻景，都像夢境。

此時，精舍中又傳來百花夫人的銀鈴呼喚：「進來呀！怎不過來？」

常玉嵐定了一下神，應聲上了精舍的臺階。

呀！的一聲輕響。

雕花格門開處，眼前忽的一亮，更使常玉嵐怔立當場。

開門的乃是百花夫人，而眼前的百花夫人沒變，她的那身裝扮卻與日間不大相同。

水紅緞褲，緊緊的裹著一雙修長的玉腿，上身淺黃及腰的透明披肩，內襯與褲子同色的緊身肚兜，繡著一朵大芙蓉花，又黑又亮的長髮，打開來散披在肩上，絲絲垂直，梳理得一絲不亂。

敢情她是出浴之後晚妝初罷！

這身打扮，加上她眉目之間的風情萬種，似笑非笑，梨渦隱現的神情，使得常玉嵐不敢正目而視。

於是，急忙低下頭來，輕聲道：「夫人，屬下因道路不熟，所以耽誤了時間，來遲了些，是否有些不便？」

百花夫人嬌嗔著道：「你站在門外就方便了嗎？」

「這……」

「進來，有話也得坐下來說呀！」

「是！」

常玉嵐只好依言入內，但見室內紫幔紅氈，隔著左側的屏風，像是臥室的陳設，牙床羅帳，獸爐噴香。

房屋的正中，一張鑲著翠玉的小圓桌上，已擺了六色佳味、兩付杯筷、一把酒壺，雖未斟酒，也可嗅得出醇醇香味。

百花夫人斜睨了常三公子一眼，伸出纖纖十指，親自執壺斟滿了兩杯泛著碧綠色的酒，自己先就主位坐下，然後指著對面向常玉嵐道：「坐下。該餓了吧！三公子，咱們一面吃，一面談！」

常玉嵐沒有第二個選擇，只好就座。

百花夫人手執玉杯道：「我們喝了這一杯，再聽我說請你到精舍來的原因！」

這正是常玉嵐急於想知道的事。

但是，對於百花夫人以及百花門中一些莫測高深的神秘狠毒經驗，他是不敢稍有大意的。

尤其是面前的一杯酒，說不定隱藏著無限殺機，或是奇烈劇毒。

因此，常玉嵐雖也舉起杯子，並沒有喝下去的意思，只道：「屬下對於酒……」

誰知百花夫人卻接道：「對於酒你是海量，我知道你同紀無情二人，有一連喝十二個時辰，乾了兩罈桃花露，是嗎？」

常玉嵐怎能當面否認？只是苦笑道：「確有此事，然而……」

「然而什麼？」

「屬下……屬下……」

「百花門不會在酒中下毒，下毒也不會對你常玉嵐，因為……因為你從踏進百花門那天起，我已認定你是我心目中要找的人。

「從你進了暗香精舍那一刻起，你今生今世也都是百花門的核心，從你第一步跨進我這間房門，你與百花門已合而為一，不可分離！」

百花夫人一口氣說了這麼多，一句比一句激動，一句比一句說的斬釘截鐵，口氣十分的堅決。

常三公子心中想的事被百花夫人當面拆穿，不免有些尷尬，道：「屬下並不懷疑酒中下毒，只是……恐怕酒後失態而已！」

他說到這裡，一則料定百花夫人言出由衷，酒中不會含有劇毒，二則為了掩飾自己的尷尬，端起面前滿滿一杯酒，仰面一飲而盡，又道：「屬下先乾為敬，算是略表對門主的一點誠意！」

百花夫人似乎也真的滿意，舉杯也飲了大半杯道：「我並不要求你是否對我真的忠心不二。但是，我這間小房，你常玉嵐是第一位進來的人，到目前為止，連你在內，進入此屋只有三個人。」

常三公子心想知道另外二人是何等人物，帶笑說道：「哦！夫人，那另外二人可否見告！」

「可以，一個是我自己，一個是我義女櫻桃。」

常玉嵐不由一愣，因為如此說來，只有自己是進入這屋子的男人了，連忙頷首道：「是屬下的榮幸！」

百花夫人並不慇懃勸酒，略一沉吟，幽幽的道：「現在我們言歸正傳，是我經過再三考慮過的，話出我的口，是否應允，全在你！」

常玉嵐心中不由噗噗直跳。

因為百花夫人如此鄭重其事，必非等閒，自己不能不多加小心應付。

若是一個閃失，或是百花夫人所說自己根本辦不到，不拒絕，事實必有困難，當面拒絕，百花夫人惱羞成怒，後果不堪設想。

因此，只好含含糊糊的道：「屬下能力所及，絕不辜負門主厚愛！」

誰知百花夫人雙目凝神，脈脈含情的凝視著常三公子道：「若是能力所不及，我也不會任性！」

常玉嵐非常矛盾，既怕百花夫人說出來不可收拾，又急欲想她說出來，好打開自己心中的悶胡蘆，隨口道：「那就請門主明示吧！」

料不到百花夫人竟然衝口而出道：「常玉嵐，我的確很愛你！」

此言一出，常玉嵐像是挨了一記重拳，心頭猛的一震，幾乎覺得是自己聽錯了，失聲驚呼道：「夫人！」

百花夫人反而一掃先前凝重的態度，十分冷靜的淡淡一笑道：「我知道你會大吃一驚，因為我配不上你！

「你是名門正派的金陵公子，而我呢？是殘花敗柳！而且，不幸是被人們認為是邪門外道的百花門門主。」

常玉嵐不知如何是好，口中喃喃的，連自己也不知道自己在說什麼？

百花夫人自顧自的幽幽又說道：「我是人，不幸我是女人，是一個做了別人小星，而又被拋棄的女人，所以我才恨所有的人，甚至連我自己也恨，這是任何人無法理解的！包含你常玉嵐也是。」

常玉嵐見她語氣沉痛，而神色上除了冷漠之外，卻不衝動，深深覺得她的遭遇一定很痛苦。

因此他反而被她的情緒感染，忘記了自己的處境，很直覺的安慰她道：「百花門也是江湖的一脈呀！」

百花夫人搖搖頭道：「愛，是沒法勉強的，我可以愛你，但是，不能使你一定愛我，因此才有今天這次的面對面會談！」

常玉嵐想不到百花夫人會有這麼開明的想法，不由暗自欣喜。

因為，從她的語氣之中，似乎她不會有強迫的手段逼自己就範，忙把握機會道：「門主說的極是！極是！」

百花夫人忽然語氣一轉道：「聽著，我要的不是你的心，所以不管你心裡如何想法。可是我要的是名份。」

「哦！夫人……」

「從今天起，無論在何時何地，你都要承認你愛我，也要承認我是你的妻子。」

「這是為什麼？」

「我要證明我有人愛，而且是武林中鼎鼎大名的世家公子熱烈的愛我！我要的就是這一點，這一點虛名，還有我所爭的一口氣！」

「我還是不明白！」

「我知道你不會一口答應，但是我願用三個條件做為交換！」

「三個條件？」

百花夫人緩緩站起，撩了一下長髮道：「第一、我願盡我所有的力量，幫助你成為武林盟主，取司馬山莊而代之，教江湖上黑白兩道對你奉為至尊。第二、我立刻改變百花門的任何施計用毒手段，要你在人前人後不受人嘲罵。」

「第一項雖是屬下所祈求的，但屬下自量聲望品德武功都不足以擔當，至於百花門之事，屬下並不敢有何進言，一切應由門主卓裁。」

「第三、我一定搜盡天下美女，挑選一位絕代嬌娃，只要你滿意，把她納為你的二妻，補償我對你的虧欠，也使你心滿意足！」

這真是不可思議的事，常玉嵐忍不住感到好笑。

但眼見百花夫人一本正經，勉強忍住，也從座位上站了起來，道：「夫人的好意，在下心領，只是……」

常三公子一時不知怎樣措詞，來推卻她的怪異條件，囁嚅的接不下去。

哪知百花夫人忽然面色一沉，提高了聲音道：「我不過只要一個名份，難道是天塌地動的大事，你這等為難？」

常玉嵐強自按捺下來，帶笑道：「對常某來說，的確是件大事。」

說到此處，忽然有了主意，接著道：「就因為是名份，所以必須取得家嚴慈的同意，否則，所謂的名份又從何來呢？」

他這個一時靈機所想的理由，果然使百花夫人久久不語。

因為，百花夫人所謂的名份，是要別人都知道她是金陵世家「斷腸劍」常三公子的髮妻，假若常家不承認，所謂名份依舊是空。

但是，她生性倔強，也不是別人敷衍得過去的人，她盈盈一笑道：「你的話並不是沒有道理！」

常玉嵐聞言心中暗喜，趕緊道：「因此，我不能立刻做任何決定，等稟明家父，再向門主回話！」

百花夫人微微一笑道：「令尊大人如若應允，我當然感激不盡，若是不允，我倆自己決定也並無不可。」

常玉嵐心想，只要能渡過眼前這一關，別的也管不了許多，口中唯唯喏喏道：「容我與家父商量！」

誰知百花夫人突冷冷地道：「得到的，我會珍惜，得不到的，我也會把它毀掉。」

說完，她忽然抓起桌上那隻玲瓏剔透的酒壺，狠狠的用力向窗外大理石的欄杆上摔過去。

砰！的一聲。

酒壺摔得粉碎，綠澄澄的酒，濺滿了宮紗帳幕，碎片撒滿一地。

常玉嵐眼見她摔碎了酒壺的神情，心中不由一沉，暗忖，這是一種兩極性格的充份證明。

先前，對於百花夫人的身世，他的確有幾分同情，因而對她的反常心態，也就不覺深惡痛絕，由於這層見解，加上面對她姿容嫵媚，明艷照人的美，的確沖淡了不少的仇視心理。

而此刻，又看見了她的另一面，霸道、任性、強橫，把他已經沖淡了的仇視心理，又重新點燃起來，只是不便立刻翻臉而已。

當然，身處險地，對於暗香精舍的周遭環境一無所知，尤其百花門的內情，加上樂無窮的敵意。

常言雖道知己知彼、百戰百勝；但他繼之又想，是君子不吃眼前虧，一旦翻臉，除了自己立刻有生命之危外，南蕙以及四婢，連同「無情刀」紀無情的四個刀童，也必會無一倖免，這不是他想見的事。

想到這裡，常三公子強打笑臉說道：「門主，不要掃了酒興，再說，生氣發怒，是有礙門主你的美麗無雙的容顏啊！」

百花夫人柳眉上掀道：「美麗？嘿嘿！二十年的折磨，早已水流花謝，若是時光倒流，也許……」

她斜睨的雙眸，無限柔情的望著常三公子。

常三公子心頭立刻感到一震。

這眼神好生熟悉，彷彿在哪兒見過，只是……

忽然，常三公子想起來了。

這是藍秀的一雙魅力無窮的眼神，曾經給予自己無限震撼，也顛倒了紀無情，使二人心甘情願受她指使，連生命也可犧牲的眼神。只是，百花夫人的眼神之中，似乎缺少了一些甚麼！

這就像是一碗甜湯，百花夫人的這一碗，沒有藍秀的那碗甜得沁人心脾，甜得又香又醉人而已。

百花夫人見常玉嵐凝神不語，蓮步轉移，柔聲道：「今晚的話到此為止，明天你立刻派蓮兒回金陵，我們等你父母的佳音！」

這句話如同皇恩大赦，常玉嵐忙道：「遵命！」

百花夫人順手取下一盞紗燈，道：「桂林右邊是我的讀書之處，你就委屈一點，芙蓉被我打發開，沒人侍候你！」

本來是十分尷尬的局面，料不到就在她三言兩語之下，一天的雲霧盡散，忙接過紗燈，拱手告辭。

出了精舍，依然聽到百花夫人一聲幽怨嘆息。

常玉嵐搖搖頭，苦笑了一下。

折過桂林，就是一明兩暗的書房，布置得十分典雅，東邊的一間床帳整齊，潔淨異常。

常玉嵐也不過是剛把手中的紗燈掛上琴架一角。

忽然，屋角暗處，竄出一個小巧的身影。

常玉嵐猝不及防，忙的斜跨半步，右手急如星火，探臂一聲，抓個正著。

「常公子！是我！」

原來隱在暗處的小巧身影，乃是翠玉。

常三公子在這急切間一抓，不自覺的用了七成力道，翠玉斜著身子，顯然被抓痛了肩膀，但她還是忍痛邁步，噗一聲將紗燈吹熄。

常三公子本想當面向百花夫人追問翠玉的下落，只因情勢所迫，不願多生枝節，此時一見翠玉，不由大喜過望。

一則，已知翠玉無恙，而且活生生的在自己面前。

二則，有了翠玉留在百花門，等於多了一個心腹耳目。

三則，暗香精舍內情，從翠玉口中可以明瞭。

因此，他拉起翠玉的手，低聲道：「是門主叫你來的嗎？她對我們的事……」

誰知翠玉伸出一手，掩住常玉嵐的嘴，十分緊張的道：「事情緊急，我不能多說，更不能多留，是偷偷來的！」

「哦！」

常玉嵐雖然在黑夜之中，兩人面對面，也隱隱之中可以斷出翠玉的心跳加速，氣喘吁吁，顯然內心既緊張又害怕。

因此，忙安慰她道：「有話慢慢說！」

「你能不能設法救一個人出暗香精舍?」
「誰?」
「丁老爺子,『妙手回春』丁定一。」
「他?他不是在盤龍谷……」
翠玉的手有些發抖,拉著常玉嵐的一隻手連連搖個不停道:「被門主抓來了,現在關禁在菊花塢假山的地牢之中,而且身受重傷,非常危險!」
常玉嵐焦急的道:「為甚麼?」
「為了你。」
「我……」
「要不是你,丁定一老前輩不會礙到百花門,甚至百花門根本不知道他在盤龍谷中隱居……」
常玉嵐先前尚有些猶豫,因為自己本已置身在陷阱之中,對於救人,必須慎重而行。
如今聽翠玉之言,不僅有一種愧疚之感,也有責任感,他雖不殺伯仁,伯仁因他而死,豈能袖手旁觀置身事外。
因此,他連連捏了幾下翠玉的手,表示感激,也表示救人的決心,口中道:「救出丁老伯之後從何處能出精舍?我可是分不出東西南北來!」
翠玉道:「出了菊花塢,不要進萬竹林,繞林而行,就是汴水河岸。」
就在此刻,月光將要西沉,忽然印出一個人影,在窗欞花格之上一晃而過。
「甚麼人?」

常玉嵐何等機警，身在險地，耳邊雖有聽翠玉說話，雙眼餘角，早已掃視著窗外，發現人影口中喝著，人也掀窗而出。

月光下，夜色正濃。

秋蟲爭鳴，萬顯俱寂。

哪有一絲人跡，連個鬼影也沒。

常玉嵐仍不放心，落地游目四顧不見人影，立刻彈身上了屋面，依舊是深深夜色，不由暗道：「此人身法好快！」

返回書房，翠玉伏在窗前，粉面鐵青，語意哽咽的道：「事機已洩，適才人影，可能是樂無窮！」

常玉嵐見她楚楚可憐，心中甚為不忍，道：「翠玉，你跟我走！」

翠玉搖搖頭，腮邊雖然掛著兩行清淚，面上卻帶笑道：「不！」

「為什麼？」

「我的命如飛絮落花，既不能侍奉公子一生一世，也不能對公子有任何幫助，徒然增加你的麻煩，何苦！」

「你為我連性命也不顧，我心裡明白！」

「此時不是談這些的時候，天色一亮，救人就不容易，我們分頭行事，你去救丁老伯，我去放蓮兒姐姐她們！」

常玉嵐點點頭，又道：「記著，你無論如何，要隨蓮兒她們一齊走，不要等我，傳我話要蓮兒她們回金陵！」

翠玉瞧瞧天上的斜月道：「你快去，我會告訴蓮兒姐姐！」

她說到這裡，雙手掩著臉，悲不自禁，只差沒有哭出聲音來，從抽動的雙肩，可以知道她傷心欲絕的樣兒。

英雄氣短。

兒女情長。

常玉嵐對於翠玉，這份情感十分微妙。

因為，兩人之間談不到兒女之私情，但他們的相處不但是起於男女之間的關係，而且也有過赤裸相見的假鳳虛凰時刻。

在常玉嵐來說，那是基於一種權宜之計的需要，也可以說是一種要達到保護自己的手段。在他的心靈裡，完全滲不進半點感情因素。

而生為女孩兒的翠玉卻又不然。

即使是被客觀的情勢所迫，與一個年齡相若、又是英俊的美少年，兩人赤裸相擁，怎能禁得住那份抹不去推不開的印象，哪能忘卻那種不平凡的情景。

翠玉她是以仰慕開始對常三公子留情，才有洩漏百花門秘密以生死做賭注，是對男性追尋的自然動機。

除了善良的天性使然外，免不了也滲雜著頗多的情愛。

經過多日的相處，她才發現自己與常三公子之間，有極大而不可縮短的距離，也就是說常三公子絕不可能娶一個百花門的婢女為妻。

女兒家對終身大事落空，甚至幻滅，往往會萬念俱灰，感到生命毫無意義。

翠玉就處在這種渺茫的境界之中。

內心裡，她已把此時此刻認定了是生離也是死別，所以她嗚咽的出了書房，再三回頭。

常三公子心頭雖然十分悲楚，無奈情勢不容他片刻遲疑，從懷內抽出一條白色汗巾，蒙在臉上，只露出一雙眼睛，照著翠玉所說，穿過菊花塢，果然有一堆嶙峋的假山，而且很容易找到山洞入口。

奇怪的是既為囚禁犯人的地牢，為何沒人看守？

常三公子之所以用汗巾蒙臉，心想若遇上看守之人攔阻，可以不被認出。

救出了丁定一，然後，送往汴水河畔，自己在神不知鬼不覺之下，折返精舍，免得百花夫人起疑，省卻不少麻煩。

他再也料不到整個暗香精舍，彷彿都進了夢鄉，沒遇上半點人影。

假山入口之處，並不寬敞，但卻十分明亮，原來兩側石壁之上每隔丈餘就有一個巨大生鐵鑄成的燈盞，火光熊熊。

雖不能照耀得如同白晝，但卻毫無黑漆漆的陰森氣氛。

幾個轉彎，山洞漸漸開朗，只是漸覺潮濕。

常三公子橫劍胸前，護定子午，步步小心向內行去，因為，既然無人看守，可能布有機關陷阱。

然而，他的顧慮完全多餘。

已到了加鎖的鐵欄門前。

周遭毫無異樣。

隔著鐵柵門，石壁一角捲曲成一堆的，果然是天下神醫「妙手回春」丁定一。

不知他是沉沉入睡了，還是像翠玉所說的，他已身受重傷奄奄一息，因為他捲臥的地方十分幽暗看不清。

常三公子略一打量，方圓不足三丈的地牢，除了丁定一之外，不說看不到別人，蕭蕭四壁空無一物。

他不假思索，左手兩指用力，硬生生夾斷了鐵鍊，推門跳進牢房，低聲叫道：「丁世伯！丁世伯！」

丁定一臉無血色，昏昏沉沉，勉強吃力的睜開失神的雙目，愣愣的道：「你……你……是誰？」

曾記得初上終南山，丁定一葛衣布巾道貌岸然，一副隱者飄逸出塵的風采，與此刻氣息奄奄的垂死景象，常三公子不由為之心頭一酸，忍不住悲淒，低聲道：「小侄是常玉嵐，金陵常玉嵐！」

「真的，我不是在做夢？」

「不是！老伯，我是來救你的！你要振作一些！」

丁定一此刻已稍微清醒，再三凝視著常三公子，喘息了幾下，竟然支著雙手坐了起來，十分意外的道：「賢侄，你……來得好！你來救老夫了？」

常三公子急忙扶著丁定一搖搖欲倒的軟弱身子，問道：「伯父！你能不能伏在小侄的肩上？」

「老朽不行了！」

「試試看！老伯！」

「他們已斬斷我的鎖骨同雙腳的主幹筋絡，出了地牢也是殘廢！」

「你同他們有這麼大的深仇嗎？」

「匹夫無罪，懷璧其罪，我的罪是我不應該通達藥理，善於解毒之術。」

常三公子已了解了事情的大半，冷哼了聲道：「原來如此！」

「他們原是忘記了我，這也就是我隱居終南閉門謝客的最大原因。」

常三公子心中悔恨至極，不用說，百花門之所以發現了「妙手回春」丁定一的隱居之所，乃是由於自己北上終南求取化解血魔掌毒所引起。

因此，他下定決心要將丁定一救出暗香精舍。毫不遲疑的還劍入鞘，雙腿交盤，坐在丁定一的背後道：「世伯，你定神聚力，小侄稍運內力，穩住老伯的傷勢，調息精、氣、神，以便脫離魔窟。」

丁定一且不答話，略一沉思道：「賢侄，你先替我做一件事。」

「老伯請吩咐！」

「把我這隻左衣袖用力扯下來。」

常三公子大為不解，如此重要關頭，為何要交代他扯下一隻已染有血跡既污又髒的衣袖呢？因此遲疑未決，半晌不曾動手。

丁定一喘息更加緊迫，嘶聲道：「快！扯下來，帶出此地！快！」

常三公子見他已漸有不支的現象，只好依言，拉住他的左袖輕拉，整個衣袖由肩頭應手扯下。

丁定一雙目神光渾濁，嘴角已滲出紫色血塊，但是他還是伸出無力的手，拉著那截破袖，作勢向常玉嵐懷內塞去。

常三公子點點頭，將衣袖納入懷中貼身處，不再徵求他的意見，反手一抄，將丁定一揹在背上，向洞外奔去。

「常玉嵐，好大的膽！」

洞外，原來早已天明，斷喝聲中，樂無窮插腰岳立，攔住去路。

常玉嵐機警的撤身退步，道：「樂無窮，識趣的讓開！」

樂無窮出乎意外的乾笑道：「可以。」

「算你還明白一點江湖道義！」

「咱們談談條件，我立刻撤身就走，決不為難，否則，常大俠，恐怕插翅也難飛出暗香精舍！」

「小人行徑！」

樂無窮得意的道：「樂無窮從來不做沒有條件的事情，你閣下可能還不知道我的脾氣吧！」

他那一味無賴的神情，好整以暇的態度，看在常玉嵐眼內，乃是打從心窩起就會感到噁心。

若是在平時，常玉嵐會一言不發，給他個狠狠的教訓。

可是，此時完全不同，身上背了個垂死的丁定一，又在敵情不明的暗香精舍勢力範圍之內，萬

一驚動別人，脫困的機會就減少了。

最怕的是百花夫人，常玉嵐從來沒跟她交過手，但是，行家一出手，便知有沒有，百花夫人的功力，應該是高不可測，若是惹來了她，何止是逃不出暗香精舍，恐怕還會賠上一條命。

常玉嵐對於生死可以不計。

然而，武林的浩劫，關係著千萬人的性命。

想著，他只好忍了下來，喝道：「什麼條件，快說！」

「很簡單，從現在起，你立刻向百花夫人表明態度。」

「樂無窮，虧你說得出口，終身大事可以用逼迫的嗎？」

「恰好相反！」

「相反？我不懂你的意思！」

「嘿嘿！你一口拒絕她，並且發誓從此遠離百花門，去做你金陵常家的花花公子，我們就只當沒發生今天的事。」

「哦！」

常玉嵐這才會意過來。

敢情是樂無窮暗戀著百花夫人，而又不敢明白的表示，而今，常玉嵐插上一腳，無異是橫刀奪愛的情敵。

偏生百花夫人的心意，也沒能逃得過樂無窮的眼睛，所以，一開始就把常玉嵐視為眼中釘了。

常玉嵐既已明白，便笑道：「我明白，原來閣下的醋勁很大，只可惜找錯了對象，常某願意讓

賢，但一生從不發誓。」

「好一個一生從不發誓，樂某姑且相信你。」

「謝了！」

說著，就待邁步起身。

「慢著！」樂無窮叫道。

「還有什麼事？」

樂無窮又攔在前面道：「常老三，我再一次的警告你，若不是我姓樂的一聲令下，把各處樁卡支使開去，憑你的三招兩式，在暗香精舍是施展不開的，因此，這裡，以後你離得遠遠的。」

常玉嵐傲然的冷冷說道：「常某若是要來，誰也擋不住，若是不想來，誰也請不來，青山不改，綠水長流，樂無窮，常門七劍、萬邪斷腸，你這一邪，也不會例外的，你家三公子走了！」

常玉嵐突然被樂無窮激起了豪氣，因此，騰起時仰天而嘯，清越入雲，幾個起落，人已不見。

樂無窮雖然很狂，眼見常玉嵐背上揹了個魁偉的半死人丁定一，並不顯得身法遲鈍，如同常人一般無二。

起勢如同迅雷，展功快如閃電，衡量著如果同他認真比起劍來，勝算可能還是在姓常的一方。

眉頭微微一皺，咬牙切齒，樂無窮惡狠狠的說道：「一不做二不休，斬草不除根，春風吹又生。」

飛奔到矮桂樹叢，停下腳步，探手在懷內摸出一枚金錢，振腕著力，認定精舍簷前懸著的銀鈴射去。

應手發出一聲叮鈴，清脆的響聲。

響聲未落！

一片流雲似的百花夫人已踏著矮樹而出，低低的嬌叱，含著無上權威：「樂無窮，為甚麼清晨八早的震鈴稟報，是什麼大事嗎？」

樂無窮垂首低聲道：「啟稟門主，常三公子不告而別。」

百花夫人馬上露出一臉的不悅之色，叱道：「大驚小怪，他可能是有重要大事，趕著回轉金陵！」

樂無窮只覺好笑，表面上卻道：「上稟門主……」

「還有甚麼事？」

「他救走了丁定一。」

「甚麼？」

「常三公子從地牢裡救走了丁定一。」

「哦！」

百花夫人這才有些吃驚。略一沉吟，終於說道：「你快去攔住他的婢童，我自己去攔他！」

樂無窮正中下懷，因為他本來就不想同常玉嵐、百花夫人三當六面，於是忙恭謹的應了一聲：「是！」轉身而去。

百花夫人望著旭日初升的晨光，哀怨的一嘆，咬牙有聲，一跺腳，向汴水渡口疾奔而去。

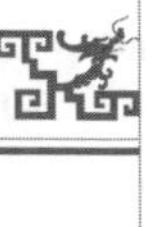

汴水河，已近涸乾，一片荒涼。

常玉嵐一路馬不停蹄，已經感到吃力，到了河堤上，輕輕將身後的丁定一放在地上，低聲道：

「世伯，稍等一下，我的蓬車就會……」

「常玉嵐！」

一聲低沉而有說不出吸引力的聲音，隨著曉風飄來，十分遙遠，也十分清晰，十分親切，也十分冷漠，就是有這種奇異的感覺。

常玉嵐悚然作色道：「糟！百花夫人趕來了！」

丁定一已呈昏迷狀態，嘴裡已說不出話來，只是以手示意，半閉半開的眼睛，艱澀的眨了幾眨，臉上的肌肉也有些扭曲的樣子。

常玉嵐看在眼內，心頭像扎了一把刀，恨不得代這位武林名醫受這份痛苦，湊近丁定一耳畔道：「世伯安心，我拚了一死，也要救你出困。」

白紗飄忽，好似天上飄浮的朵朵白雲。

百花夫人已如同御風般遠遠飄來，人在凌空，緩緩的道：「三公子，放著大事你不趕返金陵，帶著丁定一方便嗎？」

她不像個武林人物，更不像是施毒稱霸的百花門一代魔頭。

常玉嵐朗聲道：「丁定一乃是在下的世伯，懸壺濟世救人，雖有武功，數十年來從未與江湖人交手過招，門主，他已歸隱終南，為什麼不高抬貴手放他一條生路呢？」

常玉嵐所以不願翻臉，是由於有自知之明。

百花夫人功力高不可測，自己一對一絕非對手，何況有一個垂死重傷之人，縱然自己全身而退，丁定一必遭毒手無疑。

所以，常玉嵐採用攻心戰術，話說得十分婉轉動人，而且面帶微笑。

百花夫人也報以微笑，搖搖手道：「三公子，任何事我可以答應，對於丁定一，關係重大，你最好不要插手。」

「為甚麼？」

「不要問理由，我所以對你沒有完成任務，寧願破例不加追究，就是因為你引領了我的人找到了丁定一，也是我日前在開封城外對你說的，將功折罪，發現了丁定一就是大功一件。」

「深仇大恨嗎？」

「沒有。」

「那你何必逼人太甚？」

百花夫人此時已側立在河堤之上，兩下相距大約七丈左右，她指著地上的丁定一道：「他已離死不遠，你只是添個累贅而已，留他在此，你可以去了！」

「辦不到，有我常玉嵐在，不可能把他交給你！」

「不要得寸進尺，你把我暗香精舍當成什麼，任你來去自如，衝破囚牢、劫走囚徒，百花門立萬以來，還是第一次！」

這時，一匹黑色駿馬如飛而來。

馬上坐著的是樂無窮。

而他腋下夾著的，不是別人，正是嬌小的翠玉。

樂無窮躍身下馬，把挾著的翠玉咚的一聲，重重的丟在黃泥地上，朗聲道：「上稟門主，翠玉掩護常三公子的婢童從便道逃走。

「屬下本來可以將她們追捕回來，翠玉以死相拚糾纏不放，被那婢童們脫身逃逸，現將叛徒抓回，請門主定奪。」

百花夫人的雙目之中，寒芒一閃而逝，立即吟吟笑了起來，徐徐的道：「原來有了內應，難怪常玉嵐知道丁定一囚禁的地方！」

翠玉分明是被樂無窮制住了穴道，因此被丟在地上一動不動。

常三公子已不止一次的看出，凡是百花夫人目光有異，又面現笑容，就是要施殺手的前奏。

因此，忙道：「夫人，我救丁定一與翠玉無關。」

不料百花夫人笑得更媚，道：「她早就該死了，你還為她說情？未必吧！第一天，你們兩人就瞞苦了我了。

「哼！翠玉與你之間並未曾有肌膚之親，你也不需要按時間服用解藥，以為我不知道嘛！嘻！嘿嘿！」

她嘴裡說著，腳下也緩緩移動，向翠玉接近。

常玉嵐心知不妙，也向翠玉倒地處欺近。

誰知，百花夫人眼看已離翠玉不到一丈之地，突地一式風擺殘荷，快如閃電斜射而起，凌空躍起，認定河堤上的丁定一掃去。

這種聲東擊西身法，大出常玉嵐意料之外，等發現欲阻已不及。

只見一道狂飆捲起，丁定一的人像片落葉，一連在空中幾個翻滾，人已跌入乾涸的汴水河床之中。

噗通一聲如腐木枯樹，連叫都沒叫出聲。

常玉嵐大怒道：「好狠！」

百花夫人臉上笑容未斂，對樂無窮道：「叛徒交給你，我要回去梳洗了！」

樂無窮應了聲：「是！」

一式旋風腿，不偏不倚踢得翠玉嬌小的身軀，平地彈起了丈餘，也是同樣的跌得七孔流血，慘絕人寰。

常玉嵐先前接近翠玉，意欲插手攔阻，等到百花夫人對丁定一下手，他又搶到丁定一身前，反而被離翠玉最近的樂無窮暴施毒手，結果是兩下落空，這股怒火，常玉嵐再也按捺不下了。

只聽嗆的一聲，長劍出鞘，戟指著道：「樂無窮，一命抵一命，本公子要你血債血還！」

無奈，此時樂無窮已躍上馬背，冷哼一聲道：「在下奉門主之命，要回暗香精舍，恕不奉陪！」

常玉嵐振劍有聲，揮起劍花彈身追上。

不料，百花夫人妙袖揚起一道勁風，讓過樂無窮，攔住常玉嵐，搖搖頭道：「夠了，情非得已，我如不殺丁定一，本門施毒大計必定完全落空，因為只有他，才知道如何化解本門獨創劇毒。」

常玉嵐被勁風一逼，幾乎倒退數步，隱隱之中似乎有一層反彈的力道，像一堵牆，使自己無法衝過去。

他心中暗驚，驚訝百花夫人的內功修為，高出自己許多，已到了爐火純青之境。

百花夫人又道：「翠玉同你毫無牽扯，她只是想利用你的掩護而已，不離本門，又可以由婢女升到義女。

「她若是離開本門，可以攀上金陵世家，這賤婢是進可以攻退可以守的兩全想法，你又何必為她傷神？」

「她不應該如此慘死！」

「常玉嵐，難道你要為了個婢女同我拚命？」

常玉嵐仔細盤算，心忖，人死不能復生，翠玉固然死得很慘，但不能只顧這點而耽誤了大事。況且，自己雖然有心與她拚命，但也不是百花夫人的對手，縱然不計生死，於事又何補呢？

想著，嘴上可不放鬆道：「那麼丁定一的命，該找誰來算？」

百花夫人道：「為了保護自己，為了生存，天下沒有兩全其美的事，你仔細想想吧！等你的訊息，珍重！」

語落人起，魔幻般轉瞬已無影無蹤。

原本寬闊的汴水河，已只剩下新改河道中間一段細流，嗚咽東去。

常玉嵐面對著兩具屍體，倍感神傷。

他用劍挖了兩個深坑，分別將翠玉與丁定一兩人掩埋妥當，各用巨石刻了石碑，堪堪收拾完畢。

河堤上樂無窮騎著一匹駿馬，又飛馳而來。

常玉嵐一見到樂無窮，怒從心上起，仗劍大聲怒喝道：「姓樂的，你不甘心，還要來送死？」

樂無窮冷冷笑道：「常兄，我們是有默契的朋友，何必怒目相向？」

「你別自作多情了！」

「哈哈！常兄是健忘還是不守諾言，縱然要反悔，也不該把在下放你離開暗香精舍的一番好意竟給馬上抹煞了，至於門主她自己發現，追趕上來，不在你我的約定範圍，怎能責怪我呢？」

「你追上前來，意欲何為？」

「又是誤會，也是天大冤枉……」

「少廢話，快說！」

「在下是奉了門主之命，替常兄你送匹馬來。」

「送馬給我？」

「對！」

「我不明白？」

「夫人說，此去金陵千里迢迢，少俠一向有美婢侍候，現在孤單一人多有不便，因此要在下送來駿馬一匹，赤金千兩，做為回轉金陵之需，常兄該不會推辭吧！」

他說完，將馬韁連同馬鞭遞到常玉嵐手上，指著馬鞍上的皮囊道：「黃金在皮囊之內，五十兩一錠，二十錠不會錯！」

常玉嵐反而臉上發燒，無法開口。

樂無窮拱手齊眉道：「常三公子，咱們若是有緣，也許會再相見，一路順風！」

望著樂無窮遠去的背影，直到消失不見，常玉嵐獨自在茫茫蒼蒼的乾河床上，悵然若有所失。

一向逍遙成習的他，忽然形隻影單，當然是倍覺淒涼，偏生那匹駿馬仰天長嘶，回音四合，彷彿整個大地都是空無所有。

他且不上馬，牽著馬匹，緩緩前行。

要緊的是趕上蓮兒她們。

因為，蓮兒雖然十分能幹，但究竟是女流之輩，群龍無首的一大陣，容易引起江湖不肖之徒的邪念。

還有一個天真純潔、從未涉足江湖的南蕙，她是否會安安份份的聽從蓮兒的話？實在使常玉嵐放心不下。

汴水蜿蜒的河堤已到了盡頭，原來已到了官塘大道，不遠處黑壓壓的一大片土牆灰瓦，像是個市集。

常玉嵐這才認鐙上馬，向市集奔去。

「河頭集」三個大字的土城門，已經殘破不堪，市面蕭條得很，走了兩三條街，才看到會英樓——這集上的唯一客棧。

折騰了大半天，常玉嵐還真的飢腸轆轆，又渴又餓，拴好馬跨步進店，一股酒菜香迎面襲來。要了些酒菜，據案大嚼，像風捲殘雲似的飽餐了一頓。

常玉嵐正待會帳起身，探手入懷，才想起一路來自己從不問銀錢之事，身上哪有半分銀子，不由自覺好笑起來。

心想，幸虧馬背皮囊之中，有百花夫人命樂無窮送來的黃金千兩，否則，豈不尷尬。

想著，招手喚來小二道：「店家，麻煩你將我馬上的皮囊取來，小心點，一千兩黃金，可是很重的啊！」

店小二愣愣的瞧著常玉嵐，好似有些不信，半晌才道：「客官，你說是一千兩黃金？那可是幾十斤呀！」

常玉嵐笑道：「對！所以要你小心啊！」

店小二忙道：「那可得找個幫手抬進來。」

說著，招手在櫃臺後面叫了一個打雜工人，一齊向店外去抬金子。

不料，一轉眼，二人又空手回來，店小二撇撇嘴，對常玉嵐道：「客官，沒事何苦尋我們下人開心！」

「怎麼樣？」

「哼！客官，馬倒是有一匹，慢說金子，連你說的什麼皮囊也沒看到。」

常玉嵐不由吃了一驚。這是不可能的，不但樂無窮說得很清楚，而且自己在上馬之際，也曾注意見到，馬背皮囊沉甸甸的。

因此，他一言不發，按桌而起，欲待出去看個明白。

沒等他離位，店小二雙手平伸，攔在面前道：「客官，這賬還沒算，一共是三兩四錢五。」

常玉嵐被他一阻，又見他說話的神情十分輕蔑，分明認為自己是白吃白喝的無賴，不由臉色一寒道：「你好生無禮，以為我是騙吃騙喝的下三爛！」

小二不屑的道：「下三爛也罷，上三爛也罷，請你付三兩四錢五！」

常玉嵐哪裡受過這等閒氣，衣袖擺動，推開店小二，離座而起。

誰知，他急切間忘記了自己這一拂的力道，把一個矮小瘦弱的店小二震出三四丈外，倒在地上，大叫大嚷道：「掌櫃的，吃白酒的還要打人！」

坐在櫃臺裡的掌櫃，乃是一個五十開外的老者，早在常玉嵐與店家鬥嘴之時已走出櫃臺。此時，迎上前去，沉聲喝道：「哪裡來的瞎眼賊，會英樓是你撒野的地方嗎？」

他口中說著，左手右掌，乍分即合，挫掌掄拳，作出一付動手架勢。

常三公子一見，心中暗喜。

因為掌櫃的招式，乃是崑崙門五行生死拳的起式，想來必是崑崙弟子。

崑崙一脈乃是八大門派之一，與金陵常家素有交往，武家最重義氣，這頓飯即使白吃，也諒來無妨。

想著，連忙拱手齊額，滿面堆笑道：「掌櫃的，這是一場誤會！」

掌櫃的見常玉嵐以江湖之禮相見，氣勢稍緩，但亮出的架勢並未收起來，口中道：「並沒有誤會，小店開業以來，還沒道上朋友像閣下這樣挑岔找事。」

常玉嵐忙道：「在下也沒有挑岔找事的理由，我提一個人，不知掌櫃的聽說過沒有？」

「說出來聽聽！」

常玉嵐左手握拳當胸，右手五指並攏，虛搭在左拳之上，朗聲道：「有位前輩複姓西門，上懷、下德，不知掌櫃的與他可有淵源？」

那掌櫃的一聽，急忙收勢拱手，一臉的恭敬之色，朗聲道：「乃是本門現任掌門，閣下是……」

「金陵常玉嵐。」

常櫃的尚未答言，店門外一聲高叫道：「金陵世家常三公子竟然駕臨河頭集，真是難得！」

隨著話音，店內跨進一位面色慘白，打扮得半文半武的少年。

掌櫃的一見，且不與常玉嵐說話，十分恭敬的垂首低頭道：「二舵主！」

被稱為二舵主的慘白少年，正眼也不看掌櫃的，迎著常玉嵐，陰沉沉的露出比哭還要難看的笑容，雙手連拱道：「常三公子，在下冷若水，忝列崑崙門下，現任河頭集分舵二堂舵主，他們不知虎駕蒞臨，如有得罪之處，還請多多海涵！」

常玉嵐對這位二舵主的一臉虛偽，慘白可怕的神色，滔滔不絕、口沫橫飛的惡形惡狀，還有從未聽說過的字號，討厭極了。

但是，此時此刻，常玉嵐是人在矮簷下，也就不能不收起滿臉討厭之色，強打笑容道：「原來是二舵主，失敬！」

冷若水轉面對掌櫃的喝道：「胡老九，你們要砸咱們崑崙分舵的招牌嗎？連常三公子都敢得

罪，還不上前賠禮！」

他那不可一世的威風，好像就是河頭集的皇帝。

而那位掌櫃的也真的十分害怕，一張臉鐵青，低頭不敢仰視。

急走幾步，咚的一聲大響，雙膝落地，直挺挺的跪在常玉嵐的面前，哀求的道：「小的有眼無珠，得罪了公子，請公子高抬貴手，放小的一馬，你就是重生父母，再造的爹娘！」

常玉嵐看了他那付德性，又好氣又好笑，忙說道：「快起來！快起來！你並沒有什麼不對呀！」

說完，又向冷若水道：「二舵主，掌櫃的沒什麼不對之處，請二舵主原諒！」

冷若水已經面子十足，對跪在地上的掌櫃喝道：「起來！常公子講情，罰你一桌上等酒宴，立刻送到關帝廟分舵！」

「是！是！」

掌櫃的如逢大赦，連聲應是。

冷若水毫無血色的臉又陰沉的笑起來道：「哈哈！常三公子，請到分舵稍歇，讓小弟盡一點地主之情！」

常玉嵐道：「這就不敢了，理當拜訪，無奈常某有要事在身，必須趕路！」

冷若水聞言，伸手親熱的拉起常玉嵐的手，連聲道：「哪裡話來，趕路也不在一時半刻，小弟已命人將你的神駒牽到分舵，就不必客氣了！」

說著，拉起常玉嵐就向店門外走去。

至此，常玉嵐已沒有推辭的餘地。

但是，對於這位二舵主，怎麼看也覺得他不是善良之輩，按照武林規矩，是沒有伸手拉著客人不放的，除非是要暗較功力。

但冷若水並沒有半點稱斤論兩試探功力的跡象。

說他這是好客吧！親熱也該有個分寸，像這樣硬留客，事先牽走馬匹，令人覺得有些過份！

常玉嵐心想，崑崙一派雖名為八大門派之一，但現任掌門西門懷德人在善善惡惡之間，已漸與七大門派疏遠。

適才那店中掌櫃應該是生意人，一言不合，就亮招欲鬥，也令人覺得崑崙派在河頭集並沒有遵守武林的一般戒規。

而身為分舵二舵主的冷若水，作威作福，臉上無血無肉，充滿了酒色之徒的邪氣，也曝露了崑崙派分舵的當家之人應非善類。

有了這一連串的推想，常玉嵐對於冷若水的執意相邀，就存了幾分戒心，提防他暗中使詭。

若不是馬匹被他著人先牽走，甚至不願應邀到他的分舵去。

關帝廟原來就在這條街的盡頭，廟宇不大，只是個四合院的平房。

冷若水拱手道：「常少俠請！」

常玉嵐一百個不願與冷若水站在街頭拉拉扯扯，也就僅露齒一笑，跨進廟門。

門內是一個頗大的院落，擺滿了刀槍劍戟，石鎖千斤擔子，像是練武場，穿過練武場，是大廳，也是正殿。

五供桌後，供奉著一幅畫成的武聖關夫子像。

十來個勁裝漢子，像文武百官排班似的，肅立在石階前躬身侍候。

十三　金陵世家

冷若水大剌剌的跨上石階，肅客進殿，並不請常玉嵐就座，卻道：「三公子，武林之中最重義字，關夫子義薄雲天，分舵非常尊重。」

常玉嵐道：「是！冷舵主說的是。」

冷若水神秘的一笑道：「本舵有一個小小的陋規，凡是進入大殿之人，不論是誰，都要親自燃三支香，以表示對夫子的尊敬！」

常玉嵐焉能說個不字，只好笑著說道：「入鄉隨俗，貴舵的規矩壞不得，常某也該照辦。」

冷若水道：「多謝常少俠，你請燃香行禮，我吩咐屬下打點酒菜，胡掌櫃可能已經派人送來了！」

他說完，拱手出了大殿，轉向廂房。

常玉嵐不覺好笑，心想，此人大概是借神吃飯，利用人的敬神心理，抬高自己舵主的身分，增加自己威嚴。

我常某也不揭穿，就成全你吧！

想著，走到香案前從香筒中抽出三支線香，就著神燈上點燃，隨手插入了香爐。

香是上等檀香，不但香味撲鼻，而且點出的香煙一縷縷只管繚繞在室內，久久不散。

常玉嵐一面自行坐下，一面瀏覽屋內牆上的浮雕神話圖形。

忽然，天旋地轉，昏昏欲倒。

常玉嵐暗叫了一聲：「不好！」

他的人已仰面倒在太師椅上，通身軟弱無力，四肢痠麻得不能動彈。

「哈哈哈哈……」

一陣刺耳的狂笑聲，冷若水帶著四個壯漢，手執牛筋繩索，走進大廳。

冷若水人未進殿，笑聲已發。

他眼見常玉嵐癱倒在椅上，十分狂傲的道：「南劍斷腸名滿天下，鬥智，就不是你冷舵主的對手了，來！捆起來。」

四壯漢七手八腳用牛筋繩把常玉嵐綁了個結實。

常玉嵐人雖軟弱無力，心中甚是明白，他從來沒被人綁過，料不到在河頭集小小的地方，卻栽在無名小卒冷若水手裡。

真是陰溝裡翻了船。

冷若水弄熄了那三支燒了一半的檀香，自言自語的說道：「這香還真管用，抹了解藥還有些頭暈！」

說完，就供桌之上取了杯冷茶，認定常玉嵐臉上潑去。

常玉嵐打了個寒噤，頭腦頓覺清醒，厲聲喝道：「冷若水，下九流的玩意也搬出來了，崑崙門

中，怎會有你這種下流貨！」

冷若水毫不為恥，笑道：「有力使力，無力使智！」

「呸！」常玉嵐氣得混身發抖，重重的呸了一聲道：「我與你素不相識，你打算把本公子怎麼樣？」

冷若水道：「不錯，我們是素不相識，可是，武林八大門派發生了聯名報警令，只要是金陵常家的人，任何門派都可以隨時將之逮捕，送交丐幫押解，由少林看管，只等武林大會依公論定罪！」

聯名報警令是武林中八大門派的約定，令符由八大門派現任掌門簽發，凡是八大門派之人，都要依令行事。

頒發報警令，乃是武林大事，依照江湖常規，最少要武林八大門派三分之二的掌門同意才行。也就是說，如果沒有事關八大門派三分之二以上的危機，是不能發出的。

因此，近百年來，沒有聽說過有關聯名報警令的事發生。

常玉嵐也為之動容，追問道：「姓冷的，你一派胡言，八大門派與我金陵世家非朋即友，縱然發出報警令，與我常家什麼相干？」

冷若水真的冷若寒潭之水，嘴角微露笑意，不疾不徐的道：「哼！你還在裝蒜！」

常玉嵐見冷若水說話的神色不像是假的，趕忙道：「你說詳細點！」

「好吧！」

冷若水大剌剌的向正中一坐，聞了聞手中的鼻煙壺，才道：「劍刺了緣師太，削了鐵拂道長一隻手臂，劈了武當雪山峨嵋數十弟子，這夠了吧？」

「我絕無此事。」

「廢話，你配嗎？」

「為甚麼……」

「小子，只怪你那心狠手辣的老子連累了你！」

常玉嵐更加不信，連聲道：「不可能！不可能！」

因為，金陵世家，有一個不成文的習慣，每代只有一個全家公認的人，在武林之中以金陵常家的字號在江湖中行走。

那是因為金陵世家不是武林幫派，既無掌門，也不設各種執事，當然也就沒有分壇支舵了。

若是世家人紛紛在武林中行走，一定會發生各自為政的弊端。

說不定甲的仇家，就是乙的好友，甲認識的人，同時也是乙的對象，如此，必然會意見不一同室操戈，造成無謂的糾紛，增加難解的恩怨。

因此，自從常玉嵐履及江湖，常世倫便很自然的閉門謝客，安享清福，就是大公子常玉峰、二公子常玉岩，也從來不會踏出六朝金粉的金陵城。

當然，常家能踏入江湖以武會友的人，必定是當時一代武功最高、斷腸七劍修為最深的人。

這樣才能代表金陵世家，也才能保持世家的武林地位與光榮盛名。

所以常玉嵐一聽冷若水說，是他的老爹出手殺了了緣師太、重傷鐵拂道長，又同時殺各派數十高手，打心眼裡一千個、一萬個不信。

冷若水卻搖頭晃腦的又說道：「二舵主我沒有工夫跟你逗嘴，有話，明天我送你到本門總舵再說！」

「你要送我到崑崙山？」

「二舵主我沒那麼大的興趣，我只把你送到開封城本門支舵！」

「你要綁著我像押解犯人一樣送到開封？」

「武林雖然勢力不小，但還不能像送犯人一樣明目張膽，對不起，只好委屈你，裝在米包中，混在米麥堆中，搬上大車。」

說到這裡，會英樓掌櫃的親自送來八盤菜色，一罈酒。

他一見本來是座上客，一下子變成了階下囚的常三公子，不由面露驚疑之色，但他哪敢多問，擺好酒菜，退了出去。

冷若水高倨上座，哈哈大笑道：「江湖上人都說碰到兩大世家，必有一頓酒醉飯飽，果然不假，這一餐，本舵主不得不感謝你常三公子了！哈哈！」

狂笑聲中，他自斟自飲，目無餘人。

忽然，一個漢子飛步跑進大殿，湊近冷若水耳畔嘀咕一陣。

冷若水聽畢，一躍而起，口中連聲道：「請！快請！」

大殿院落外，步履聲動，傳來爽朗的一聲：「冷二舵主，你好雅興，有酒有菜，自個兒享受！」

冷若水早已站在大廳石階上，拱手道：「少莊主，你是請也請不到的貴客！」

常玉嵐一聽，臉上發燒，心中噗噗跳個不停，恨不得有個地縫，立刻鑽了進去。

因為，先前他只覺來人的聲音很熟，耳聽冷若水之言，心知是司馬駿到了。

以金陵世家的貴公子，江湖知名的斷腸劍客，現在被綁在一個小小崑崙分舵的破關帝廟裡，傳出武林，真乃天大笑話。

然而，此刻手腳被綁，動彈不得，縱然是大羅神仙，也是無計可施，只有把頭埋在胸前，身子狠命的側向神位。

這時，司馬駿已瀟灑的大步進入神殿。

冷若水諂笑道：「少莊主，你何時駕臨小鎮，怎知冷若水一人在飲酒？」

司馬駿朗聲道：「路過貴地，原是回轉開封，本來沒想打擾，是聽會英樓胡掌櫃的提到你們分舵來了貴賓，所以才來湊湊興，你不見怪吧？」

這位英俊超群的少莊主說完之後，忽然對著捆綁在椅子上的常玉嵐道：「咦！冷舵主，你在玩什麼酒令吧！」

未等冷若水開口，司馬駿又道：「常兄，你是輸了酒還是犯了令，小弟可以代你喝，也可以代你受罰！來！鬆了，鬆了吧！」

他一面說，一面不經意的伸手暗運內力，輕輕一拂，手指粗的牛筋索，立即截截寸斷，散落滿地。

談笑用兵，風趣橫生。

然而，冷若水忙急急道：「少莊主，使不得，他是……」

「有甚麼使不得？」

「他是八大門派要找之人。」

「他是我朋友。」

「可是，八大門派發出報警令，要抓他報仇！」

「八大門派管不到我司馬山莊，報警令與我何關？」

此時，常玉嵐一則感到羞辱，二則也插不上嘴。

那不識相的冷若水又已搶著說道：「我冷若水可是八大門派的份子之一，不能違背報警令。」

司馬駿勃然大怒，右掌一擺道：「既然如此，你準備怎樣？」

冷若水陪笑道：「請少莊主不要插手，將姓常的留下來。」

誰知，司馬駿大喝道：「這事我管定了，姓冷的，真要留人，你是有本事留得住常三公子，還是留得下我司馬駿？」

他把話給說絕了，雙目如電，盯在冷若水臉上等他回話。

情勢甚為明顯，只要冷若水膽敢嘴裡繃出半個不字，司馬駿舉手之力，可以教冷若水血濺五步，橫屍當場。

冷若水焉能不明白？

然而，他恃仗著八大門派有報警令在先。

司馬山莊雖然在武林中居於泰山北斗的地位，司馬駿跺跺腳也可以把整個河頭集震翻了過來。

但是常言道：三個人抬不過一個理字，又有強龍不壓地頭蛇的道理，也算是江湖一向的習慣。

因此，冷若水連連倒退幾步，依舊涎著臉陪笑說道：「少莊主請息怒，身為崑崙弟子，冷某也有苦衷！」

司馬駿的話已說絕，不料冷若水還言三語四，不由怒火上沖，一隻鐵臂似的右手，已搭在冷若水左肩上，沉聲道：「給臉不要臉，你配同本少莊主搭腔嗎？」

常玉嵐一見司馬駿為了自己，不惜得罪八大門派，甚至出手傷人，心中的感激，真是無可名狀。

反而上前道：「少莊主，冷若水也是身不由己，還望手下留情！」

這時，冷若水本來慘白的臉，已成土色，雙目中也有畏懼死亡的無奈。

因為，只要司馬駿手掌一翻，自己的脖子與身體就要分家，喘氣吁吁的道：「常三公子說得對，小的是身不由己。」

司馬駿怒氣未息道：「呸！虧你有臉，看在常兄金面，暫將你的腦袋寄放在你身上！常兄！咱們走！」

常玉嵐對於這位司馬山莊的少莊主，可說除了感激之外，也十分折服。

感激的是，並無深交，而他一連幾次替自己解圍，折服的是人品瀟灑斷事明快，儼然是一介翩翩佳公子風采。

威而不猛，飄逸不群。

需知，常玉嵐在武林中，已是鳳毛麟角，被武林許為人中之龍，不可多見的英俊少年，能與他比美的，僅有個黑衣紀無情。

自從連番見到了司馬駿之後，覺得他較之紀無情有過之而無不及。

因此，心目之中要誠心交這個朋友。

出了關帝廟，常玉嵐牽過自己原來的馬，發現馬鞍後裝著千兩黃金的皮囊，毫髮無傷的掛在那裡，這才意會到定是冷若水搞的鬼。

司馬駿笑著道：「常兄，今日之事不必介意……」

常玉嵐紅著臉道：「若非少莊主解圍，小弟就無顏在武林中行走了！」

他突然想起冷若水所說自己老父與八大門派結仇之事，料必司馬山莊必有耳聞。

因此，話鋒一轉，問道：「少莊主，有關八大門派聯名報警令，以及家父與他們結仇之事，想必知之甚詳，可否請你指教？」

司馬駿皺起眉頭道：「有些耳聞，因小弟遠赴河套，未回山莊，所以也只是耳聞而已，江湖是非多，常兄也不必掛懷。」

常玉嵐道：「事不關己，關己則亂，牽連到常家，就不能不格外留意！」

司馬駿道：「若蒙不棄，常兄，我們結伴而行，回到山莊必能得到確實消息。」

常玉嵐心急追上蓮兒等人，也就只好謝道：「多謝少莊主美意，常某急欲趕回金陵，只好辜負美意！」

「好說！既然常兄有要事待辦，就此告辭了，有暇尚請來山莊一遊，好讓小弟略盡地主之誼！」

「理當拜訪！幾次多承援手，常某就此謝過。」

「請！」

兩個武林絕世高手，偏偏有不同的遭遇，也有不同的性格，難以理解的是，他倆的外表，英俊瀟灑毫無二致。

蒼天的安排，是公平？抑是不公平？

北國深秋。

沒有詩情畫意的紅葉。

常三公子緩轡輕騎，一路上竟然沒有蓮兒等一行的消息。

一連三天，他逢到市鎮，都要仔細的尋找一番，多方打聽，像是石沉大海，心中焦急，可想而知。

這天，黃昏時候，他進了鄭州，忽然，眼睛一亮。

原來，鄭州城門右邊黃土牆上，印著一個粉白小巧的金鈴圖案。

金鈴與金陵同聲，這乃是常家的暗記，像是註冊商標，這真是踏破鐵鞋無覓處，得來全不費工夫。

有了常家標記，常三公子精神大振。

他順著金鈴所指方向，一路循線走去。

誰知，金鈴卻在鄭州穿牆而過，而且到了城南郊外，突然中斷。

眼前一望無垠，莫說是樹，連一根草也沒有。

常三公子對著落日餘暉，滿天彩霞，不由愣在十字路口，茫茫天涯，不知何去何從。

他千般無計之時，忽見遠處一縷青煙嬝嬝上升，心想，有炊煙必有人家，且去碰碰運氣，即使找不到蓮兒，也好借宿一宵。

心意既定，策馬認定炊煙起處奔去。

果然，好大一片莊院。

而且，莊外曬穀場上，還有幾個莊稼人在練把式。

常三公子翻身下馬，自曬穀場走去，正要開口向練把式的人問話。

誰知，忽然莊內雞飛狗走，許多人連跑連叫，口中嚷嚷著道：「瘋子來了！瘋子來了！大家快走！」

場子中練把式的莊稼漢，也忙不迭的收拾起地上的刀棒，四散奔去迴避。

隨著奔逃人群的後面，連翻帶跳，躍出一個亂髮蓬鬆身穿黑衣的人來，身手矯健，躍騰之勢，比之江湖高手還不遜色。

常三公子心想，眾人口中的瘋子，這身功夫是怎麼練成的？一定是先練功夫，以後才變成瘋子。

他又想，此人若是不瘋，必能出人頭地在武林中揚名立萬，甚至是一門宗師。

誰知，事情還不止此。

那黑衣瘋漢逐去了眾人，順手抄起一截掃把的斷柄，順式一掄，居然帶動一股勁風，發出「颼——」刺耳的力道。

接著，瘋漢把半截掃把柄當作長刀，刷刷刷……使得風雨不透，滴水不進。

常三公子一見，不由大吃一驚，口中喃喃的道：「無情刀！紀家無情刀法！」

對於紀家的無情刀，常三公子可以說如數家珍，熟的不能再熟了，僅僅次於紀無情而已。

因為，他與紀無情結為知音之前，曾有三天三夜的比鬥，而且一連三年，一年一度的相約印證。

凡是印證的這一年，三百六十四天，都專心研究對方的招式或步數，焉能不印象深刻的道理。

而紀家刀法，絕不外傳，也同常家劍法不外傳的道理一樣。

這村野之地，為何有人會把無情刀練得如此老到，而又是個瘋漢呢？

越想，越想不通。

常三公子與紀無情交稱莫逆，眼見這等怪事，當然要追問個明白，因此他繫好馬韁，一躍到曬穀場上，口中大喝道：「朋友，住手！」

卻不料，那瘋漢一見有人到來，手中斷柄一緊，像一隻猛虎般，捲起勁風，烏雲似的滾到常三公子面前，雨點般的招式，狠命施為，招招都十分狠毒，口中嘶殺連天，啞聲破嗓，刺耳驚魂。

常三公子一時慌了手腳，連連被逼後退。

因為，他的目的只要喝止瘋漢，問個明白，心理上毫無戒備，更料不到瘋漢的無情刀，使得跟紀無情一式無二，威力絲毫不減。

常三公子若是面對紀無情，勢必要全力而為，才能鬥個平手，而今手無寸鐵全然不防之下，怎能不抽身急退，十分狼狽。

最使常三公子為難的是，不能抽劍還招，自己是個正常的武林高手，怎可以去對付一個瘋漢呢？

然而，瘋漢逼退了常三公子，並不稍懈，跨步遊走，毫不放鬆的追蹤不捨。招招狠毒，全向常三公子要害攻到。

常三公子已退到曬穀場邊緣，再退已經無路，只好縱身躍過矮牆。

忽然，一聲嬌呼，蓮兒率同四個刀童，從矮屋角落快奔而出，口中大叫道：「公子，你的病又發了！」

常三公子以為她在喊自己，心想自己何曾有什麼病，哪種病又發了？

蓮兒因隔著矮牆，並未看到常三公子，卻一直奔向那舞著半截短棍的瘋漢，四個刀童更不怠慢，分成四方，捨命向瘋漢撲去。

再看四個刀童，靈巧的閃開瘋漢擊出的棍式，四人發一聲喊，同時撲身向前，合力把瘋漢抱了個正著。

但瘋漢突然被四個刀童抱緊並不罷休，雙腳連蹦帶跳的，掙扎著不肯就範，五個人滾成一團。

常三公子越過矮牆，喊道：「蓮兒！」

蓮兒本瞧著瘋漢與四個刀童糾纏在一起，急得直搓手，聞聲一見是自己主人，大喜過望，快步迎了上來。

美目中流出了歡欣的淚水，嬌聲說道：「公子，你回來了，謝天謝地，把婢子們給急死了！」

常三公子點點頭，指著瘋漢道：「這是怎麼回事？」

蓮兒滿面愁雲，幽幽的道：「公子，你認不出他來了？」

「他是誰？」

「紀公子呀！」

「啊！」常三公子失聲驚呼，一雙眼睛睜得大大的，像是晴天霹靂，這太使人感到意外了。

紀無情不是回南陽家中嗎？怎會與蓮兒她們在一起呢？

就算是湊巧碰在一起吧！怎會變成了一個污泥滿身，蓬頭垢面，使人認不出來是誰的瘋子呢？

但是常三公子並不追問瘋漢是不是真的紀無情，還是假的紀無情！

從他的身式刀法，已可認定必是紀無情無疑了。

這時，本來五人滾成一堆的紀無情與四個刀童，可能都已筋疲力竭，雖然仍舊抱在一起，已經滾不動了，在那兒氣喘如牛。

蓮兒已幽幽的道：「翠玉姑娘替我們斷後，擋住了追來的樂無窮，我們才能逃出暗香精舍。」

「這個我知道。」

「前天，在鄭州城外濠溝邊，遇見了紀公子，他……」

「你長話短說，他怎麼樣了？那時他有沒有瘋？」

「當時紀公子在護城濠外，已經很憔悴，一個人像失去理性般，從濠岸撲向泥污之中，又從泥污裡跳上岸來，口中嘀嘀咕咕，說的話聽不懂。」

「一個好生生的人，為什麼會變成這樣呢？」

「是呀！他的四個刀童騎在馬上，首先看出他是紀公子，上前去扶他，誰知，紀公子雙眼發直，連自己的刀童也不認識了，我們的武功又不及他，再說也不敢對他放肆，所以……所以……」

「後來呢？」

「後來還是南蕙姑娘把紀公子鎮定下來！」

「南蕙的功力比你們高得多，她是可以制住紀無情的。」

「不是，不是用武功制住！」

「那是用什麼制住？」

蓮兒忍俊不住，終於笑著道：「公子，說你也不信，紀公子一見了南姑娘，不叫也不鬧了，臉上堆滿了笑，除了有點羞答答的之外，好像常人一般無二，南姑娘要他怎樣，他就怎樣！」

常三公子也覺好笑，點點頭道：「這叫一行服一行，一物降一物。」

「公子不信？」

常三公子心裡比蓮兒還明白，他已經徹頭徹尾的了解其中奧妙，那就是因為南蕙的長相，與紀無情心目中的藍秀一樣。

他想，紀無情怎麼會變成這樣呢？

他的如同瘋癲之症因何而起？

既然見了南蕙姑娘就服服貼貼，難道說紀無情的病是因藍秀而起，害的是近乎花癡的神經錯亂？

應該不會，因為一個練武的人，首先練的就是定力，像紀無情這種一流高手，武功的健者，定力一定是非常堅固。

對藍秀愛慕是一回事，絕對不會整個精神徹底崩潰，而導致瘋狂。

就在常三公子與蓮兒說話之際，那邊的紀無情已休息夠了，一縱丈來高下，手中雖已沒了半截木棍，但還是揮個不停。

老遠的，傳來南蕙的聲音道：「大夫來了！大夫來了！」

她連蹦帶跳的跑來，忽然發現了常三公子，比先前更高興，且不先去制住紀無情，像孩子般的，快步跑到常三公子身邊。

雙手抱著常三公子的手臂，又搖又扯，小嘴鼓得老高叫道：「常大哥，你這些天到哪裡去了嘛？人家好想你喲！」

南蕙已經是成人的大姑娘了，但是一直躲在洗翠潭邊，她所見到的人只有自己殘廢老爹和道貌岸然的「妙手回春」丁定一。

而這兩個人也一直把她當小孩子看待，所以她脫不了孩童的天真無邪。

至於男女之間的事，當然更是一無所知，由於一無所知，也就打從心眼裡沒有任何避嫌的念頭，純潔得像張白紙。

蓮兒常在江湖行走，又因金陵常家家規甚嚴，當然知道男女授受不親的內外之別，她看到南蕙這純真的樣兒，想笑又不敢笑，勉強忍著不笑出聲來。

常三公子當然知道蓮兒是在笑甚麼，但也不好使南蕙難堪，因此道：「聽說你能治紀公子的病？」

南蕙揚起兩道秀眉，喜道：「對！靈不靈當面試驗，你在一旁瞧著！」

說著，一扭腰，轉身向雙手齊揮正鬧得兇的紀無情走去。

但見她一不動手，二不閃避，迎著瘋狂的紀無情，雙手插腰，嬌聲道：「紀少俠，你又在練功嗎？」

說也奇怪，紀無情如斯響應，立刻安靜下來。

而且彈彈身上泥污，整整破髒的衣衫，拂了拂額前亂髮，兩眼上簾微動，不住的點頭，露出兩排白牙，似笑非笑的道：「藍……藍姑娘……」

南蕙接著道：「很好，你認得我是南姑娘！對！我就是南姑娘。」

南蕙一面應紀無情的話，一面不住斜眼對著常三公子做鬼臉。

常三公子知道南蕙之所以做鬼臉，乃是天真的純潔童心未泯，她只覺得好玩，不會有幸災樂禍的心理。

然而，眼看昔日英俊出俗的知己好友，別後不到兩個月，竟然判若兩人，雙目失神，成了個可怕瘋漢，怎會不難過呢？

常三公子苦苦一笑道：「南姑娘，不要再逗他了，設法把他引到住的地方，讓他安靜的睡吧！」

南蕙道：「容易！」

她又上前一步，伸手扶著兩眼發直的紀無情，口中說道：「應該歇著了，我扶你去睡吧！」

紀無情真的百依百順，咧嘴似笑非笑，口中自言自語，好像舌頭短了一截似的，除了可以聽得出不時夾著一聲「藍姑娘」以外，再也聽不清他在說什麼。

常三公子目送南蕙在四個刀童跟隨下，扶著紀無情向莊院走去，轉臉向蓮兒道：「既然留下我家標記，為何中途斷線？」

「原先婢子是想鄭州是回家的必經之路，打算在鄭州住下來，等候公子，不料江湖上謠言甚多，說是……」

「謠言說甚麼？」

「謠言說是公子已經入了甚麼邪門毒派。」

「謠言止於智者，是非朝朝有，不聽自然無！」

蓮兒見常三公子聽了並沒有發怒，又道：「又傳說老爺子出了金陵，並且也入了邪教……」

常三公子冷冷的道：「笑話，這是誰也不會相信的，金陵世家在江湖已經夠了，何必再進什麼教！」

「是呀！還有呢！」

「還有什麼？」

「謠言說老爺子受了邪教的指使，一口氣殺了八大門派的幾個掌門，二三十個一流的高手。」

「我也聽說，而且……」

常三公子本來想說出河頭集冷若水的事，但在婢女之前，面子總要保留一些，說到一半自知說漏了嘴，忙又岔開道：「蓮兒，你相信嗎？」

「婢子當然不相信，可是當我一路留下本門標記，忽然發現有人追蹤，所以就不再留了，怕的是跟蹤之人對我們不利。」

常三公子這才明白，自己所以跟著標記走，中途斷了線的原因。

金鈴標記雖是金陵常家獨有，但並不是武林中完全不知道的秘密，就像常家知道武林中許多不能公開的事，道理是一樣的。

蓮兒一行雖然有八九個人，論功力除了南蕙之外，遇見了平庸之輩，當然是綽綽有餘，要是遇上頂尖高手，便有生命之危。

另外，婢女刀童的身分，最主要的是不能替主人惹事生非添麻煩，尤其弄不清誰是主人之敵，誰是主人之友，萬一出了岔子，誰擔待得起？

常三公子頷首安慰蓮兒說道：「對！你跟著我東奔西跑，苦沒有白吃，避開是上上之策！」

蓮兒受了誇獎，芳心喜不自禁，掩了住笑容道：「婢子只是瞎胡想而已，我還怕躲躲藏藏壞了金陵世家的名頭呢！」

「不會！回到金陵，我向娘保薦你當內務總管！」

「千萬使不得，千萬使不得，我不要。」

「金陵世家的總管，也多少有些威風啊，大大小小手下也有百十個丫頭使女聽你指使，別人想也想不到！你為何不要？」

蓮兒嬌羞的道：「我要侍候公子一輩子。」

常三公子笑起來道：「說的是真心話嗎？誰道你不要出嫁？」

「我不要出嫁！」說完，又覺得不對勁，急得紅齊耳根，柳腰擺動，就轉身向莊院內跑去。

常三公子大聲叫道：「蓮兒，蓮兒，要他們收拾收拾，我們立刻上路！」

原來蓮兒因為發現有人跟蹤，加上主人又不在，所以要刀童也不再騎馬，多備了一輛蓬車，男女分開兩車而坐。

再將多餘的馬匹繫在車後，免得明顯的擺出南劍北刀的空架勢，並盡量減少別人的注意力。

這就是江湖經驗老到，才能想得到的。

常三公子當然又大加誇讚一番。

有了兩輛蓬車，常三公子也有了新的安排。

他要蓮兒四婢與南蕙乘一輛，自己與紀無情乘一輛，留下一個刀童趕車，另外三個刀童依舊騎馬，駕車刀童的馬恰好移作拉車之用。

常三公子之所以改馬就車，而又不像昔日與蓮兒等同車，一則要照顧紀無情，二則是想查問他為何得了瘋癲症。

想不到南蕙叫著嚷著要和常三公子同坐一輛車。

常三公子勸道：「南姑娘，你是個女兒家，與蓮兒等同車才對，同我坐一輛車，不大方便的。」

「有甚麼不方便，方便得很呢！」

「真的不方便……」

「有什麼不方便，你說！你說呀！」

「因為……因為紀公子他有病……」

「嘿嘿！我是他的專任大夫，他發了病就少不了我，你倒提醒我了，對！我為了隨時要替紀公子治病，怎能不坐你們的車呢？」

她說著，一蟄步，搶先上了常三公子那輛蓬車，反而向常三公子招招手道：「快上車，天色不早了，上車趕路呀！」

急得常三公子直跺腳道：「你講不講理！」

南蕙振振有詞的說道：「我當然講理了，我爹把我交給你，你卻把我丟到一邊，你講不講理？」

常三公子又好氣又好氣，搓著手道：「真拿你沒辦法！」

蓮兒在一旁道：「公子，就讓她和你坐一輛車吧！南姑娘同你在一起，也很有意思，免得你一個人寂寞。」

蓮兒的話，有兩種意義，一種是勸常三公子，替南蕙打圓場幫腔，另一種可說是話中有話，包含著酸溜溜的味道。

常三公子是不會想到女孩子的小心眼的，因此只好嘆了口氣道：「唉！好吧，反正呀！她的歪理一大堆，爭不出黑白來！」

說著，也跳上蓬車，喊了聲：「走吧！」

兩輛蓬車，三匹駿馬，向南出發。

常玉嵐鑽進蓬車，但見紀無情曲捲在蓬車後面，正睡得香甜，不時發出鼾聲，也就不再打擾他，自己在蓬車前廂角落裡倚在支架上盤膝而坐，閉目養神。

刁蠻淘氣南蕙姑娘，此時已從原先所坐的地方移到常三公子身邊，幾乎是靠在他的肩頭上，低

聲問道：「常大哥，你這些天到哪裡去了？」

常三公子心知南蕙的個性，若是要推開她，或是自挪到另外一個地方避開她，她必然又會大嚷大叫，那樣反而不妙。

因此，只好任由她靠在肩上，應聲道：「被百花夫人招待在暗香精舍呀！你不是知道的嗎？」

南蕙鼓著腮幫，嬌嗔的道：「我才不知道呢！你呀！常人哥，你最不講情義了。」

「情義？」

「是呀！」

「你知道什麼叫情義嗎？」

「我當然知道了，你跟我爹一樣，老是把我當小孩子，我告訴你，情義就是有福同享，有難同當，你不離開我，我不離開你，對不對？」

「噗嗤！」常三公子失聲笑了起來，點頭道：「對！對！反正呀！你不能不承認你還是個小孩子。」

常三公子之所以失聲而笑，因為南蕙對情義的解說，不能說她不對，然而，情義兩字豈是這麼簡單就可以包括的嗎？

尤其一個花樣年華的女孩兒家，與男子談情義，更加是錯綜複雜，哪是三言兩語可以說得清楚的？

對於南蕙來說，天真無邪，她可想不到這許多，常三公子也就不便同她深談，但口中卻道：

「我什麼地方不講情義了？」

南蕙本來倚在常三公子肩頭的臉，忽然抬了起來，正面的對著常三公子，幾乎鼻尖碰到鼻尖。她理直氣壯的道：「還說沒有，你去跟甚麼夫人約會去了，把我同蓮兒姐姐丟到一旁不管，蓮兒都告訴我了，她說那個叫甚麼夫人的不是好人，對不對？」

常三公子苦笑道：「你還不懂，而且說來話長，以後你會知道的！」

南蕙又冷哼一聲道：「哼！三更半夜，那個翠玉姐姐的又叫我們走，你到哪裡去了？為什麼不走？後來我在車內睡著了，不然我一定回去找你！」

常三公子知道同她講理是講不通的，帶笑道：「我的好姑娘，那是逃命呀！翠玉為了救你們，她賠上一條命，你知道嗎？」

南蕙聞言，並不追問翠玉的命是怎麼送的，卻道：「對呀，你為什麼不來救我們？所以嘛！我說你不講情義，沒錯吧！」

常三公子尚未來得及回話，蓬車尾部本來熟睡的紀無情忽然一咕碌坐了起來，四下張望，口中夢囈似的喊道：「藍姑娘，你不要走！藍姑娘……」

南蕙見了，笑道：「他的毛病又犯了！」

常三公子忙道：「紀兄，紀兄，小弟在這裡。」

不料，紀無情循聲發現常三公子與南蕙面對面離得很近，狀甚親熱，又見南蕙面帶嬌笑，原本發直的眼睛，紅筋暴露，怒火如焚，指著常三公子道：「你是甚麼人？要奪走我的藍姑娘？」

他一面吼著，一面站立起來，雙臂微揚，形狀可怕。

常三公子因為南蕙對面坐下靠得很近，一時站不起來，忙道：「紀兄，你冷靜的仔細看看，這不是藍姑娘。」

南蕙笑道：「他不會聽你的話，看我來！」

她並不起身，坐姿不動，身子旋轉，面對紀無情道：「我不是在這裡嗎？我並沒有走呀！」

紀無情怒火稍減，伸手把南蕙向自己面前拉，口中連連道：「對，不要走！陪我，一輩子都陪我。」

南蕙望望常三公子道：「這個人蠻好玩的，他才像小孩了哩！」

紀無情又指著常三公子道：「他是誰，他不是好人，不要跟他在一起，他會殺人的！他……他……」

一連幾個「他」字，兩眼盯著常三公了，像一頭凶猛的野獸，突的一手推開南蕙，咬牙格格有聲，緩緩向常三公子欺近，嘴裡道：「他殺了我全家，他放火燒了我的家，我要找的就是他……就是他……」

常三公子一聽，心知他的話中一定有一個可怕的隱秘。

因為，紀無情獨自返回南陽，月餘毫無音訊，突然變成了瘋漢，內情定不簡單，現在聽他的話，料定不會虛假。

先前，他還以為紀無情是中了百花門的劇毒太深，從茉莉身上得到的解藥應該早已用盡，因之，毒發傷到神經成瘋的。

而今從他的口中，知道他家中發生巨變，可能是所受的刺激太大，事情發生得太突然，使他氣血鬱結精神散失，才變成這樣。

於是，趕忙用手示意，虛按一按道：「紀兄，安靜一點，有話慢慢的說，小弟必然替你報仇！」

「報……仇！」紀無情咬牙切齒，道：「我正要找你報仇！」

說著，倏然撲向常三公子，凌厲無匹，既狠又準。

常三公子大吃一驚，蓬車之內施展不開，只好就勢一滾，堪堪避過來勢，也不由出了一身冷汗。

因為紀無情的虎撲來得太急，雙手十指微曲，如同兩把鋼鈎，帶起的勁風絲絲有聲，若是被他抓中，必然會留下十個血孔，後果不堪設想。

南蕙雖不懂世俗之念，對武功一道可是行家，她一見紀無情出手狠毒，不由氣道：「常大哥，這個人留不得，他好狠啊！」

常三公子生怕南蕙冒冒失失的出手，忙道：「他神智不清，千萬不能還手，先把他的情緒穩定下來！」

一問一答之間，紀無情一擊不中，又已回身亮掌，逼近了來，口中喝道：「想跑，跑不掉了！」

常三公子已被逼到車上的死角，真是躲無可躲閃無可閃了，眼見紀無情泰山壓頂，硬拍了下來。

急切間，右手迎風畫了個圓圈，先化解了紀無情的掌勢，右手食中二指快如追風猛然點出。

這是金陵常家斷腸劍法中的七大絕招之一。

不過是手中無劍，以掌作勢而已。

紀無情出手是勢在必得，招式用老欲收不及，被常玉嵐點上左肩井大穴，頓時半個身子軟麻，側倒在蓬車中。

南蕙一見，喜道：「好！這一招真的棒極了！」

常三公子苦笑道：「好險，不得不出手，不然中了他一掌非死即傷，紀無情若在清醒時，我這招是不會得手的。」

說著，彎下身子，把紀無情扶到原先睡的地方，輕輕點了他的睡穴，才把肩井大穴推拿一陣代為解開。

南蕙見常三公子神情戚然，不禁問道：「常大哥，你真的殺了他全家，又放火燒了他的房子？」

常三公子苦笑道：「你就可以作證我沒有做那種傷天害理之事，我與他分手是在孟津城，離開孟津，我就進入終南盤龍谷。以後，從沒和你離開過，難道我有孫悟空的身法，跑到南陽府去殺人放火！再說我與他是知交好友，南劍北刀沒有深仇大恨，我有甚麼理由去殺、去燒？」

南蕙凝視著紀無情，幽幽的道：「我真不明白，自從離開洗翠潭，每天都聽到殺呀殺的，不是報仇，就是爭名奪利，常哥哥，這究竟是為什麼呢？」

「將來你會懂的，說不定你也會爭名奪利，殺人、報仇！」

「我已經懂了，我已經明白了，對的！我要報仇，誰殺死我爹，我一定要找他報仇！」

此時，忽然一陣清脆悅耳的銀鈴之聲，隨風飄送過來，十分清楚。

常三公子臉上變色，低聲道：「銀鈴告警，蓮兒她們出了事了，南蕙，你保護紀無情，我去看看！」

他不等南蕙回答，一掀蓬車車簾，呼——帶起一陣衣袂之聲，像支銀箭，人已射出車外去。

原來常三公子與紀無情折騰之事，駕車的刀童已經知道，把車速緩了下來，所以蓮兒的蓬車與三位刀童已去遠。

常三公子知道蓮兒既然以金鈴報警，必然是事態嚴重。

出了蓬車，又看不見蓮兒蓬車的影子，心中更加焦急。

一連幾個縱躍，已有百十丈之遙，依然沒見任何動靜，只好收住勢子，摒息靜氣思索適才金鈴聲的方向。

隱隱有刀劍撞擊與極其細微的喊殺之聲，從路右二十餘丈外樹林中傳出。

常三公子不敢怠慢，展功奔去。

果然，蓮兒四婢被七八個青衣包頭的漢子圍在樹林中一片空地上，只有勉強招架的份兒，四婢四背緊靠，吃力的舞起劍花護體，完全無力還招。

那八個大漢，像走馬燈般圍著四婢團團轉，一面遞招各使護身單鈎施襲，一面狂笑呼嘯。看樣子，他們只是存心調笑戲弄四婢，本來每一招都可以取四婢的性命，偏偏一點即收，隨即狂笑不已。

這比殺了四婢還要令常三公子難過，他伸手抽劍出鞘，遠遠的沉聲喝道：「何方狂徒，如此無禮！」

話落人到，人到劍出。

一式遊龍九轉，劍芒生輝，不但護住了四婢，而且把圍在四婢圈外的八個壯漢，逼出三丈開外。

怒極出手，聲勢驚人。

若不是常三公子一心想弄明白這八人的來路，手下留有分寸，那八人中，最少有四人要血濺當場。

蓮兒四婢個個香汗淋淋，已是危急萬分。

她們一見公子到來，立刻振劍閃開，擺出常家陣仗。

八個大漢被逼撤身，並未散逃，各擺手中鈎，惡狠狠的凝視常三公子，個個聚精會神，戒備作勢，卻都一言不發。

常三公子橫劍喝道：「攔路滋事，意欲何為?」

八名壯漢雖然仍舊不開口，但一旁的樹頂，卻發出一聲狂笑：「哈哈哈!正主兒真的出面了，這才是真正要找的人!哈哈……」

笑聲歷久不絕，震得林鳥驚飛落葉紛紛。

笑聲中，一個瘦削的灰衣漢子已落實在常三公子面前七尺處，站立在八個壯漢前。

說來人瘦，真是不折不扣，一張臉找不出四兩肉，雙目深陷，一對薄耳緊貼在兩腮之後，像極了尖嘴縮腮的灰老鼠，全身也瘦得像紙紮的。

人雖長得難看，從笑聲中氣十足，以及輕功看來，武功修為卻不是庸俗之輩。

瘦削灰衣人現身後，即以小又圓的鼠眼打量常三公子幾下道：「金陵世家三公子，你好大的架子，咱家找得你好苦，今天才算有緣。」

「閣下何人？找常某何事？」

「從未見面，難怪你不認識我，有幾件破銅爛鐵，亮出來也許你曾經聽說過。」

他說著，忽的一揚手，破風之聲刺耳，一柄三寸七分薄如蟬翼的飛刀，吧的一聲釘在十丈之外的一株矮樹上。

飛刀尾端，曳著一幅黃色綾子，隨風招展不已。

接著，左臂一甩，手中已多出一柄尺長雙刃刀，右手在身後颼的快速抽出一柄二尺七寸厚背金刀。

常三公子淡淡笑道：「你是『追魂三刀』路不平？」

路不平得意的仰天打個哈哈道：「總算遇上識貨的主子了，俺正是路不平，至於追魂三刀嘛！不敢當，因俺殺的人不少，卻從來沒有動用到三刀齊發。」

「追魂三刀」路不平，是江湖黑道的字號，是江湖上鼎鼎有名的殺手，不分善惡，也不論是非，把殺人當成交易。

有銀子、價錢合適，他會看在銀子份上，去殺任何人。

只是，他既然接下買賣，絕不使奸耍詐，先收一半代價，其餘半數事成再收，從來沒失信，也從來沒失過手。

常三公子正色道：「路不平，我們井水不犯河水，不用說，你今天攔在這兒是來殺我的了？」

「聰明！猜的一點也不錯！」

「你受何人指使？」

「當然是我的主顧。」

「誰？」

「幹我們這行的有個行規，這還用問，你是明白人，我會說出來嗎？」

「代價多少？」

「十萬兩白銀，其實，憑金陵世家這四個字，似乎少了一些，不過，能把你擺平，對我的聲威大有幫助，所以成交！」

常三公子已經忍無可忍，因為路不平的態度狂傲無比，語意之中分明表示他有十成把握，於是朗聲道：「姓路的，這十萬兩恐怕不大好賺，說不定是你惡貫滿盈的賣命代價，可惜你的命只值五萬兩，因為剩下的五萬兩，你已經沒命去拿了！」

他說時，已手按長劍劍柄，回頭對身後的蓮兒道：「你們退下，到大路上攔下南姑娘他們，免得走岔了路，兩下錯過了！」

強敵當前，他還好整以暇的吩咐婢女去辦細微之事，這對路不平來說，也是沒把他放在眼內的說明。

路不平咬牙一哼道：「姓常的小子，不知天高地厚，路爺不會讓你走出林子。」

「路不平，銀子真有那麼好嗎？你貪財殺人，良心何在？」

「良心，良心什麼價錢，我的黑眼珠只認得白銀子，拿命來吧！」

尖喝聲中，一長一短金銀雙刀已舞成黃白兩縷寒光，人也狂捲而至，呼的一聲逼近常三公子，刀風帶動地上落葉漫天飛舞。

常三公子淡淡一笑，長劍揮處，化成車輪大小的劍花，不退反進，迎著滾來的路不平挑去。這一招怒極而發，威力之大無可比擬，出招之奇出人意外。

刀劍寒光一分即走，路不平躍退丈餘，厲聲喝道：「好小子，拚命嗎？」

常三公子一招逼退了路不平，並沒有乘勢追出，人仍仗劍站在原地，朗聲道：「你不是以取別人的性命為職業嗎?還怕拚命？」

路不平鼠眼連連眨動，充滿了陰沉殺機。

忽然，雙手並入一手，另一手在懷中抽出三柄薄葉飛刀，卸在嘴上，然後一分雙刀，人像瘋虎般二次發難，比先前還快且猛。

常三公子淡淡一笑道：「雕蟲小技，本公子還沒放在眼中。」

他口中雖然如此說，但內心也特別留心。

因為，「追魂三刀」路不平綽號的來由，就是三刀齊發。

所謂三刀齊發，時機難以捉摸，口中的飛刀，不一定在何時發出，只要兩刀過招有了絲毫空隙，飛刀就會突然發出，令人防不勝防。

常三公子也不敢大意，依舊站立不動，他要以靜制動，免得為敵所乘。

須知路不平的三刀齊發之所以名滿江湖，乃是在他出其不意攻其不備，而現在，常三公子以不變應萬變，恰是三刀的剋星，使那第三刀無法施展。

因此，路不平收招喝道：「路爺不殺不動手之人，常老三，你怕了嗎？」

常三公子不屑的道：「憑你也配常某搶攻先手嗎？路不平，有甚麼本領，你盡力而為，否則，你三十年的功夫也許就白費了！」

路不平咬牙切齒，他本想只要兩下以快制快，必有施展飛刀的時候。

不料，常三公子早已看透了路不平所謂三刀齊發的討巧之處，來個穩如泰山以對，相應不理。

當然，路不平也不是笨鳥，他要激怒常三公子，然後再命手下八人一哄而上，合九人之力纏鬥一人，必有施展飛刀的機會。

因此，他陰沉沉的一笑道：「路爺可以告訴你，你縱然逃得過我這關，也回不了金陵，就算你命大，回到了金陵，恐怕……嘿嘿！」

「恐怕怎麼樣？」

「怎麼樣？哼哼！你這條小命，也還是保不住，還不如跟路爺我留一點交情，我看在你替我賺到白銀十萬兩的份上，買個大大的棺木，深深的把你的屍首埋起來，免得被野狗吃掉了！」

常三公子聞言大怒，但是，路不平提到金陵，他不得不進一步想追出些蛛絲馬跡，也以毒攻毒，採用套話的口語說道：「路不平，你連今天都過不去，還癡心妄想追我到金陵，真是做夢！」

他明知直接了當的追問，一定追問不出，反而使路不平警覺，所以他才用話套取路不平的口氣。

路不平果然中計，冷冷地道：「告訴你也無妨，花錢買你命的人，並不是只找我路爺一個！你逃得掉第一關逃不掉第二關的，逃不過沿路，更逃不過金陵城，常言道跑得了和尚跑不了廟，你明白了吧？」

常三公子聞言，不由暗暗吃驚。

他不是怕死，而是聽路不平的口氣，除了沿途都有麻煩之外，金陵常家似乎也有敵人隱伏。因此，他一心要趕回金陵，再也無意與路不平糾纏下去。

手中長劍抖動，怒喝道：「先打發你再說！」

常三公子既然決心速戰速決，也就放棄了以靜制動的守勢，雙臂抖處，人如大鵬展翅，身劍合一，直搗向丈外的路不平。

路不平還以為自己激怒敵人的狡計得逞，心中大樂，對手下八名壯漢揮刀叫道：「大夥兒上！」

八名壯漢，八隻落手鉤，連手欺身，挾風雷之勢聯手出招。

路不平夾在八人之中，金銀雙刀舞得風雨不透，翻滾如同驚濤拍岸，把常三公子圍在核心。

常三公子長嘯一聲，斷腸劍法颼颼聲中，先護身，再取敵，他知道擒賊擒王的道理，專找黃白兩處刀光處下手。

一來路不平不是弱者，二來九人聯手聲勢非同小可，三來常三公子處處防著路不平的飛刀，因此纏鬥了半盞茶時候，分不出勝負。

轉輪聲動！

樹林中忽然出現了一輛粉紅幃幕的軒車，到了林內，「聿——」的一聲，駕車的白馬停了下來。

常三公子也聽到了車輪聲，還以為是蓮兒她們駕車前來呢！而只顧拚命圍攻的路不平和八名壯漢，面對劍招凌厲的常三公子，哪敢絲毫大意，根本不知道有輛車到了切近。

軒車停下，車內一聲嬌滴滴的聲音道：「可以住手了！」

這聲音嬌柔異常，聲不大的叱喝，使在場之人個個彷彿是在自己耳畔所發，不約而同的撤身而退，收招發愣。

常三公子這時才看出，原來不是蓮兒她們。

軒車的簾幕微動，施施然走出一位白衣少女。

她不過是在車轅前一現身。常三公子連同路不平等九人，不約而同的發出一聲驚嘆：「噫！」

最感驚訝的當然是常三公子，他還劍入鞘，搶上前去，既驚又喜的喊道：「藍秀，藍姑娘！」

這時，駕車的灰衣老者從車下抽出一個矮架，放在車轅一側放穩，替藍秀姑娘墊腳下車。

藍秀對著常三公子唇角微微動了動，說她是笑，不能算笑，比笑更嫵媚，以笑更動人，比笑更具有無限媚力。

常三公子只覺通身舒泰，又覺得通身並不舒泰，一顆心怦怦直跳個不停，而且越來越快，不可抑止。

路不平連同八個壯漢，這時不知怎的，個個手中兵刃隨著下垂的手拖在地上，人人兩眼發直，眼珠轉動卻不動，凝神望著藍秀發呆，如同木雕的金剛，泥塑的鬼卒，完全忘了他們是來幹什麼的。

藍秀的秀眉微聳，星目閃動，對常三公子道：「常公子，別來無恙！」聲如黃鶯出谷，比銀鈴還要清脆、還要悅耳，隱隱中有一種不可抗拒的魅力，隨著她的聲音，直透人心腑。

常三公子勉強忍住喘息，掙紅了臉道：「藍姑娘，常某託福！」

藍秀輕啟朱唇，腳下也款款移動，走近了常三公子，又道：「快快趕回金陵吧！還在這兒糾纏甚麼？」

「藍姑娘，難道我家中真的出了事嗎？」

「你趕回去還來得及！」

常三公子還待追問甚麼，然而，藍秀已轉身向軒車走去，像凌波仙子般飄飄然已踏上矮架上了軒車。

十四　十八血鷹

這時，本來發呆如同木雞的路不平，好像大夢初醒，揚起手中刀，指著軒車吼道：「你是哪裡來的野丫頭，有什麼妖術邪法？」

同時，他手下的八個壯漢，也像從昏迷中會意過來，各揮手中鈎，把軒車圍住。

常三公子聽路不平口中喝藍秀野丫頭，真比辱罵自己還要生氣，抽身到了車前，怒喝道：「狂徒！膽敢口出穢言，找死嗎？」

不等常三公子出手，車內藍秀的嬌聲已起道：「路不平，姑娘有意饒你一死，你偏偏找上來，難道真是閻王要你三更死，並不留人到五更！」

常三公子忙道：「姑娘不要氣壞了身子，我會打發他上路！」

不料，藍秀在車內依舊九轉黃鸝似的，輕言細語的道：「不必勞動你了，陶林！」

駕車的灰衣老者，原是桃花林的桃花老人，此時恭身哈腰道：「侍候姑娘！」

藍秀道：「你請姓路的他們上路吧！要快，我們也要走了！」

陶林聞言，順手在車邊抽出了駕車的長鞭，口中應了聲是，人站在車邊不動，若不經意的忽的吧達一聲。

長鞭像一條游龍，認定車前站的路不平掃去。

但聽，慘呼連連，刺耳驚魂。

八個壯漢，人人臉上竟然留下了一個交叉成十字形的血痕，血肉模糊，面目全非，好不怕人。

另一個「追魂三刀」路不平，臉上沒有十字血印，而是脖子上多了一道整整齊齊的勒印，連長鞭鞭梢用皮繩結的花式，都清清楚楚的留在路不平的皮肉之上，勒得他七孔流血，舌頭伸出口外。

常三公子看呆了，不由倒吸一口涼氣。

回頭再望向軒車，誰知早已看不到蹤影，何時離去，竟然毫無所知，只留下地上兩道車輪壓過的痕跡。

對於桃花林，武林中誰都知道它的神秘莫測，而賣酒的桃花老人武功簡直到了登峰造極，連常三公子這等高手，也看得目瞪口呆，可見身為主人的藍秀，必然是高手中的高手，莫測高深了。

想到藍秀，那冷艷的神情，妙曼的姿態，一言一行，莫不是美的化身，人世間絕沒有比她更美的事物了。

常三公子眼前彷彿藍秀仍在，她的倩影依舊鮮明。

看見她從車內探出身子，踏下車轅，對著自己施施然走來，蓮步輕移，香息微聞，朱唇輕啟……

常三公子不由入了神，不自覺的叫道：「藍姑娘！藍姑娘……」

「常兄！」

司馬駿不知何時，竟然站在常三公子身後，帶笑道：「你在叫誰？」

常三公子悚然一驚，轉身作勢道：「誰？」

司馬駿拱手一揖，含笑道：「小弟司馬駿，常兄！你在叫藍姑娘，是在想你的意中人嗎？」

常三公子一見司馬駿，想起適才自己失神的樣兒，不由臉上發紅，道：「原來是少莊主！咦，你不是回司馬山莊嗎？為何在此出現？」

司馬駿一怔，立刻又皺眉正色道：「不瞞常兄說，河頭集一別，一路之上聽了些對常兄頗為不利的謠傳，因此放心不下，所以暗中相送一程！」

這句話聽在常三公子耳中，真是感動極了。

論交情，只是幾面之緣，而且見面都是司馬駿替自己解圍。

江湖上如此義薄雲天的朋友，實在很是難得，而且司馬駿口中的暗中相送四字，使常三公子格外受用。

因為相送，可是說是保護的代名詞，若是明裡相送，顯出有保護，常三公子焉能受人保護，豈不有損金陵世家面子。

暗中相送除了不使常三公子尊嚴受損之外，還含有為善不欲人知、交情沒有條件的意思。

常三公子對司馬駿的關心和誠意，自然是刻骨銘心，忙拱手道：「司馬兄對常某已數度援手，常某絲毫未報，又蒙如此關注，實在萬分感激！」

司馬駿還禮不迭道：「想不到傳言也不是空穴來風，這一幫惡名昭彰的殺手，並沒逃出常兄的神劍之下，也令小弟佩服！」

常三公子見司馬駿指著地上的九具屍體，臉上帶著十分欽佩的神色，不知自己應該如何回答。

若是把真相說出來，一定會牽扯到桃花老人和藍秀，這是自己所不願的，猶豫了一下，才道：「常某與路不平風馬牛不相及，他不知受了何人指使，常某實在想不透！」

「江湖詭變無常，武林又是多事之秋，像路不平這等角色，只認銀子不認人，也沒甚麼道理可講。

「不過常兄說的對，他們不會平白無故對你下手，必然有主指之人，常兄以後，還要小心才是！」

「多謝指教，小弟謹記不忘！」

「不敢！常兄，此去離許昌不遠，若是在許昌小住，可以到北門外三義客棧，那是武林中一位道義之交的基業，提小弟名諱，也許方便不少。」

「多謝！小弟一定不到第二家。」

「那就恕不遠送了！」

「餘情再感，後會有期。」

司馬駿騰身離去，忽然，一折身去而復返，湊近常三公子身側，低聲道：「常兄，差一點把應該說的忘了！」

「司馬少莊主，還有何指教？」

「小弟聽到一些傳言，對府上甚為不利！」

「小弟壓在心頭的一塊巨石，也正是為了這些傳言，少莊主不必有任何顧忌，常某感激不盡！」

「小弟所知，乃是僅止於傳言，若是傳言失實，還望常兄不要以為我危言聳聽才是！」

「哪裡話來，請司馬兄直言相告。」

司馬駿這才緩緩的說道：「據小弟所知，武林八大門派已經飛書江湖，要對常家府上不利！」

「為甚麼？」

「據說是八大門派認為血魔重現與金陵世家有關連。」

「豈有此理，金陵常家從不涉及江湖恩怨……」

「常兄不要激動，最近一連串的武林大事，可都與金陵常府關係密切，乃是人盡皆知的事，可能常兄也略知一二吧！」

「所謂武林大事指的是甚麼？」

「武當之事，常兄是推不掉的囉！峨嵋、雪山兩派的瓜葛，丐幫的焦泰血仇！」

常三公子無奈的搖頭道：「這內中有許多外人不盡了解之處，司馬兄，小弟一時也不知該從何說起！」

不料，司馬駿又道：「傳說常兄已與武林中視為神秘莫測的桃花林關係非比尋常，常兄，桃花林之秘，是武林中人人想揭開的謎底。

「縱然金陵常府沒有同八大門派結下樑子，知道桃花林的秘密，就是眾矢之的，就是武林各門各派的目標箭靶！」

這番話句句打動常三公子的內心，只覺得司馬駿的話乃是肺腑之言！

然而，凡是涉及藍秀的事，常三公子不知怎的，都有不願告人，牢不可破的堅定意念，因此，

他對司馬駿的一番話，雖然十分感激，但仍然不願意承認桃花林與自己有任何的關連。

司馬駿見他半晌無言，又追問道：「常兄，桃花林的秘密，你究竟知道多少，是否能對小弟坦白說出？

「小弟願用司馬山莊的武林信譽向你保證，出自你口，聽進我耳，不向外人說出一言半字。」

「小弟我……我……一無所知！」

「常兄，你千萬不要誤會小弟是在套問你內心的秘密，我是誠心誠意的想多知道一些內情，萬一金陵世家與各大門派翻臉成仇，司馬山莊也好出面勸和，說不定能免去一場天大的紛爭。」

常三公子內心非常矛盾，一時難以抉擇。

他知道司馬駿的話頗有道理，而司馬山莊也有出面排解糾紛的武林聲望。

另外，所謂桃花林的秘密，除了藍秀之外，還有一個陶林，真正的秘密何在，自己完全不曉得。

為了藍秀的安全，為了不願有第三者介入自己與藍秀之間，寧願天崩地裂，也不能露出口風。

因此，他下定決心，即使是拚著金陵世家一片基業不要，也不把藍秀的一切讓武林人知道。

心意既已定，臉上也開朗許多，拱手道：「司馬兄，無論外面傳言如何！小弟問心無愧，兵來將擋，水來土掩，司馬兄的愛護，永遠難忘！」

不料司馬駿又道：「常兄，群起而攻，乃是武林大忌，縱然常門劍法不凡，好漢最怕人多，何況，除了先前我說的恩怨之外，令尊大人已落在了別人手裡，常兄不知是否已經曉得了？」

此言一出，如同晴天霹靂，常三公子大驚失色，高叫道：「此話當真，司馬少莊主，你的消息

從何而來？」

司馬駿毫不為意，依舊神色自若的道：「適才小弟聲明在先，也只是耳聞而已，究竟是真是假，恐怕只有等常兄回到金陵才能證實！」

常三公子父子情深，恨不得立刻插翅回到金陵，因此拱手道：「如此小弟告辭了，多謝指教！」

司馬駿微微一笑道：「請吧！常兄，多多保重，若有用到小弟之處，還請隨時賜教！」

說完，衣袂飄飄逕自去了。

歸心似箭的常三公子，急步出林，遠遠望見兩輛蓬車從官道馳來，他一躍上車，催促道：「蓮兒，快點趕路，我們今晚宿在許昌府三義客棧！」

許昌。

三義客棧在北關大街的中心地帶，規模不小。

常三公子一路鬱鬱寡歡，一語不發，蓮兒也不敢多問。

一行人來到了三義客棧，店小二早已迎出門來。

蓮兒上前道：「店家，要最好的客房！」

常三公子跨步下車，接著道：「小二，你們店主可在店內，我是司馬山莊少莊主的朋友，是少莊主推薦來貴寶號住的。」

小二聞言，滿面堆笑道：「哦！少莊主的朋友，東家現在不在，小的立刻去通知，就說你貴公子到了，少莊主的朋友不是外人，請！」

「不必了！」

「請問公子您貴姓？」

「常。既然店東不在，就不必麻煩，住一宿明天早上還要趕路，我只要一間清靜上房，好生休息一夜。」

「這樣，清靜上房……哦！常公子，本店有一間清靜上房，我帶路！」

常三公子隨著店小二一連穿過了兩進院子，西廂竹林掩映之下，有一間十分精緻的小房，果然很是清靜。

店小二一推開門窗，便道：「常公子，不瞞你說，因為你是司馬少莊主的朋友，我才敢大膽把這間房給你！」

「為什麼？」

「這間房子，是專門供司馬少莊主住的，不管他來不來，都留在這兒，有五年了，從來不曾有第二個人住過。」

「哦！怎麼會呢？」

「小的要是說半句假話，天打雷劈！」

「言重了，小二哥，何必起誓，麻煩你泡一壺茶，再弄些酒菜，送到屋內來，我就不出去用飯了！」

「是！」小二應了聲，帶上房門去了。

這間並不寬大的靜室，布置得十分雅致而整潔，除了床鋪桌椅之外，並無甚麼特別之處。只有床頭前面牆上，懸持著一幅九如圖，九條鯉魚畫得各具神韻，乍看之下，彷彿是活生生的真鯉魚鑲在那裡一般，只是那畫在角落裡，看不出是何人手筆，諒必是出自名家精品。

常三公子緩步上前，將畫軸略略提起，好使畫面迎著窗子透過的光亮看個清楚。

誰知，畫軸才離開牆壁，竟然發出聲輕微的彈簧彈動的響聲，雖然十分輕微，卻聽得真切。

常三公子好奇得很，將畫高高掀起，真的發現了奇事，原來畫後的牆壁之上，隱秘著一個十分精緻而又鑲入壁中的小小鐵門，彈簧聲響，正是那小鐵門把手上面的一個細小銅鎖，被畫帶動，碰在鐵門上發出的聲音，並不是彈簧。

牆壁之上鑲個暗匣並不稀奇，為什麼要用一幅畫掩遮起來呢？

若是存心將小鐵門掩蓋起來，只是為了不好看，那鐵門與銅鎖都該生了鏽，分明是明亮光滑，足以證明經常有人開啟。

既然經常要用，那麼掛一幅畫擋起來，豈不是太不方便而多些一舉嗎？

常三公子想到這裡，覺得內面一定有文章，正待想設法打開銅鎖，院子裡已有了腳步聲，他急忙將手上的畫放回牆壁，到原先的窗前坐下。

店小二捧了一壺茶在前，後面跟著一個四十左右的瘦削中年人，已跨了進來。

店小二放下茶，臉上似乎有些愁容道：「常公子，我們東家來看你了！」

瘦削的中年人滿面笑容，一團和氣的拱手道：「在下趙四方，聽說常少俠來了，有失遠迎，還請原諒！」

常三公子忙起身還禮道：「哪裡！趙兄，小弟是路過貴地，又承司馬少莊主推介，所以前來打擾，暫住一宵，明日就走！」

趙四方笑容依舊，但是游目四顧，對房內四處打量了一番，尤其對那幅九如圖，特別多看了幾眼。

常三公子早已看在眼內，越發要探看一下鐵門內銅鎖中的秘密，十分鎮定。

誰知，趙四方欠身為禮道：「趙某不在店內，想不到店小二有眼無珠，怠慢了常少俠！」

「沒有呀！小二哥熱誠款待，沒什麼不妥之處。」

「金陵世家誰人不知，三公子名滿天下，更是遠近皆知，怎麼能在這窄小的偏間住宿？正面上房空氣光線都好，又寬又大，常少俠！換一間，我帶路，你請！」

他說著，側立門前，肅客離座向門外讓。

常三公子心想，他要我離開這裡，那牆壁中說不定有不可告人之秘。

想著，更加不願失去機會，也越加強了一探究竟的好奇心。

口中不去揭穿趙四方的念頭，人卻坐著不動道：「不必了！趙掌櫃的，大廈千間，夜眠七尺，再說，我對這清靜的雅室，還真捨不得離去呢！」

趙四方仍不甘心，笑瞇了小眼道：「少俠，你隨小的去看看正廳的上房，既清靜又寬大，比這兒強得多！」

這當然是欺人之語。

因為店小二早就同常三公子說過，司馬駿每次到三義客棧，都住在這個小房之中，而且還是專用。

難道說，三義客棧把司馬山莊的少莊主不當貴賓招待？

趙四方並不知道多嘴多舌的店小二曾隨口把這種情形早告訴了常三公子，而常三公子心中亦雪亮。

因此，便裝著十分誠懇的道：「趙掌櫃的，你就不必為這些小事操心了，既是司馬少莊主的好友，我們彼此不是外人，請坐！」

趙四方訕訕的，再也說不出甚麼了，只是臉上的笑容已有些勉強，對小二沉聲道：「都是你這不懂事的東西辦的好事，委屈了常少俠，還不快去準備酒菜，在這兒發什麼愣，快去！」

店小二哭喪著臉忙道：「是！」快步出去。

常三公子見趙四方沒有離去的意思，心想：除非你今晚在這裡守著我一夜，否則你那小鐵櫃的寶貝我一定要看個明白。

心中想著，口上道：「趙兄，你店中一定生意興隆，也一定很忙，你有事就請便，不要耽擱了！」

趙四方盈盈笑道：「小的有一件事，請少俠幫忙！」

「有什麼事，請掌櫃的明講！」

「不瞞您說，在許昌府，三義客棧小有名氣，美酒佳肴應有盡有，只是美中不足的獨獨缺少桃花露。」

「桃花露乃酒中極品，只是數目太少，當然難得！」

「因此小的想請常少俠代買一百罈，無論多少銀子一罈，小的都銀貨兩訖以十足紋銀一手交錢一手交貨！」

「常某從來不做生意，趙兄別誤會了！」

「常少俠，你是堂堂貴公子，當然不是生意人，不過據小的所知，少俠你與桃花林頗有來往，而且交情不淺！」

常三公子頓時醒悟，原來趙四方拐彎抹角的要自己說出與桃花林的關係。

不但如此，常三公子也聯想到司馬駿在樹林中再三追問桃花林之事，湊巧的是，住進三義客棧又是司馬駿的意思。

把此事連在一起，其中必有奇巧。

因此，本來好奇，如今又多了一查底細的念頭。

他心中在想，口中卻道：「這也許是傳言有誤，常某雖然嗜好杯中物，但與神秘桃花林卻素無來往。

「再說，桃花林有進無出，也是人盡皆知之事，我常某又何能例外，所以這代買桃花露之事，只好負命了！」

趙四方還想開口。

然而，常三公子已經不耐，假意打了個哈欠，又忙以手掩口道：「連日趕路，不堪勞碌，失禮之處，請趙兄海涵！」

這是下逐客令。趙四方只得訕訕的離去。

常三公子仔細聽了一下，證實趙四方已經走遠，急忙鎖好房門，掀起九如圖，小小銅鎖略施內力震動，鎖簧輕易震開，打開小鐵門，但是暗櫃內並沒有什麼珍珠寶物，只不過是一個不大的包袱，還有一本紙質尚新的小冊頁。

他看了之後，不由有些失望，隨手抽出那本冊頁，不由愣住了。

冊頁是新近手抄，而墨跡猶新所抄的，竟是常三公子在孟津一場大火中失去的血魔秘笈的上冊武功「血魔神掌」。

常三公子怎不大吃一驚？

他發現了手抄「血魔神掌」，立刻又打開了原先沒解開的小包袱，原來包著的是一個紅色頭套，一套大紅衣衫。

常三公子血脈賁張，血魔秘笈抄本出現，分明是孟津那場大火有人設下的圈套，而這身紅衣褲與頭套，更是自己要找尋紅衣人的東西。

太玄，也太巧了，紅衣人的下落有了線索，而被認為已在大火中焚燒了的血魔秘笈，極可能是被紅衣人設下的陷阱，乘火打劫偷去無疑，這兩件東西秘密藏在一起，就是最好的說明！

此時，忽然傳來一陣腳步聲，漸來漸近。

常三公子忙將兩件東西放回原處，又把九如圖掛好，不動聲色的坐在窗前，裝成一副悠閒的樣子。

原來是店小二送酒菜來了。

常三公子有意無意的道：「小二哥，你們掌櫃的說，這房子只給司馬少莊主一個人住，是真的嗎？」

店小二一面將酒菜擺上，一面無可奈何的道：「這是千真萬確的，我是因為你是少莊主的朋友，才把你帶到這兒來，想不到掌櫃的大發雷霆，狠狠罵了我一頓，還重重的打了我一耳光！」

常三公子順手取出一錠銀子，塞到小二手裡，道：「給你喝杯酒去，小二哥，你說五六年來這房子沒有第二個人住過，也是真的？」

「這個我敢發誓，我……」

「不必了，這是閒聊，不要太認真！」

店小二走後，常三公子胡亂的用過飯，生怕趙四方又來打擾，立刻熄了燈火，摸黑將紅衣頭套折疊好繫於懷內，冊頁收好合衣而睡，打算夜深之後，再暗地裡探聽趙四方的行動，好查探紅衣人及血魔秘笈的消息。

一連折騰了多日，加上身心疲乏，常三公子閉目養神，不料睡著了。

不知過了多久，常三公子突然一驚而起，彈身下床，沉聲喝道：「甚麼人？」

喝聲未了，一個矯健的身影，掀窗而入，常三公子拔劍不及，雙掌平抬，直向黑影拍去，黑影矮身閃過，叫道：「該打的人在窗外地上，你不打，反打救你的人！」

「閣下是誰？」

黑影劃亮了火摺子，室內頓時一亮，那人赫然是百花門五條龍中的第二條龍劉二。

常三公子奇道：「劉兄為何在此？」

劉二笑道：「少俠，你要我在開封等你，屬下沒敢離開一步，日前奉門主之命，命屬下追趕少

俠，帶上口信，請少俠日夜兼程趕回金陵，因為若遲了一步，金陵常府可能會有令人擔憂的後果，到時後悔莫及！」

常三公子不由大驚道：「劉兄，此話當真？」

「屬下有天大的膽子，也不敢假冒門主令諭！」

常三公子心知劉二之言十分可靠，因此道：「就煩劉兄代稟門主，說在下一定星夜趕回，請代向門主致謝！」

「屬下遵命！」說完，熄了手中火摺子，又道：「屬下好不容易才打聽到少俠住在此處，誰知窗外這人鬼頭鬼腦，在少俠窗外做手腳。」

「誰？做甚麼手腳？」

劉二掀開窗門道：「少俠請看！他點了悶香，想必是打算偷些銀子，算他倒楣，屬下出手重了些，他算死得冤枉。」

就著月光之下，常三公子不由暗喊了一聲慚愧，原來直挺挺躺在地上的，乃是三義客棧的店主趙四方，手中還握著一支悶香竹筒。

常三公子順水推舟，也不願多費唇舌，淡淡一笑道：「幸而劉兄來得巧，不然……哈哈！成了笑話了！」

劉二也乾笑了聲道：「少俠若是沒別的吩咐，屬下帶著這個屈死鬼走了，免得驚動了官府。」

常三公子點點頭，尚未來得及說話，劉三已經竄出窗外，提起趙四方的屍體騰身上房，轉眼沒入黑夜中。

常三公子對著夜空，想著金陵家中勢必難以避免的一場災禍，恨不得插翅飛回家中。

龍泉山是巢湖東北的險惡所在，主峰名叫青螺峰，湖水暴漲之時，青螺峰浸在湖水之中，冒出水面的峰頂，像極一個龐大無比的青色海螺，由於浪濤的衝擊，湖水過去，青螺峰四面都是懸岩斷壁。

除熟知地形的人可以循一條九曲十八彎的水道進入青螺峰之外，別人要想直登青螺峰，勢比登天還難。

已是初更天色。

一艘分水快艇，像一條龐大的飛魚鼓浪揚波，沿著那條鮮為人知的水道，箭射一般，轉眼已到了青螺峰的唯一水柵。

快艇艙內，這時竹簾掀起，站著一位老者，五綹短鬚，面色紅潤，古銅色儒衫臨著夜風擺動不已。

他抬頭瞧了一下天色，冷冷一笑，雙掌輕擊三聲，在寂靜的水鄉澤國，卻也聽得十分清楚。

隨著他的掌聲，後艙四個紅衣漢子突然掠過船沿，分兩側肅容恭謹聽令。

老者低聲道：「按照原定計劃，志在擾亂，不准殺人，不准放火，去吧！」

「是！」四個紅衣漢子雷應一聲，嗆鎯！每人拔刀出鞘，略一彈身離船而起，像是四隻大鳥般，掠過十來丈的水面。

他們只在木柵之上點腳借力，便射向青螺峰的叢林深處。

老者這才對船尾掌舵的黃衣少年道：「天行，你就留在這裡等候，他們四人回船之後，立刻換下血衣，不要離開！」

「莊主！」黃衣少年一面挽住船舵，一面道：「他們四人萬一不得手，那……」

「哈哈哈！」老者仰天大笑道：「費天行，你是越來越膽小了，江上寒有多大的道行，加上江上碧一個女娃聯手好啦！司馬山莊的十八血鷹來了四個，要是壓不住青螺峰沒出道的嫩手，老夫也就不用混了！」

「莊主的神機妙算，屬下當然欽佩！」費天行輕搖舵柄，穩住搖動的船身，又接道：「莊主……」

「什麼事？」

「江家兄妹雖然沒出道闖名立萬，據說他們的家學淵源，深得他父親『長虹劍客』江浪的真傳，是扎手人物！」

「老夫早已知之甚詳！」司馬長風淡淡的道：「不然也不會找上他們，找上他們，算他們兄妹的運氣，不然，哼！江上寒一輩子只能老死青螺峰，有什麼出息！」

「有動靜了，莊主！」

青螺峰方向果然火光大亮，鑼聲齊鳴，夾著男男女女吶喊之聲隨著夜風傳來。

司馬長風晃晃腦袋，一副十分得意的冷然一笑道：「我去了，吩咐的事要記清楚。」

話落人起，大袖指動，人如長虹劃過水面，他不像先前四人還要在柵門上借力點腳，好像流星一般，不聞破風之聲，人已遠出數十丈之外，認定人聲吶喊之處奔去。

但見百來個堡丁有一半拿著火把，一半各抄傢伙圍成一個偌大的圓圈，圓圈核心，四個紅衣血鷹舞動寒森的刀光，結成四象刀陣，把江上寒、江上碧兄妹逼得背靠背像走馬燈一般，團團打轉。

四個紅衣血鷹手中刀雖不招招落實，然而式式凌厲，刀光霍霍帶動的呼嘯風聲，著實驚人。

江上寒一面揮劍拒敵，一面高聲道：「青螺峰跟你們有什麼過節，星夜找上龍泉山殺人找岔！」

四大血鷹之一的漢子吼道：「老子看上了青螺峰的風水，識相的讓一讓！」

江上碧嬌喝道：「做夢，青螺峰是我們江家數代的基業，誰也別想強奪豪取。」

另一紅衣血鷹狂笑道：「哈哈！那就連你們的小命也賠上好啦！」

江上寒突的仗劍斜削，同時大叫道：「我先要了你的命！」

他雖然奮力一搏，怎奈十八血鷹乃是司馬山莊的秘密殺手，在地窖由司馬長風親自調教多年，人人都稱得上一流高手。

他們的刀法詭異，看不出門派，但卻有各門各派的精華招式，沒有源流，卻是集刀、劍、錘、抓的絕學大成。

江上寒捨命一招，乃是勢在必得，氣極出手，完全沒有蓄力緩衝餘地。

因此，紅衣血鷹之一的大漢，狂笑道：「來得好，你找死！」

嗆鎯一聲，金鐵交鳴。

刀光旋動中，突然颼一聲——

江上寒的虎口劇痛，再也握不住劍柄，長劍被血鷹手中刀挑向半空，嚇出了一身冷汗來。

江上碧一見哥哥兵刃脫手，花容失色，嬌叱一聲，折腰攔在哥哥前面，施出渾身真力，手中劍揮舞成一片銀光。

同時，低聲道：「哥哥，你設法衝出去，我來斷後！」

江上寒怎能丟下妹妹逃走，此刻手無寸鐵，既羞又愧，白忙之中抽出繫腰的寬帶，勉強揮舞。

四個紅衣血鷹若是存心殺人，別說是江上寒手無寸鐵，即使是長劍在手，也不是他們的對手。

就是因為他們奉有密令，乃是醉翁之意不在酒，現在眼見江上寒舞動衣帶，四人不約而同的哈哈大笑。

血鷹之一笑道：「哈哈！這叫軟硬兼施，兄弟們！小心江大俠兄妹的絕招，哈哈！」

大凡武林中人，不怕落敗，最怕受辱。

不忌傷亡，最忌譏諷。

江上寒耳聞四個紅衣血鷹的狂言羞辱，比死還要難過，手中長帶忽的一丟，冷不防旋臂奪下妹妹手中長劍，平地躍起，人劍合一，認定血鷹之一撲去。

他這一招乃是拚命施為，瘋狂的打法，又在電光石火的剎那間，出其不意的當口，江上碧固然是猝不及防，花容失色，連四個紅衣血鷹也倏然而驚。

因為江上寒捨命一擊銳不可當，不施刀迎勢，必會讓江上寒得手，碰上的非死即傷，若是硬拚強迎，江上寒難逃劫難，豈不有違莊主令諭。

就在千鈞一髮之際，忽然一條碩大的古銅色影子快如離弦之箭射到，左袖逼退四個紅衣血鷹。右手大袖拂處像是一堵土牆，擋住已經騰身飛起的江上寒。

江上寒存心拚命，有進無退，一時收勢不及。

長劍刺在來人的大袖之上，奇怪的是只覺得劍尖所刺之處其軟如綿，其韌如革，輕輕一滑，劍垂人落，呆在當場。

這是眨眼之間的事。

江上寒一愕之後，低聲道：「閣下何人？」

老者笑道：「退了強敵再談吧！」

這時，四個紅衣血鷹交換了一個眼色，一齊振刀上前同聲喝道：「什麼人敢管咱兄弟的閒事？」

老者跨上一步，搶在江家兄妹之前，淡然笑道：「天下人管天下事，怎麼說是閒事，那什麼才不是閒事？」

「大膽！」四個紅衣血鷹斷喝一聲，四口刀呼的發出厲響，迎面劃出一排刀陣，直撲過來。

老者氣定神閒，屹立如山，只見眼前刀光捲到，突的疾抖雙袖，帶起沙石落葉，像一陣狂飈，反向寒光森森的刀陣掃去。

這一揮，勢同驚濤拍岸，迅雷奔電，四個紅衣血鷹偌大的身子憑空飛起，一連幾個跟斗，跌在五丈之外。

連帶圈子外的一邊火把全熄，眾堡丁站立不穩搖搖欲倒。

老者的力道端的令人咋舌。

四個紅衣血鷹齊喊了聲：「走！」

爬了起來，抱頭鼠竄而去。

江上寒震劍起身，作勢欲追。

老者微笑攔住道：「少俠，窮寇莫追！」

江上碧深知追上去也佔不到便宜，便也攔住哥哥道：「大哥，我們該謝謝這位前輩的相助之恩！」

江上寒無奈的順勢停身，拱手為禮道：「多蒙前輩援手，敢問如何稱呼？」

老者淡淡一笑道：「賢侄，你竟不認得老夫了嗎？」

「前輩……晚輩……」

「唉！年華似水，都二十年了，老夫見到你兄妹的時候，你們還在襁褓之中，難怪不記得！」

江上寒更是臉上飛紅，愣愣的望著老者。

江上碧盈盈施禮道：「我兄妹平時不出巢湖一步，實在眼拙，請前輩恕罪！」

老者點點頭，一臉慈祥笑容，徐徐的道：「老朽複姓司馬，司馬長風這個人你們聽說過沒有？」

江上寒面色一正，肅然起敬，恭謹的道：「你老人家是天下聞名武林稱尊的司馬山莊莊主司馬長風前輩？」

「不敢當！正是老朽，二十年前，浪跡江湖之時，路過巢湖，曾到青螺峰一遊，蒙令尊『長虹劍客』江浪老兄盛情款待，至今未忘。」

「家嚴不幸已去世十年了！」

「哦！真是失禮得很，今日路過巢湖，特地月夜泛舟，初意就是一探故友，想不到江浪兄十年前就殯天西去，滄海桑田事是人非！」

「夜深露重，請老前輩進堡小歇吧！」

「老朽正要與賢侄長談，那就打擾了！」

「晚輩帶路！」

江上寒揮手招呼一眾堡丁先行回堡。

轉過廣場，迎面豎立著人高的青石路碑，青螺峰三個蒼勁有力古意盎然的大字，月光下苔蘚斑剝，年代久遠。

司馬長風略一沉吟，忽然拂袖虛按，上衝丈餘，雙掌平伸疾拂，石屑紛飛，苔蘚濺落，青石碑上字跡消失，如同經過研磨平整如鏡。

江上寒愕然道：「前輩功力登峰造極，出手之快，著力之準，實在使晚輩大開眼界。」

司馬長風搖搖頭，口中道：「老朽並不是顯耀什麼武功，我只是想，青螺峰應該改一個名字了。

「你兄妹也不能再像過去二十年一樣，埋名隱姓的自己關在巢湖裡，就是你們願意與青山綠水為伴老死故鄉，恐怕也辦不到了！」

江上寒兄妹不明就裡，互望了一眼，無法搭腔。

司馬長風又緩緩的道：「剛才的四個兇徒，就是最好的證明，這就叫人在江湖，身不由己！」

江上碧不解的道：「前輩能不能說明白點？」

「可以！賢兄妹自以為青螺峰是世外桃源，山中有柴，湖裡有魚，田內種稻，畦間生菜，與世無爭，就可以安享田園之樂山水之勝，是嗎？」

「晚輩心中確是如此想法。」

「你兄妹可知武林之中不出一年，將有天大的變化？」

「難道與我們江家有關？」

「本來無關，正所謂匹夫無罪，懷璧其罪，巢湖縱橫數百里，北連江淮，南接兩湖，青螺峰在龍泉名山叢中，眾山來朝，千壑環繞，乃是舉足輕重的要衝，人人想得的勝地，這嘛！就不能說與二位無關了！」

江上寒凝神傾聽，心中不由悚然而驚。

因為司馬長風乃是武林中泰山北斗，江湖上盟主領袖人物，就是名門正派，莫不以司馬山莊馬首是瞻，一言九鼎。

而今，此番話出自司馬長風之口，不容人有一絲半毫疑惑，事態的嚴重，是可想而知的。

司馬長風口若懸河，他的目光是何等銳利，已看出江家兄妹內心的不安與意志上的動搖，於是乘勝追擊，故作神秘的道：「血魔重現，已注定了武林一場浩劫。而且傳說中比血魔更狠、更毒、更嗜殺的邪魔歪道，紛紛乘機而起，你們可能已聽到這些駭人聽聞的消息！」

江上寒兄妹，似乎已被司馬長風的一番話給鎮懾住了，像被催眠一般，怔怔的不知該說什麼才好。

司馬長風踱了兩步，徐徐的道：「我早已料到青螺峰是兵家必爭之地，因此趁著到各門派聽取救武林救江湖的意見之後，順道來看看老友，不料故人駕鶴西去，卻趕上一場熱鬧，這些魔頭發動的也太快了！」

江上寒想起剛才那場驚心動魄的廝殺，要不是司馬長風適時而至，現在自己兄妹必定是身首異處了。

青螺峰這片先人手創的基業固然隨之易主，跟隨自己幾百口子的人，也必遭到家破人亡之災。想到這裡，對於司馬長風更是感激得五體投地，心想，除了司馬山莊之外，還到哪裡去找更好的靠山，自己怎不當前請求呢？

因此，拱手齊額，十分誠摯帶著哀求的口吻道：「晚輩不但無能，而且無知，青螺峰何去何從完全沒有主意，請前輩指示！」

「哈哈！」司馬長風朗聲一笑，拍拍江上寒的肩頭道：「放心，你是老友之子，這件事我既管了，一定會管到底！」

江上寒大喜過望道：「全仗前輩栽培了！」

「賢兄妹信得過老朽嗎？」

「前輩言重了，晚輩死而無怨！」

江上碧也道：「我兄妹的性命都是前輩所救，還有什麼信不過呢？」

「好！老朽已有了主意。」

他的話落人起，縱身丈許，彷彿人懸在半空，右手指中二指挺直作毛錐狀，單臂搖處，竟然在先前被他抹平的石碑上運指如飛。

一時間，石屑紛飛，沙沙作響。
這種凌虛履空的功夫，比登萍渡水，踏雪無痕還要難上百倍。
江上寒兄妹看得目瞪口呆。
把一個司馬長風看做大羅天仙一般。
他兄妹雖然承受了家傳劍法，從來沒在江湖上行走，對一些奇士能人所見不多，更何況像司馬長風這種高人中的高人。
當然，司馬長風的內功修為，也確已到了爐火純青的地步，加上有意顯露，要使江上寒兄妹口服心服，才能百依百順也是原因之一。
司馬長風飄身退回原地，面不改色，氣不喘，微笑著道：「賢兄妹看我這個鬼畫符的一手字，不會見笑吧？」
江上寒真的沒看到司馬長風寫的是什麼，不由臉上發燒，借著星月光輝望去，但見石碑上斗大三個行書。
寫的乃是——狂人堡。
他略為一愣道：「前輩，狂人堡三字出自何處，恕晚輩愚昧！」
司馬長風且不解說狂人堡的根源，卻道：「武林一脈首重師承門派，你兄妹承襲家學，練劍僅僅是防盜強身，你父親年輕時也有『長虹劍客』的美號，但是恰逢武林無事，以武會友，仗劍遨遊而已。
「因此，既無師承，也無門派，一旦江湖風暴起來，就勢單力薄，成了各門派覬覦的對象，首

當其衝的犧牲者了。」

江上寒哪有插嘴的份。

江上碧卻接口道：「前輩所言甚是！」

司馬長風道：「青螺峰只是一個地名，而且正邪兩派誰不對這個山明水秀之地動心，因此老朽斗膽自作主張改為狂人堡。」

江上寒仍不明白，道：「狂人堡有什麼含意？」

「有！從現在起，狂人堡是八大門派之外另一武林門派，就像丐幫、雷霆門、金陵世家、司馬山莊一般的獨立幫派！」

江上寒不由大驚失色道：「晚輩怎敢？」

江上碧也道：「開山立派不是隨便之事，恐怕更容易引起其他門派的仇視，那就……」

「這點老朽焉能不知！」司馬長風笑道：「司馬山莊願負一切責任，說明白點也就是願做狂人堡的靠山！不過……」

「前輩但說無妨！」

「不過兩位對外不能公然說我司馬山莊全力支持。」

「為什麼？」

「一則怕影響你們兄妹的清譽，別的門派譏笑你們無能自立，是司馬山莊的附庸！」

司馬長風此言是看透了人性的弱點，當然，這種處處顧到對方的尊嚴，是最好的說話技巧，也是最能打動人心的手段。

江上寒兄妹互望了一眼，沒有答話，分明是打心眼裡感激，也打心眼裡承認這番話的道理。

司馬長風又道：「二則萬一有其他幫派找你們狂人堡的麻煩，我司馬山莊才好以第三者公正姿態出面，才不會讓別人疑惑我袒護你們！」

江上寒不由道：「前輩設想的實在周到，令我兄妹何以為報？」

「現在，該我說出把青螺峰改為狂人堡的原因了！」

「前輩請講！」

「開山立派，最重要的是首腦人物，他必須在武林之中有一定的份量，武功修為，以及江湖的知名之士。」

「我兄妹是一樣也沒有！」

「二位劍法還過得去，只是……」

「毫不為人所知是不是？」

「不錯。找一個知名之士不難，怕的是他喧賓奪主，反而把賢兄妹冷落一旁，日子一久，你們江家祖傳基業豈不由你們兄妹而斷。」

「唉！愧對列祖列宗，九泉之下無顏見老父於地下。」

「不會！」司馬長風搖搖手道：「老朽想到一個狂人，他既是武林世家，手底下也屬一流，最難得的是他真的半瘋半狂，絕對不會侵佔江家的基業，臨時找他來做名譽上的一堡之主。事實上一切乃由你們兄妹做主，只等武林風暴平息，狂人隨時可以支使他離開巢湖，賢兄妹認為如何？」

江上寒道：「真有這樣的人嗎？」

「我既寫下狂人堡，心中已做了打算，只是青螺峰原是你們的基業，沒得到賢兄妹允許，老朽是不會冒冒失失做主的。」

「哪裡話來，前輩是為了我們好呀！」

江上碧生恐司馬長風改變主意，忙道：「前輩，說了半天此人是誰？他現在何處？要怎樣才能請他到青螺……不！狂人堡來？」

司馬長風點點頭道：「對！這些老朽也有一套餿主意！」

說到這裡，忽然望望西沉的殘月道：「幾更天了，老朽有些口渴，還有，水柵門外小船上還有五個伴當，著人送些飲食給他們充飢好嗎？」

江上寒尷尬的苦笑道：「該死，本來是請前輩堡中侍茶的，誰知竟站在這裡忘了肅客，真該死！」

江上碧羞愧的一笑道：「我先去準備吃的，哥哥陪前輩進堡吧！」

她縱躍之間，跑到前面去了。

司馬長風笑道：「不要笑我倚老賣老，打白天起進入巢湖，就沒有喝水了，賢侄，請狂人的計劃，進堡之後我會仔細告訴你！」

「請！」江上寒拱手肅客，司馬長風得意洋洋的朗聲而笑，跨上層層石級，大步走在前面。

凡是喜愛品茗飲茶的人，沒有不知道六安毛尖的，六安州就在大別山的崇山峻嶺環繞之中，盛產好茶。

棉、麻、絲、茶，是大宗出口的貨物，也是富商巨賈的大宗買賣，因此，六安州雖是群山環抱的城市，而市集卻熱鬧非凡。

歸心似箭的白衣「斷腸劍」常玉嵐，原打算穿過六安州縣城而過，再趕一程好早日回轉金陵去。

不料，未牌時分忽然大雨傾盆，電雷交加，下起大雨來了。

蓮兒揚鞭勒馬，向車內道：「公子，好大的雨，我們就在這兒歇下來吧！」

「好吧！雨也真太大了！」

一行人選了茶市大街的順風客棧，包了最後一進四間上房安頓下來。

常三公子剛剛洗了臉，原本想脫下長衫就在房內用飯，忽然蓮兒推門進來道：「公子，料不到剛住下，就有人來拜訪你！」

說著，遞上一封大紅金柬，常玉嵐抽出金柬，但見上面寫著：狂人堡二堡主江上寒拜。

「狂——人——堡？」常三公子劍眉緊皺，對著帖子發愣。

因為，在武林之中，金陵世家乃是資料最齊全，消息最靈通，各門各派微露臉知名的人物，常家不但曉得他的來龍去脈，連他所交往的黑白兩道人物和關係，也注釋得一清二楚，毫無遺漏。

常三公子家居之時，幾乎是埋在這些冊頁簿記之內，雖不能說滾瓜爛熟，但都記在心中，以備自己行走江湖之需。

然而，在記憶中從來沒有狂人堡這個幫會門派，因而向蓮兒道：「人呢？」

「在客棧大廳。」

「可能是此地的武林同道，但是我並不認識，禮貌性的拜訪，蓮兒，你就說我一路困頓身子不適，辭謝了吧！」

蓮兒尚未來得及回話，院子內已傳來一陣腳步聲，朗聲道：「哈哈！三公子貴體欠安，江上寒更加要前來問候了。」

說話之人已穿過大雨如注的院落，掀簾進入客房。

常三公子不由眉頭一皺，但見來人二十五六歲年紀，一身天青長衫，頭上的軟巾已被雨淋濕，五官端正面帶微笑。

這人一進來，便拱手齊眉道：「這位想就是武林知名的金陵常三公子了，在下江上寒，專程拜訪！」

常三公子眼見江上寒執禮甚恭，臉上並沒有江湖人的習俗之氣，忙還禮道：「不敢，請問江兄，咱們在哪兒見過？」

「今日初次識荊，常三公子是否覺得江某太過冒昧？」

有道是主不欺拜訪的，官不打送禮的。

常三公子雖然覺著江上寒來得有些孟浪，但江湖的拜訪無論識與不識，都應該以禮相見。即使是結過樑子有了過節的仇家，有時也要先禮後兵。

因此，常三公子一擺手道：「二堡主太謙，請坐！」

江上寒入座之後，不等常玉嵐開口，先道：「一則專誠拜訪，二則有一件有關金陵常家的小事，特來向三公子知會一聲。」

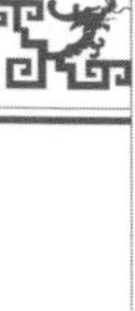

常三公子一愣道：「拜訪常某實在不敢當，但不知舍下有什麼事驚動江兄？」

江上寒正色道：「聞聽人言，令尊常世倫常大俠在不久之前因與八大門派發生誤會，一場龍爭虎鬥之後突然失蹤，不知常三公子是否知道……」

此言一出，常三公子幾乎從座位上跳起來，既驚又急，忙不迭道：「江兄，此一傳言從何得來？可否說得詳細點？」

「怎麼？這等大事，難道三公子毫無所知嗎？」

「在下只聽到寒舍最近將有不安，因此兼程趕路返回金陵，至於家嚴失蹤的消息，不瞞江兄，還是第一次聽到。」

「唉！」江上寒輕輕嘆息了一聲道：「令尊大人名滿武林，金陵世家望重江湖，突然失蹤，江南兩岸已是無人不知，莫不認為是一件大事，料不到三公子竟然推說不知，莫不是對江某見外！」

常三公子急急道：「江兄千萬別誤會，常某需要請教之處甚多，如蒙不棄，容小弟聊備水酒，就請江兄一一見告！」

江上寒搖搖頭道：「盛情心領，常兄如想知道尊大人失蹤的詳情，二更時分請到城西聽雨樓一敘，因為知道詳情的另有其人，在下告辭！」

他說著人已站了起來拱手為禮，跨步向房外走去。

常三公子焉能任他如此就離去，跨上兩步攔門而立道：「江兄，常某正有許多不明之處請教，為何急急離去？」

「在下所知已全部相告！」

「不瞞江兄說，恕我才疏學淺，見識不廣，狂人堡三個字，在江兄駕臨之前，並未聽過，因此……」

「哈哈……是嗎？狂人堡堡主與三公子乃是知交好友，是三公子貴人多忘事，還是沒把狂人堡放在心上？」

江上寒的臉上一掃笑意，顯有不悅之色。

常三公子心知對著二堡主竟然說沒聽說過，乃是一件十分失禮的事。

但一則為了急欲了解江上寒的來龍去脈，二則心繫老父的安危，不得不直接了當的問個明白。

因此，連忙陪笑道：「在下情急，出言魯莽，請江兄海涵！」

江上寒正色道：「既有二更聽雨樓之約，屆時一切自會明白，二更時候駕！」

常三公子既氣又急，在沒弄明白是敵是友之前，不能出手攔阻，萬一引起誤會，豈不是節外生枝，甚至斷了消息來路，因此，只有追在後面說道：「江兄，聽雨樓在何處，初到此地尚請指教！」

「城西最高的一棟樓就是！」江上寒口中說著，已穿過雨猶未停的院落而去。

常三公子望著銀箭一般的雨絲，不由一陣茫然。

這是一個謎，令人難猜難解的謎，江上寒這個人就是一個謎。

常三公子久在江湖行走閱人甚多，然而江上寒不像是行為乖張的邪門人物，而帖子上明明寫著狂人堡二堡主，這狂人堡也是個謎，常三公子不但毫無所知，連聽也沒聽說過江湖有狂人堡這個字號。

更使人迷惑的是，江上寒竟然說狂人堡是常三公子的知交好友，搜盡枯腸，也想不起自己有限的知交好友中有一個狂人堡堡主。

這人究竟是誰？

至於江上寒的來意，也值得疑惑。

當然不是單為江湖禮數拜訪而來，既然說出有關常世倫失蹤的事，為何吞吞吐吐，露了一下令人焦急的口風而又不盡道其詳，推到二更之後，指定城西聽雨樓，其葫蘆裡到底賣的是什麼藥？

還有另外一人是誰？

是真的？還是另有玄機，甚至陰謀？

常三公子怎麼也想不通。

室內已經掌上燈來，常三公子索性不再想它，就在燈下草草用飯，結束了一下，略一打盹，已是二更時候。

常三公子佩了長劍，獨自推窗一躍而出。

雨雖未停，但已不像日間狂大，他認定方位，向城西奔去。

果然，一座黑壓壓的深宅大院，後進畫棟雕樑聳立的一座高樓。

常三公子打量一下，放眼所及之處，並無第二座宅院有樓，他不敢造次，尋到宅院的大門。

但見紅漆大門深鎖，他上前叩動獸環，不料許久沒有動靜。

常三公子無奈只有展功越過院牆，只是除了高樓窗內有燈光之外，一連幾進既無燈火，也無人聲，偌大庭院只是一片沉寂。

他略一沉吟，一面暗自運功戒備，擰腰急竄彈身向高樓射去。

樓門敞開，赫然有「聽雨」兩個泥金隸書的精緻匾額，常三公子料定不錯，朗聲叫道：「江堡主！江兄！」

人也跨步上了樓梯，向內走去。

聽雨樓總共有三層，常三公子進了第一層，但見燈火如晝，擺設十分精緻，只是並無一人前來迎客。

常三公子咳嗽了一聲，又喊道：「江二堡主，金陵常玉嵐回拜！」

空洞洞的客廳，連一點回音也沒有。

常三公子不覺大異，四下打量又不像有機關埋伏的跡象，他不能坐下來癡等，因此，循著樓梯拾級而上，又到了第二層。

藏書滿架，一琴橫陳。

第二層像是書房，也打掃得一塵不染，幾盞琉璃燈，裡面也燃著葫蘆形的萬年油燈，只是比第一層稍為幽暗而已。

常三公子不由納罕。

因為江上寒既約定自己前來，不應爽約食言，再看聽雨樓燈火通明，一定也是為了待客才如此，但為何不見主人呢？

想著，又忍不住高聲叫道：「江兄，上寒兄，常某應約依時來向你請教了！」

誰知，半點音訊也沒有。

常三公子雖然感到事有蹊蹺，但依然耐著性子等下去，順手從架上拿了本書，就著燈光坐下。

他哪有閒情逸緻看書，而且似這等怪異的情形，尤其不能心有旁騖，借著書本上掩飾臉上的神色，兩眼的餘光四下掃射，另一手也不離劍柄。

足有盞茶時候，江上寒如石沉大海音訊全無，耳聽市街之上已是三更響起，想不到竟過了一個更次。

常三公子再也忍耐不住，拋下手中書，騰身人上了三樓。

羅帳低垂，燭光黯淡，明鏡、衣架、獸爐噴香，像是一間閨房。

常三公子忙不迭抽身倒退一步，低聲喊道：「江堡主！江堡主……」

連叫三聲，似乎帳中人在翻身轉側，有了聲音。

常三公子心想，江上寒也怪，約我前來，為何在樓上睡得如此香甜，想著，走到床前，低聲叫道：「江堡主，在下已來了多時了！」

隔著紅綾羅帳，嬌滴滴的如夢囈似的，分明是女子的聲音，道：「誰呀？怎麼闖到臥室來啦？」

常三公子不由一驚。

還沒等他會過意來，羅帳掀處，一個雲鬢蓬鬆面目美好，只是僅僅穿著大紅肚兜與水綠長褲的少女探出頭來。

她一見常三公子，急忙抓起件披風胡亂披在肩上，含羞的躍下床來。

這是非常尷尬的場面，常三公子欲待抽身急退，又恐那女子萬一高聲喊叫，豈不跳到黃河也洗不清。

因此，只有退後一步站立不動，低頭垂目，口中囁嚅的道：「失禮！失禮！在下不是有意的，請姑娘原諒！」

那少女掠了一下頭髮，將披風裹得緊些，也含羞道：「閣下何人？夜闖聽雨樓直進臥室目的何在？」

常三公子忙道：「在下常玉嵐，是應約而來。」

「應何人之約？」

「狂人堡二堡主江上寒之約。」

少女聞言，不由雙目凝視著常三公子，良久才道：「久聞公子大名，今日一見，果然是人中之龍！」

常三公子不由一陣臉上發燒，低聲道：「姑娘何人？請問二堡主他……他在哪裡？」

「我是江上寒的妹妹，小字上碧。」

「原來是江姑娘！」常三公子稍微回復了自然，拱手道：「失敬！請問姑娘令兄現在何處？」

江上碧已理好散亂的頭髮，回身笑道：「家兄去迎接本堡堡主去了！」

「這就不對了！」

「有何不對？」

「江兄約在下來聽雨樓，為何……」

「三公子，迎接堡主，乃是本堡的大事，家兄臨行之時，也曾命我款待，只是我一時睏倦睡

去，常三公子來時竟然失迎！」

常三公子真是哭笑不得，既不能說江上寒迎接堡主是小事，事實上自己的大事，也不能認為也是別人的大事。

尤其江上碧說她是睡著了而忘記了約會，真是不可思議的。

然而，怎能對一個不曾見過面的女孩兒家當面責備呢？

十五　常老夫人

因此，他只好苦苦一笑道：「原來如此，江姑娘，令兄臨行之時，可曾提起常某今晚來此的目的？」

「家兄只說要好好款待，並沒交代其他的事。」

「令兄沒說有關家父之事？」

江上碧卻淡淡的說道：「常老前輩失蹤，乃是人盡皆知的事，難道常三公子你還不知道嗎？」

「慚愧！」常三公子搖頭嘆息道：「在下浪跡江湖，許久未歸，不料……江姑娘，不知令兄何時能返回聽雨樓？」

不料江上碧搖搖頭，笑道：「家兄接到堡主之後要趕回狂人堡，不再回聽雨樓，所以才命小妹在此款待，請公子稍坐，小妹去整頓酒菜。」

「不須！」常三公子真是啞巴吃黃蓮，說不出的苦，他沒有理由責備江上寒，因為江上寒與自己毫無交情可言。他沒有理由替自己辦事，把迎接堡主的大事不管。

對於江上碧，更不能表示半點不悅之態，只好道：「既然如此，在下不便久留，告辭了！」

江上碧卻跨步攔在門前道：「常三公子真的要走嗎？」

「是的！」

「小妹有一件小小的要求！」

「江姑娘有何指教？」

「請三公子留下一件信物，交給小妹！」

「信物？什麼信物？又何需留下信物？」

「不瞞三公子說，小妹生性疏懶貪玩，家兄恐我誤了款待你三公子的事，使他落個失信背約之名，臨行再三交代，要我向你討一件信物，證明我已代為接待，不曾誤事！」

「令兄也太細心了，些許小事，何必如此，再說，常某此身之外無長物，拿什麼東西給姑娘呢？」

江上碧十分認真的說道：「家兄對小妹教誨甚嚴，常三公子若是不留下些物件，家兄對小妹是不會寬貸的，所以，請三公子原諒小妹放肆，你不給一件信物，我是死也不會放你下樓的。」說著，她真的雙手支著樓門的兩側門框，做出不給不休的神態。

江上碧原是披著披風，她這麼雙手大開，披風也敞在左右，露出了大紅肚兜，還有雪白的雙肩，曲線畢露。

常三公子立刻焦急起來，忙把頭垂下道：「姑娘，在下實在沒有什麼可以留下交給你的。」

江上碧歪著臉，鳳目斜睨，嬌笑道：「說的也是，我看，常三公子若是不介意的話，可否把你的劍穗摘下來，算是救小妹一次，免得小妹受家兄責備。」

常三公子忙道：「不！長劍不能無穗。」

江上碧撒嬌的一鼓櫻唇道：「那有什麼不可，你可以再配上一個，我又不是要你的劍，你不給，我死也不讓你走！」

說著，她竟扭動腰肢，款款向常三公子走來，伸手欲摘劍穗。

常三公子忙退後，道：「姑娘，你……」

江上碧蓮步輕移，柳腰款擺，走動起來披風揚起老高，風情萬種。

常三公子不敢正眼而視，又恐有人撞見，孤男寡女深夜一室，已是大大不宜。

況且江上碧衣衫不整，真叫豆腐掉進灰裡，不能拍也不能打，眼看已退到床前，後面再沒有躲閃的餘地，只好驚慌的急急叫道：「姑娘，不要動手，不要……我……我自己解給你！解給你！」

江上碧還是欺近上來，嬌笑連連的道：「解呀！解呀！一縷絲劍穗都捨不得，你真是小氣！」

常三公子還待抽身一走，怎奈江上碧一面說著，一隻手已緊緊抓住了飄起的杏黃劍穗，她的人眼見就撲到胸前。

香息微聞，少女特有的體香，隨著喘息陣陣飄來。

此刻，常三公子除了將劍穗取下交出之外，實在是沒第二條路可走。

他急切間摘下劍穗，略略一揚拋向離床稍遠的琴臺之上，斜地裡橫著移步，大聲道：「江姑娘，劍穗留下，常某去了！」

趁著江上碧折身去拾劍穗的剎那間，常三公子也不再走樓梯，展功推開樓窗，直向夜空中撲去。

雨已停歇，碧空如洗，星月滿天。

常三公子原路向順風客棧折回，紋風不驚，回到房內才略略舒了口氣，和衣躺下，原想假寐片刻明天趕路。

他滿腹心事，一時思潮起伏百感交集。

先前是為了擔心金陵常家發生事故，而今，又加上江上寒兄妹所帶來老父失蹤的惡訊，怎能安下心來入夢？

眼看東方發白，窗櫺上透著亮光，按照往日的情形，蓮兒必已起床打點車馬叫起眾人，然後才送來梳洗用具，侍候自己梳洗。

既然一夜沒有闔眼，索性先就昨夜用過洗臉盆內的水胡亂抹了一下臉。

奇怪的是，洗好臉，太陽已高高昇起，還沒聽見左右廂房中蓮兒他們的動靜，常三公子直覺的感到事情不妙。

一念既起，哪敢怠慢，推門而出

但見西廂房門大開，原來住的四個刀童與紀無情無影無蹤，只剩下一些衣物，凌亂的拋散地上，顯然出了岔子。

常三公子急忙折身推開東廂房門，蓮、菊、蘭、梅四婢，以及南蕙正睡得香甜，每個人臉上發紅。

這是不可能的事，蓮兒等四婢不是貪睡之人，而且每人都有極好的武功修為，何至於常三公子推門而入竟然不覺。

尤其是南蕙姑娘，一身功夫已不下於一般一流高手，自幼生長在洗翠潭，十餘年早起成了習慣，絕對不會有此異常現象。
常三公子聳聳鼻頭，微覺有一絲沁人香息直透腦際。
他悚然一驚，連忙推開窗戶，一雙大袖迎空舞動，趕散縈繞在房中那陣怪異香息，一面大聲喊道：「蓮兒！蓮兒！」
片刻，蓮兒才幽然出了口悶氣，揉揉睡眼，一骨碌坐起，她看見常三公子站在房內，不由臉上變色，愕愕的道：「公子，是什麼時候了？」
常三公子悻悻的道：「蓮兒，虧你跟我闖南到北，著了別人的道兒，竟然一點也不知道，要是人家要你們的命，恐怕你們的腦袋早在別人手裡了，真是替金陵常家丟臉！」
蓮兒雖然是常家的女婢，一則是她心思敏慧，善解人意，凡事都有條有理，二則常三公子對下人十分厚道，從不喝叱責罵，平時連一句重話也沒說過，如今森嚴厲色的責備，算是破題兒第一遭。
蓮兒既悔又羞，不由滴下淚來。
此時南蕙與另外三婢也倏然醒了來。
南蕙莫名其妙的呆呆望著常三公子問道：「是怎麼一回事，我糊糊塗塗的一覺睡到現在，蓮兒姐姐哭什麼？」
常三公子又好氣又好笑道：「我的好姑娘，你們都中了人家的悶香啦！」
「悶香？悶香是什麼？」
「跟你說不清楚，悶香就是把你迷昏過去。」

「迷昏過去幹嘛？」

蓮兒此時已下床四下打量，插口道：「公子，你房內可有岔子？」

常三公子突然沉下臉來道：「紀公子與四個刀童被別人劫走了，蓮兒，你們叫我常玉嵐如何做人？」

蓮兒四婢臉色大變，彼此互望一眼，沒人敢回話。

南蕙總算聽懂，不由叫道：「是誰？不劫走我們大姑娘，劫幾個大男人幹什麼？還有一個瘋子，劫去看他們怎麼辦？」

常三公子心中不由一動。

南蕙口中的瘋子二字，觸動了他的靈感。

瘋子就是狂人。

江上寒來得奇怪，他第一次的拜訪，莫非有兩個目的？

第一目的是來探聽虛實，存心用失蹤的消息引走常三公子，第二目的，是要劫走紀無情。

因為從江上碧口中說出的迎接堡主，含義不正等於迎接狂人嗎？

況且，假若江上寒不是擄去紀無情的歹徒，他為何爽約？

又在聽雨樓故弄玄虛，不但避而不見，又唆使江上碧糾纏不已，分明是要耽擱時間，好從容下手。

常三公子越想越覺得不是巧合，他對蓮兒道：「你們不要聲張，也不要亂動，我去去就回來！」

這時已是近午時分，常三公子快步出了客棧，直向城西聽雨樓而去。

偌大的宅院依舊，原來本是空屋，左右無人，常三公子越牆而進，聽雨樓已是人去樓空了。

常三公子十分懊悔，只恨在情急之下，當時絲毫沒有看出江上寒的破綻，以致一子走錯滿盤皆輸。

最使常三公子為難的是，中途路上不知何去何從。

金陵家中雖意料父親失蹤是江家兄妹捏造的謠言，用以調虎離山的騙局。

但是百花夫人的訊息，司馬駿的消息，應該毋庸置疑，自己必須趕回。

但紀無情乃莫逆之交，武林中沒有不知道紀、常兩家是通家之好，更知道紀無情、常玉嵐是生死不渝的好友。

而今，明知道他被人擄去，自己焉能撒手不管，一走了之？

可是，要向哪裡去找呢？

江上寒兄妹並不是武林知名人物，狂人堡更是從未聽說過的，是一門一幫的代表，或是地名呢？

常三公子垂頭喪氣的回到客棧。

但見南蕙與蓮兒等一個個面帶愁容，不言不語，不由道：「不怪你們，著了別人的道兒的是我，要是昨夜我不離開客棧，也許不會發生這等事。」

南蕙皺起眉頭道：「到底是怎麼了嘛？常大哥，把我悶死了，蓮兒她們也不說，你也不說！是誰這麼大膽，告訴我，我把他的心挖出來！」

常三公子搖搖頭道：「不是不說，是我們也不知道究竟是誰幹的。」

南蕙無奈道：「那我們該怎麼辦？」

常三公子略一沉吟，片刻才道：「我們上路吧！」

一別故鄉多年，常三公子是近鄉情怯，恨不得早個一時半刻先到家內，以安慰依閭盼望的老母，探視傳言失蹤的嚴父。

因此，捨車乘馬，策騎先行。

常家的府第建築在莫愁湖畔，遙望棲霞山，華廈百間櫛次鱗比，世家庭院，乃是金陵城的勝地。

常三公子沿著湖畔青石板路，蹄聲得得，片刻已到了自家門前，棄鞍離鐙。

但見飛簷依舊，獸角不改，老家人常福揉揉老眼，一見是三公子回來，笑得臉上堆滿了笑容，伸手接過馬韁，喜不自勝的叫道：「三公子回來啦！阿彌陀佛，老夫人這一下可就放心了！」

常三公子也笑道：「常福，老夫人可好？」

話沒落音，大公子常玉峰已大踏步跨出門來，朗聲說道：「三弟，娘在大廳等著你呢！」

「大哥！」常三公子深深一揖，搶著上了大門臺階：「娘知道我回來了？」

常玉峰神色肅然，並沒還禮，也沒因離家已久回來的愛弟而有歡欣之色，只淡淡的道：「你在對江下關，已有人來報訊，娘料著你該到了！」

說著，兄弟二人穿過屏風，過了花廳。

正廳上，常老夫人當中正襟危坐，常家老二常玉岩夫婦在右，玉峰的夫人在左，兩廂是家丁僕婦，一齊望著院落內大步走進的兄弟二人。

常三公子心中不由嘀咕，因為自己母親上首的虎皮交椅空著，分明老父不在家中，難道說真的如江湖傳言失蹤了嗎？

想著，腳下未停，已越過九級石階，跨進大廳門檻，屈膝跪在地上，口中朗聲道：「孩兒叩見娘！」

常老夫人照平常的習慣，應是連忙叫他免禮，然後叫到身邊，親手撫摸著愛子，慈祥的詢問在外的遊蹤。

然而，今天沒有。

常老夫人揮揮手，對兩側侍候的家丁僕婦道：「三公子回來了，你們都看到了，各自去吧！」

「是！」

眾僕婢轟雷一聲，由兩廂迴廊散去。

常三公子沒見到老父，已是心神不安，入得廳來，又發現從上到下人人面色凝重，更加吃驚。此時見母親摒退了下人，又不叫自己站起來，料定必有重大事故，仰臉道：「娘！您老人家金安！」

不料，常老夫人勃然變色，右手猛的一拍太師椅的扶手，怒不可遏的道：「你這個逆子！你還記得有我這個老娘，你還記得你是常家的人？你！有了你這個不肖兒孫，我會安嗎？我……」

常三公子是常家的么兒，是常老夫婦最疼愛的幼子。

加上常玉嵐自幼乖巧伶俐，武功也高過兩個哥哥，所以更得老夫婦的寵愛，莫說是森顏厲色的喝叱，連重話也沒說過一聲。

常三公子見母親一邊喝責，一邊氣得只顧發抖，臉色鐵青幾乎喘不過氣來，不由俯伏在地，哽咽的道：「孩兒不肖，請娘不要氣壞了身子。」

大公子玉峰、二公子玉岩夫婦四人也恭身道：「娘！有話問明了三弟，再教訓也不遲，何必生這麼大的氣！」

常三公子也含淚道：「娘！孩兒有不是之處，娘要打要罰，孩兒願領家法！」

「好！」老夫人咬牙格格有聲道：「好！玉峰，將這畜牲綁到祖先堂！」

此言一出，常家三兄弟全是一愣。

常家既為金陵世家，形勢上不亞於公侯將相府第，家規的嚴厲不在話下，更由於在武林中超越各門正派之上，又比一般官宦之家王侯將相家法苛嚴十分。

開祖先堂，比江湖門派的執行幫規，尤勝百倍。

因此，玉峰、玉岩夫婦，四人咚的一聲，直挺挺不約而同的雙膝跪下。

老大常玉峰仰臉落淚，哀告著道：「娘！三弟年輕，縱有不是之處，娘要愛護三分，只管在此責罰！」

二公子玉岩也淚如雨下，乞求的道：「娘！事情尚未弄明白，暫息雷霆之怒！」

常老夫人也淚如雨下，但卻咬緊牙關道：「小畜牲既然知道常家還有家法，我就叫他對著常家列祖列宗一一承應他的罪逆！」

常三公子哀不自禁的道：「孩兒到現在還不知道犯了什麼……」

常老夫人聞言，重重一按座椅，霍地站起，厲聲說道：「那好，對著祖先們的牌位說吧！」

說著，顫巍巍的離開座位，向屏風後走去。

常家兩個少夫人忙上前扶持著婆婆。

常老夫人回頭道：「玉峰、玉岩，帶小畜牲到祖先堂來！」

不等常氏兄弟答話，在兩個媳婦扶持下，逕向後面祖先堂走去。

常三公子愕然望著兩個哥哥，惶恐的道：「大哥、二哥，娘生這麼大的氣，我到底犯了什麼大罪？」

常玉峰抹了下淚水道：「三弟，金陵常家數百年的基業，就要毀在你的手上，難道這個錯還不大？」

常玉岩更是哭喪著臉道：「玉嵐，爹為了你離家數月音訊全無，江湖謠言四起，生死未卜，這還不夠嗎？三弟，你未免太糊塗！」

常三公子如同五雷轟頂，他做夢也想不到事態嚴重到這種程度。

究竟因何而起，他是丈二金剛摸不到頭腦，還待追問。

大嫂已驚慌失措的從後面跑出來，沉聲道：「你們三個要把娘活活的氣死不成，娘在祖先堂暴跳如雷，連罵你們不孝。」

常三公子挺身站起道：「大哥、二哥，有什麼天大的事，罪在小弟，走！」

常家祖先堂每年只有除夕之日大開中門，由常世倫率領全家大小，依長幼秩序瞻仰常家歷代祖宗神像，叩拜祖先養育之恩。

到了正月初三，焚香獻饌封門大吉，任何人不得擅自入內，就是初一十五也只有在門外香亭焚香叩頭頂禮。

此刻中門大開，常老夫人當門而立，怒容滿面，淚水從眼角直到腮邊，威嚴中隱藏著慈愛，肅殺中明顯露出痛心。

她一見愛子玉嵐大跨步走來，忍不住淚如雨下，忙扭回頭去，用手掩住嘴唇，強自抑壓住不讓哭出聲來。

然後，順手抓起左首大門上懸掛的鼓錘，著力的向桌面大的牛皮鼓敲了三下。

咚！咚！咚！

鼓聲如同雷鳴，震人心弦。

常府上下何止數百男女，隨著鼓聲，好像天塌下來一般，又像一池澄清的靜水，投下了一個威力無比的火砲。

整個宅院，混亂一陣，立刻鴉雀無聲。

原來常府的規條，祖先堂鍾鼓，乃是要動家法的警號，各屋內男女老小不准離開自己宿處。

另外有八名護院高手，立刻要各按既派定的方位，把守在祖先堂的四周，任何人不得擅入祖先堂仞牆一步，否則格殺勿論，任何人也不得私窺祖先堂執行家規的情形，否則也要立斃杖下絕不寬貸。

常老夫人大跨步走到香案之前，揮手命兩個媳婦從左右徐徐拉開黃絨幔幕，她自己已燃起一對神燭三支信香，高舉過頂。

只見她語音哽咽的禱告道：「家門不幸，惹動武林公憤，全是劣子玉嵐引起，祖宗數百年基業，常氏十餘代聲譽毀於一旦。

「媳婦我教子無方，惹來大禍，相夫無能，世倫失蹤，請過家法訓子懲惡之後，必將一死，以謝常氏門中列祖列宗在天之靈！」

常氏三兄弟此時早已伏跪在地，連個大氣也不敢喘。

常老夫人焚香祝禱既畢，反身站在香案之前，沉聲喝道：「劣子玉嵐，你抬起頭來！」

常三公子仰天悲呼：「娘！」

「不要喊我！」常老夫人怒不可遏，叱道：「我問你一句你回答一句，要老老實實不得有半句虛假，不然的話，玉嵐……」

「娘！」

「為娘立刻請下家法，自裁在祖宗面前，以贖我教子無方之罪！」

「娘！」常三公子爬上半步，哀懇的道：「您不要生氣，孩兒雖然不孝，總不敢欺瞞您老人家！」

「這就好！」常老夫人掠了掠飄在鬢前幾縷灰白的頭髮，嘆息了聲道：「在信陽州結交匪類，背門叛祖可有此事？」

常三公子不由一愣，立刻道：「孩兒是父親的親骨肉，娘！您十月懷胎三年哺乳，既不是一般

江湖門派，何來背門叛祖？至於結交匪類，絕無此事，有蓮兒等四婢可以查問。」

「狡辯！」常老夫人又問道：「不守武林道義，劍劈武當俗家弟子三湘黃可依與白羽道長，可有此事？」

常三公子朗聲道：「與他二人曾經過招動手，乃是事實，至於劍劈黃可依與白羽道長，娘！孩兒從來不嗜殺人，娘！您信得過？」

常老夫人厲喝道：「我信得過？哼！畜牲，既然你沒殺 一人，他二人現在何處？」

常三公子本想把百花門之事全盤托出，但是他深知母親最恨施毒放蠱，反而不妙，尤其當母親盛怒之下，不會允許他分辯的。

於是，只好大聲說道：「孩兒自信能在一個月之內，查出他們二人下落，證明孩兒沒有濫殺無辜。」

常玉峰聞言，忙插嘴道：「娘，三弟的話您可要聽，他是娘最疼愛的……」

「少多嘴！」常老夫人喝止大兒子之後，又對常玉嵐道：「我再問你，無緣無故進入盤龍谷，為了搶奪血魔秘笈，刺死已經洗手退隱身罹殘障的南天雷，然後又擄走你父的好友『妙手回春』丁定一，你！畜牲，你若是還有一點人性的話，也做不出這等傷天害理，忤逆不道之事來！」

常三公子乍聽之下，不由怒火如焚，高聲道：「這是從何說起？」

他乃是血性漢子，一時氣急攻心，忘記了自己是在祖先堂內面對母親，因此竟然一躍站了起來，氣勢洶洶手舞足蹈。

常老夫人一見，本來已經稍滅的怒氣，突的爆發起來，大吼道：「畜牲，這是什麼所在，你在

對誰說話？」

常三公子也覺失態，大哥又在一旁扯他的衣角，示意他要忍耐，他連忙重又跪了下去不敢吭聲。

然而，常老夫人已伸出發抖的雙手，從香案上抓起翠玉架上那把塵封的純金匕首，臉上肌肉抽搐著，悲淒異乎尋常，口中喃喃的說道：「逆子無狀，居然無視祖宗家法，老身自會處置！」

常老夫人發抖的雙手，幾乎拿不穩那柄精緻的匕首，費了很大力氣，才好不容易將彈簧錚的一聲壓下，就要抽出鞘來。

兩個媳婦一見，不約而同跑上一步，同時抱住了老夫人左右手腕，雙雙跪下，哭叫道：「婆婆！婆婆！」

常玉峰、常玉岩兩兄弟也膝行向前，伏在老夫人的腳下，哭著道：「娘！娘！三弟的不是，就是我們兄弟的不是，您老人家保重！」

常老夫人淚人兒一般，但卻仰天面對常家祖宗神位道：「列祖列宗，我願用這條老命，替子孫們贖罪！」

「娘！」常三公子忽然大吼一聲，顧不得家法，撲上前去，伏在常老夫人懷裡，雙目精光閃閃。

接著一手奪過那柄已出鞘的純金匕首，高聲道：「既然認定孩兒犯了家法，孩兒理當受家法處置，恕孩兒不肖，不能報父母養育之恩！大哥！二哥，多替小弟盡些孝道吧！」

他說著，雙膝跪落，對著祖先神位連叩了三個頭。

反腕倒握匕首，用刀向丹田刺去。

錚！的一聲。

一道烏光由門外疾射而來，不偏不倚，竟然將常三公子手中匕首震落地面，接著一聲嬌喝：「且慢！」

南蕙已俏立當場，一隻腳踏在純金匕首之上，秀眉微揚，星目圓睜，對常三公子道：「常大哥，死可不是好玩的，人生在世可只能死一次。」

突如其來，快如一陣狂風。

室內之人，全都愣住了。

常老夫人大怒道：「你是什麼人？敢擅闖常家祖先堂，管起我家務事來。」

南蕙哪管天高地厚，也插腰而立，毫不含糊的道：「為什麼不能管？誰要常哥哥死，就要先問問我，常哥哥是好人，他不應該死！」

常老夫人臉色大變，沉聲道：「哪裡來的野丫頭，玉峰、玉岩，拿下！」

南蕙冷冷一笑道：「拿下？我可不是你們常家的人，誰敢拿我？」

常三公子哀痛至極，一手作勢，止住南蕙，一面向常老大人道：「娘！她來得正好，她就是您所說的血魔前輩之女。

「她可以證明血魔秘笈不是孩兒用暴力殺人搶來的，她也可以證明丁定一丁世伯不是孩兒所殺！」

常老夫人略一沉吟道：「這些事留待日後再說，這丫頭闖進祖先堂的賬先要算一算才行！」

她說著，右手一揮，向玉峰、玉岩示意道：「你們還等什麼？」

常氏兄弟不敢有抗母親的令諭，四目交換了一下眼神，忽地一分，從兩側向南蕙立身之處探臂抓去，出手之快，勢同迅雷。

南蕙冷冷道：「真的動手？」

口中說著，腳下絲毫沒動，柳腰微扭，風擺殘荷，仰面向後倒去。

只等常氏兄弟掌勢拍空疾收的空隙之際，雙臂突然一分，反拍兩面攻來常氏兄弟的胸前，出招之奇，神鬼難測，作勢之快，閃電驚虹。

常三公子一見，不由大吼道：「南蕙，不要魯莽！」

然而，已是不及。

常玉峰、常玉岩兩兄弟，吸腹撤身雖堪堪躲過，人也如被狂風鼓動一般，向後連退三步，方才立穩樁式。

常玉峰、常玉岩的武功，雖也有些火候，但是比不上常玉嵐，加上急切出手志在必得，出手招式用老，再因南蕙在盤龍谷練了十多年，很少與人交手，氣惱之下不分輕重，用了八成以上內力。

幾種因由湊在一起，才使常氏灰頭土臉，臉上紅至耳根。

常老夫人一見，不由勃然作色道：「丫頭撒野撒到常家祖先堂來了，不知天高地厚！」

常老夫人出身武林世家，乃是當年威震河朔江湖上人稱「一盞孤燈」趙四方的獨生女兒。手底下盡得趙四方的秘傳，趙家擒龍手獨門絕活，能空手入白刃，南北無人不知。

此刻，她眼見兩個兒子僅僅一招就落敗，內心怒火可想而知，雙袖突的一抖，錯動雙掌，就待向南蕙攻去。

常三公子一見，又急又怕，忙向南蕙道：「南蕙，快跪下，那是我兩個哥哥，還有我娘！」

南蕙噘起了小嘴道：「不管是誰，誰要你死，我就叫誰先死！」

常三公子見她有理說不清，不由急道：「姑奶奶，是誰叫你進來的？」

南蕙是個沒有心機的人，衝口道：「是蓮兒姐姐，她說你進來了必會受罰，不死也要脫層皮，蓮兒姐姐說只有我能進來救得了你！」

常老夫人聞言，氣得發抖道：「蓮兒這小賤人，她出的好主意。」

老夫人之所以咒罵蓮兒，表面上是恨她唆使南蕙進祖先堂的不是，事實上，這卻是對世故經驗老到的轉移目標，自下臺階之舉。

因為，常言道得好：虎毒不食子。

況且常玉嵐一向是孝順的兒子，又是三子之中最鍾愛的一個，先前之所以要以家法處置，事實上心中何嘗不暗暗心疼。

而且經過了常三公子一番解說，本來就有先把事情弄明白的意思。

等到南蕙衝了進來，直覺上當然認為祖先堂不容外人擅闖，執行家法不許外人干預的憤怒。

接著，南蕙一出手，半招之內已顯示出功力的奇絕，縱然自己使出趙家擒龍手，也沒有必勝的把握。

南蕙脫口說出唆使她闖入之人乃是婢女蓮兒，正好見風轉舵，乘雨收兵。

於是，對著常三公子道：「小奴才，你聽到沒有，連跟你的丫頭都變了，去！喚她們四個進

來，我這個老太婆管不了兒子，也管不了兒子的朋友，丫頭總管得了吧！」

常三公子訥訥道：「孩兒該死！」

常玉峰趁著母親的怒火稍息，忙道：「娘！蓮兒她們還沒資格到祖先堂來領責，這事交給媳婦們辦吧！」

他一面說，一面向自己的妻子施了個眼色道：「還要等娘吩咐嗎？快去把蓮兒給軟禁在柴房，二弟媳攙娘去歇著，三弟的事，晚飯後由娘處理。」

他這麼一分派，常老夫人嘆了口氣道：「唉！老了，人老了是不中用，三奴才！這位一流高手的大姑娘不要讓她走了，晚飯後一同來見我！」

常三公子如臨大赦，忙拉拉南蕙的衣袖示意她跪下，自己也跪了下去道：「都是孩兒惹娘生氣。」

常老夫人老眼之中忍不住滴下淚來，一言不發，扶在兒媳婦的肩上，走出祖先堂。

目送母親去遠，常玉峰向常玉嵐道：「三弟，你帶這位姑娘去安頓一下，娘在氣頭上，我要到她房內勸慰她老人家，晚飯時該怎麼說，你也要仔細的盤算盤算，再不能惹娘生氣了！」

常三公子搖頭苦笑道：「大哥，小弟實在是冤枉的，只要娘能壓下怒火，容我解釋，一定會原諒小弟的。」

「好！」常玉峰點頭道：「你知道娘愛你有多深，在你沒回來之前，她老人家日日夜夜都在思念著你！」

常玉峰說完，逕自向正房走去。

常老夫人斜倚在臥榻枕頭上，兩個兒媳侍立在床前，低聲細語的勸慰著。

她一看見大兒子常玉峰大踏步的進房來，忍不住喘息著問道：「那小畜牲呢？他是不是又要走了？」

天下父母心，常老夫人雖然十分惱怒，但語氣中分明怕兒子被自己逼得離家。

常玉峰道：「三弟他留在祖先堂面壁打坐思過，央求我來侍候娘！」

「哼！他還會想到我，不恨我就阿彌陀佛了！」

「三弟他的性情，娘最清楚了，他怎敢恨娘？」

「峰兒，那個鬼丫頭是什麼來路？她人呢？」

「娘！據三弟說，她姓南，名蕙，是一個名叫南天雷的女兒，就是把血魔秘笈交給三弟，然後被人刺死的那個殘廢人，南姑娘在陪著三弟。」

常老夫人略略沉思了片刻，皺起眉頭道：「那丫頭就是野性很重，其實人品倒不錯，手下也過得去。」

常玉峰不由低下頭去，臉上紅一陣白一陣的道：「何止過得去，娘！孩兒差點挨了她一掌。」

這句話竟然把老夫人逗笑了。

她怕自己兒子臉上掛不住，半安慰半關心的道：「嗤！不見得，你們是太大意了，沒防著她敢出手！」

老夫人說著，又轉向兩個媳婦道：「你們是過來人，依你們看，那丫頭是不是跟玉嵐很要好？甚至有了很深的感情？」

常玉峰趕緊接著道：「娘說的一點也不錯……」

「你怎麼知道？」

「他二人要是沒有感情，那南蕙姑娘怎敢闖進祖先堂，又怎會甘心為了三弟冒險，甚至為三弟不惜拚命！」

「唔！玉嵐這孩子成年在外飄蕩，安了家也許好一點，要是這個姓南的家世也不壞，卻是天生的一對！」

「娘說的是，三弟該成家了！」

常老夫人不由又嘆了口氣道：「現在還不是時候，等你爹回來之後，還要與他商量，因為……誰？誰在外面？」

一陣急驟腳步聲，只聽貼身丫頭荷花在門口嘀嘀咕咕與人講話。

聽見了常老夫人的喝問，她連忙進了房門，低聲稟道：「回稟老夫人，是常福！」

常福也佝僂著腰，站在房外，隔著軟簾高聲說道：「上稟老夫人，小的常福有事向老夫人稟報！」

「有什麼大事，這麼慌慌張張？」

「啟稟老夫人，少林掌門明心大師為首，帶著各大門派三十餘人要見老夫人。」

常老夫人霍地一驚，由床上弓腰而起道：「他們現在何處？」

常福道：「小的攔阻不住，他們已到花廳，要小的請老夫人務必一見！」

「好！」老夫人心知事不尋常：「常福，先去看茶敬客，就說我立刻出迎。」

常玉峰道：「娘！你歇著，讓孩兒去見他們！」

常老夫人搖搖頭，一面整頓一下衣衫，幽幽道：「金陵常家從此多事了，你隨我到前廳去吧！叫你媳婦她們嚴令上下人不許冒然行事，無論有何變故，都要沉住氣，常家數百年基業關係重大！」

她面色凝重，神情凛然，一面說著，一面從床頭枕下摸出一支精緻雪亮銀製短笛似的筒子，十分感嘆的說道：「這支追魂奪命子母連環珠，四十年沒有動過了，但願還是備而不用！」

常玉峰心知母親四十年沒再與人交手了，趙家三大絕活的追魂奪命子母連環珠，更是輕易不曾使用。如今，竟然隨身攜帶，事態的嚴重自不待言，因此順手在壁上摘下一柄長劍配在脅下，隨在母親身後，步向前廳。

寬敞的大花廳，鬧哄哄的或坐或站，擠滿了老老少少僧俗道尼三山五嶽的人，七嘴八舌的吱吱喳喳，議論紛紛。

八盞氣死風的紗燈，分兩排懸掛在高挑樑上的龍形雕花燈架上，照得屋內如同白晝。

正面整個山牆，畫著一幅雲龍戲珠的潑墨圖。

圖上好一塊黑底金字匾額，四個金色古篆寫的是「武學泰斗」，迎著燈光耀眼生輝。

上款題的是：「金陵常氏華廈落成誌慶」；下署：「天下武林大會八門十六派掌門同獻，文淵閣大學士蘇建章奉旨親書」。

此外，匾額正中還刻上複製的「天下太平」鍾鼎御印。

這塊匾代表常家的光榮傳統，也是金陵世家的榮耀，武林之中獨一無二的珍寶。

這塊匾雖然由文淵閣大學士蘇建章執筆，因為有奉旨二字，也就等於是御筆親書皇上的敕旨。不過常家當時沒人做官，朝廷恪於皇封的規定，不能由皇上執筆而已。

至於所以有賜匾的舉動，是由於一百二十年前，天下武林在峨嵋大會，八大門派十八幫會的頂尖高手，五百餘人比武論藝。

常世倫的曾祖父在七天七夜之中，連勝七十二位高手之後，遭到各門派之忌，有心聯手制他於死地。他為了息事寧人，當眾發誓，第一不吃官家俸祿，第二不設幫立派。

不吃官家俸祿，就不會與江湖人尋仇作對，不設幫立派，就與武林沒有利益之爭，因此消滅一場血腥浩劫，深受會中五百餘高手的欽敬。

本於武林大會中的一場殺戮，消弭於無形，當時川中巡撫大加讚賞，轉報兵部請得聖旨，由各大門派具名，大學士親書，金陵總鎮以半副鑾駕，率同所有官員擇吉送到常家懸掛在花廳之上。歷時一百二十年，代代相傳。

每年新正起到上元佳節，有不少武林的三老四少，不遠千里輾轉到金陵常家對著這塊御賜金匾行禮賀年，傳為武林佳話。

金陵世家之所以受人尊敬，與這塊匾是大有關連。

此時，各路正邪人物之所以紛紛議論，也在數說這塊御賜金匾的往事。

忽然，人聲寂靜。

常玉峰大跨步從角門走到花廳正中，拱手齊眉道：「不知各位前輩與各門兄弟大駕光臨，有失遠迎，家母親自迎見！」

四個手執紗燈的丫環引路，常老夫人緩步而出。

她面帶微笑，掃視眾人一眼，逕自在大廳當中肅立，朗聲道：「各位光臨寒舍，蓬蓽生輝，請坐！」說完，對著少林掌門明心大師略一頷首道：「明心大師乃世外高人，今春小別，將近一年，不知佛駕率領各路高人連袂到來，有何指教？」

話音剛落，武當長老鐵冠道長怒吼道：「虛情假意免談，你縱子行兇……」

沒等鐵冠道長的話落音，雪山門的大弟子慧靈一抖手中拂塵，高叫道：「我是要討回殺死本門掌門的血債來的！」

另外，峨嵋、崑崙、丐幫的數十高手，七嘴八舌的吼叫起來。

常老夫人不禁柳眉倒豎，面呈怒容，沉聲喝道：「老身以禮相待，各位難道是烏合之眾嗎？明心大師，金陵常家既不是怕事之人，也不是酒樓茶館，既然進了我這個大門，就要有些規矩！」

她的話說到這裡，自己竟自坐在正中虎皮太師椅上，神情凜然的又對明心大師道：「大師，你既然出面為首，請說明來意吧！你這樣亂哄哄的，想要群打群毆嗎？那我們常家願意承認失敗，因為常家從來不屑於欺仗人多。」

常老夫人明著是喝斥眾人的無禮，其實，暗地裡也想用這話套住幾個名門正派的掌門。

照目前的情勢來看，最怕一個亂字，在亂糟糟之下，吃虧的必是常家，故而，在常老夫人來到花廳之前，已交代府中上下人等，只能暗暗戒備，不可擺出動武的架勢。

果然，明心大師打個問訊，轉面向眾人道：「各位，既然見到了常老夫人，有話好講，常老夫人必然有個交代！」

峨嵋派飛雲大師首先發難，大聲道：「你子常玉嵐，掌劈本門羅漢堂首座青雲大師，今天我要討一個公道！」

崑崙掌門西門懷德冷冷一笑道：「本門河頭集分舵二舵主冷若水，在你子路過河頭集之時，以江湖之禮相待，僅僅在未相識之前有些言語誤會。不料你的寶貝兒子在吃喝之後去而復返，連殺本分舵十餘弟子，請問，你金陵常府如何交代？」

雪山門慧靈，未語先淚流滿面，戟指著常老夫人道：「常世倫無緣無故刺死亡師！」

常老夫人不由一驚道：「外子殺了令師了緣師太？」

「一劍斃命，誰都看得出來是你們常家的斷腸七劍手法，想要賴不成？」

「外子至今未回，這一點老身只有等他回來之後，才能問明。」

飛雲大聲怒吼道：「就在了緣師太蓮駕西歸之時，常世倫劍劈本門八大劍手，這還會假嗎？」

丐幫六七個長老也齊聲喝道：「還有本幫執法長老焦泰的斷臂之仇，這筆賬也要算一算。」

武當鐵冠道長越眾而出，道：「武當與你們金陵常家，素來交好，老夫人，你兒子勾搭邪教，殺了本門的俗家弟子黃可依，至今屍首都未找到，這可是人盡皆知的事，老夫人，你有何說詞？」

說到這裡，眾人非常激動，群情憤慨，吼聲連連，夾雜著兵器振動之聲，眼看大戰一觸即發。

常玉峰侍立在母親身側，始終未發一言。

因為按常家的禮教，長輩在此，晚輩是不能出面的。

但眼見眾人蠢蠢欲動，跨上一步，橫在母親面前，大喝道：「各位意欲如何？」

「血債血還……」

「討個公道……」

「殺人償命，欠債還錢！」

這等陣仗，是非常難以處理的場面，若是動手，事實上雙拳難敵四手，好漢最怕人多，何況毆鬥之地是在常家。

縱然不怕官家追查，損失的也必是常家。

常家被人找上門來的事會傳揚開去，自然威儀盡失，常門世家成了打鬥場，還有什麼令人畏服之處，就是勝了陣仗，也算輸了榮譽。

再說，面對數十高手，若真的動起手來，常老夫人自問是凶多吉少，到時人多手雜，萬一他們之中有人乘亂點起一把火，常家的基業……

想到這裡，常老夫人忙厲聲道：「峰兒，退下！」

常玉峰恭身道：「娘……」

「退下！」常老夫人喝退兒子，仍然坐在椅上，苦苦一笑，依然向明心大師道：「大師，他們各位都已說明了來意，老身也都明白了，既然由大師領頭前來，不知少林有何要常家交代的事，就請一併說明了吧！」

明心大師高誦佛號：「阿彌陀佛，老夫人，他們所說的話都是事實！」

常老夫人原見少林一門沒有發生事故，所以才點明要明心出面，料定以金陵世家與少林的交情，最少明心大師會說些勸解的話，把目前的局面緩和下來，再也料不到他是站在對方一邊的。

常老夫人聞言，只好一笑道：「大師是何以知道都是事實呢？」

明心大師正色道：「除了武當派黃可依被殺或被擄之時老衲不在場之外，其餘貧僧或親眼目睹，或是有本寺弟子在場！」

常老夫人眼見靠明心大師緩頰無望，只好道：「那大師今日也是為興師問罪而來囉？」

明心大師忙道：「一門一派恩怨事小，老衲是為了三公子與血魔結為一體，將要掀起五十年前同樣的血腥浩劫，特來請教老夫人！」

一側的常玉峰實在忍不下這口怨氣，騰身一躍，手按劍柄，怒沖沖的道：「都給我住口！」

群眾當激怒之時，乃是群龍無首的盲目衝動，常玉峰這樣一副作勢欲鬥的架式，更加惹起了大家的怒火。

雪山慧靈因掌門橫死，報仇心意尤其強烈，一擺手中拂塵，戟指常玉峰道：「常家子弟個個囂張，不知陪禮認罪，還想仗勢欺人！」

她說著，不待話落，振腕揚起軟絲鐵拂，一招飛鳳出巢，直掃常玉峰面門。

常玉峰既急又氣，長劍來不及出鞘，連著劍鞘上揚，護住面門，口中大喝：「要撒野！看本公子教訓你！」

咔！的一聲，千百根柔鋼細絲，掃在劍身之上，兩人各退半步，乃是勢均力敵的局面。

大廳中頓時亂成一片，兵器出鞘之聲此起彼落，眼看一場混戰即將展開。

明心大師一見，忙對常老夫人道：「常夫人，你要拿個主意！」

「大師，各位找上門來，常家是寧為玉碎！」

她口中說著，人也站了起來，探手從袖內取出子母連環珠，故意揚聲道：「老身人是老了，子

母連環珠還不老！」

在場之人均清楚子母連環珠的壓力，比刀劍凌厲百倍。

因此，耳聞老夫人之言，不由各自抽身戒備，手中兵器雖都亮出。但也只顧護住中庭，不敢輕易出招。

明心大師微微一嘆道：「常老夫人，千萬別傷了和氣！」

常老夫人並非真的要動手，只不過要壓壓大家的氣勢而已。

此時，目的已達，一面揮手令常玉峰退下，一面道：「大師，你說和氣，常家最講和氣，逼到無法講和氣時，也是無可奈何。」

明心大師道：「並非貧僧偏袒，各門派的委屈，老夫人無一言安慰，令公子又率先出手，貧僧認為是使大家不滿之事。」

「老身對各位指責之事，完全不知，要如何安慰？」

鐵冠道長插口道：「那血魔重現之事，又如何向武林交代？」

「問過小兒才能瞭解事實，其餘之事也等外子回轉金陵，再煩各位大駕前來，如果各位所言是實，常家自會給你們一個滿意答覆。」

明心大師點點頭道：「既是如此，但不知常大俠何時回返金陵？」

「拙夫何時回返，當無訊息，但我姑且作主，三個月之內，必有交代。」

「老夫人乃巾幗英雄，貧僧信得過，但是……」

「但是什麼？」

「事關整個江湖，貧僧不便冒然作主！」明心大師轉向眾人道：「各位有何高見，不妨當面說清楚！」

眾人一陣議論紛紛。

半晌，鐵冠道長突然越眾而前道：「空口無憑，我們身負血海之仇事小，血魔重現關係武林事大，不能憑三言兩語就這麼輕易打發我們！」

「對！鐵冠道長說得對！」

「我們不能這麼便宜了她……」

又是一陣亂哄哄的吼叫起來。

明心大師擺擺手，轉對常老夫人道：「老夫人，貧僧有一個不情之請，說出來若有得罪之處，尚請原諒！」

常老夫人道：「大師有何主意，請你明言！」

「請老夫人提出一個實際的保證。」

「老身的話不能算保證嗎？」

「貧僧說的是具體的保證。」

「怎樣才算具體保證？」

明心大師指著大廳正面高懸的金匾，朗聲說道：「請以這塊常府的御賜金匾為保，夫人以為如何？」

「金匾！大師要帶走這塊金匾？」

常玉峰大吼道：「辦不到！」

明心大師忙道：「不敢！貧僧不敢帶走。」

常老夫人不解道：「那大師的意思是……」

「貧僧只是請老夫人當著眾多同道之前，將御賜金匾摘下，三月之後，諸事澄清，由貧僧邀同八大門派十六幫會同道，細吹細打重新懸掛。」

眾人聞言，不由暴雷似的叫起來——

「對！大師的話對！」

「摘下金匾，表示誠意！」

「快！快……」

「摘下來！摘下來……」

常老夫人心如刀割，金匾乃是常家的數代榮譽掙來的，金匾象徵著常家的門楣，金匾摘下，就是金陵世家的羞辱。

然而，大廳的情勢異常明顯，即使是常家上上下下捨生拚命，也難保不死傷累累，元氣大傷。

而且，從此江湖上各門各派都變成了死對頭，常家成為眾矢之的，到那時金陵世家四個字不但沒有榮譽，必然是遭人攻擊的對象，金匾也變為禍水了。

如今若是暫時摘下來，不過一時的屈辱，事情真的弄不明，金匾乃是早晚要摘下來，即使不摘，也毫無價值可言。

一旦弄明白之後，由各大門派鼓樂重新頂禮懸掛，豈不更增加了金匾的榮耀。

想著，她咬牙對明心大師道：「好！依大師之言，老身答應你摘下金匾。」

話聲未落，大廳後常三公子一躍而出，大聲叫道：「娘！且慢，金匾摘不得。」

常老夫人答應摘下金匾擔保，自明心大師以至各武林人士無不歡聲雷動，此時一見常三公子現身而出，並且攔阻摘下金匾，個個怒形於色。

常三公子先向老夫人恭聲道：「娘！事情由孩兒而起，他們找的人是孩兒，由孩兒來了斷。」

明心大師正欣喜自己的主意不錯，難得常老夫人接受，一場血拚可以避免，不料在緊要關頭常三公子突然出現。

就好比煮熟的鴨子飛掉，不免懊惱的道：「三公子，貧僧一片苦口婆心，不過為了息事寧人！」

常三公子道：「多謝大師，被人找上門來，想息事寧人也辦不到！」說著便向大廳之中朗聲道：「哪位朋友要摘金匾，請說出來？」

鐵冠道長怒沖沖的道：「正主兒露臉了很好，那就不必摘匾了，是死是活，交出本門弟子黃可依。」

常三公子冷冷一笑道：「鐵冠！你聽著，若是你單獨前來，金陵世家以禮相待，我常玉嵐也會恭聆教益，對你合理交代，現在聚眾滋事，仗勢欺人，憑著人多，存心並不是來講理的，亮劍！」

他劍眉直豎，星目含威，並沒有抽出長劍。

只是一雙空手，錯掌蓄勢待發。

常玉峰一見弟弟不曾帶劍，急忙將自己手中劍遞上道：「三弟，劍！」

常三公子搖搖頭道：「大哥，侍候娘吧！憑武當的三招兩式，還用不到常家斷魂七劍！」

「好狂的小輩！」鐵冠道長虛揚長劍，挽起斗大劍花，人劍合一，直向常三公子撲到。

常三公子不慌不忙，吟吟一笑，口中喝道：「來得好！」

未見他舉步移位，只是雙掌乍合即分，左前右後。

緊接著迎著鐵冠道長的來勢腳下滑動，左手化掌為拳，直搥鐵冠道長揮劍的右手手腕，右手掌式不變，手推向鐵冠道長的肩胛印去。

快如閃電的兩條人影倏地一分。

但聽嗆鎯一聲大響，鐵冠道長手中劍拋在地面，左肩如同被重物擊中一般，整條手臂垂了下來，搖晃不已。

鐵冠道長的額頭豆大汗珠滴到臉上，痛苦得咬牙咧嘴，狼狽至極。

常三公子彷彿絲毫沒動，淡淡的神色，嘴唇含笑道：「恕我無禮，哪位還有興致，我常家的金匾摘不得，這雙肉掌卻可奉陪。」

鐵冠道長一招落敗，長劍出手，人也帶傷，在場之人莫不大驚失色。

因為，常家斷魂劍在武林之中有常門七劍、萬邪斷腸的諺語，乃是人盡皆知的事實。

相同的，武當一門也是以劍法稱譽江湖，鐵冠道長又是三元觀鐵字輩的高手之一，僅次於掌門鐵拂道長而已。

最不濟也該在百招之內才能分出高下來，現在一招初接，就落得如此之慘，怎不大出眾人意外。

武林中人大都有爭氣不爭命的習氣。

常三公子一招出手，應該將眾人鎮懾下來才是。

然而，慧靈有喪師之痛、飛雲要報師兄之仇，兩個人使了個眼色，雙雙越眾而出，且不對常三公子出招，反而指著常老夫人喝道：「瞧見了吧，他原來是你們常家調教出來的兇手，老太婆，你還狡辯嗎？」

常三公子大怒，厲吼道：「有本事對本公子來！」

他的話未落音，人已欺近，雙掌長虹射空，左取慧靈，右推飛雲，似乎怒極而發，帶起的掌風颼颼有聲。

比之對付鐵冠，力道大了許多。

慧靈但見迎面一個血紅的巨靈之掌，忽然化作千百萬隻，不分左右前後，向自己拍到，急切間措手不及。

等她揚起拂塵為時已晚了，覺著胸前一震，喉頭發甜，哇一聲，噴出一口鮮血，人也搖搖欲倒！

另一邊的飛雲，戒刀尚未出手，脅下痛如刀扎，暴吼一聲，龐大的身子像半堵土牆，仰面跌在當地。

兩人同時重傷，大廳上一陣嘩然，除了明心大師之外，全都亮出了兵刃，兔死狐悲，有道是打死和尚滿寺羞。

雖然大家都知道常三公子的怪異掌法難以抵擋，但也抱著敵愾同仇的心情，發一聲吼，將常三公子圍在核心。

只是，誰也沒敢出手搶攻。

明心大師見此情景，心中不由一凜，忙向正位上的常老夫人道：「老夫人，萬萬使不得，縱然要拚個你死我活，刀劍無眼，勝負乃未定之天！」

常老夫人不知怎的，只顧凝神而視，彷彿心中在想著什麼重大之事，對當前一觸即發的場面，似乎完全不知。

明心大師又道：「老夫人，常家乃金陵望重一時的名門府第，要是變成了殺人的血腥屠場，豈不壞了祖傳基業，老夫人三思！」

此言果然大大打動了常老夫人。

她這才如夢初醒，喝道：「嵐兒，休得魯莽！」

常三公子被圍在核心，雙掌作勢，不敢大意，聞言忙道：「娘！孩兒是要讓他們知道金陵世家不是好欺負的。」

他說話之時，不免分神。

原本圍在他四周的一群，本是各門各派的高手，所以不先進招，就是要等常三公子分神之際乘虛而入。

因此，鐵冠道長發一聲喊，挺劍直逼常三公子左肩，另外右側的幾個峨嵋弟子，一聲不響，戒刀揮砍過來。

「常哥哥不要怕，我來了！」

恰在這時，南蕙如同飛將軍從天而降，飄身落在常三公子面前。

她是初生的犢兒不怕虎，天真無邪的心中，對於事情的來龍去脈既不問，更不管有什麼後果。人才落地，分掌直拍常三公子右側襲來的五個峨嵋弟子。

但見她人如穿花蝴蝶，掌影如翻江倒海，峨嵋弟子還沒看清南蕙的路數，已慘叫連連，五個人一樣的胸前如遭鐵錘重擊。

哇哇哇！血光刺目，腥味衝鼻。

常三公子一見南蕙出手，知道事態不妙，但來不及攔阻，眼看五個峨嵋弟子口吐鮮血搖搖欲倒。

常三公子遊身閃過鐵冠道長刺來的一劍，口中大叫道：「南蕙，不要傷人。」

南蕙一招得手，重創了五個峨嵋弟子，童心大樂，嬌聲叫道：「蠻好玩的，難得練練筋骨！」

她口中說著，捨了右側重傷的五人，一擰腰，從常三公子頭上掠過，左手併指如戟，右掌倏的一收，迅雷奔電硬向鐵冠道長拍出。

這一招變化之快，神鬼莫測，出手之狠雷霆萬鈞。

鐵冠道長被常三公子逼退在前，還沒回過意來，忽然一陣掌風，像一陣猛飇似的撲到，凌厲得銳不可當。

十六 明心大師

風勢漸來漸烈，令人喘不過氣來。

鐵冠道長這一驚非同小可，急切間不敢硬接，八卦散招步法，快如兔脫側移三步，險些挨了一掌。臉上驚慌失色，嚇出一身冷汗。

南蕙掌上功夫在洗翠潭浸淫了十餘年，只是缺少實戰經驗，一掌拍出，見對手驚慌失措手忙腳亂，不由吃吃笑道：「牛鼻子老道，你跑的比兔子還快，來呀！」

她並無意以言語污辱鐵冠道長！

但鐵冠道長乃是武當長老的武林碩彥，怎能當眾忍得下這口氣，對手又是個黃毛丫頭，臉上更加掛不住。因此，咬牙怒道：「丫頭，找死！」

他振腕抖劍，又揚聲對外圍眾人道：「各位，大夥上！」

眾武林俠士眼見南蕙狂態，怒氣難平，此刻聽到鐵冠道長一聲招呼，不由雷應一聲：「咱們上！」

南蕙站立核心，一掌平胸護住子午，一掌斜削待發，口中嘻嘻笑道：「越多越好，統統來！」

眾人更加恨得牙癢癢的，各掄兵刃，齊撲向前。

鐵冠道長怒極出手，雲龍奪珠劍尖抖動之下，化為點點星芒，刺向南蕙的咽喉大穴。

就在此刻，黃衫飄揚，一人影箭般的射到，左臂揮動，攔住了鐵冠道長，右手化掌為抓，緊握南蕙的手腕。

口中朗聲高叫道：「有話好說！南姑娘，你是從來不生氣的呀！」

南蕙手腕突然被制，正想翻掌彈去，聞言不由笑瞇瞇的道：「是司馬大哥！」

司馬駿含笑點頭，然後拱手對著眾人施禮，急上幾步，朝著正位上的常老夫人恭身道：「小侄司馬駿叩拜伯母金安！」

常老夫人忙道：「賢侄少禮！」

司馬駿又向明心大師行禮，肅容道：「大師清安，大師德高望重，少林為武林尊重的名門正派，若是能化干戈為玉帛，也算功德無量。」

他這幾句話雖然大方，卻不得體，因為語意之中，隱然有責備之意。

明心大師焉能聽不出言外之意？只是一則自己未能阻止雙方的殺戮，二則難得司馬駿及時出現，否則後果不堪設想，三則司馬山莊領袖武林。

司馬駿手底下的確不亞於當年的司馬長風，就是適手出手一招，攔住了鐵冠道長固然不易，壓制住掌風凌厲的南蕙，卻是一般高手能力所不及的。因此，故作不懂，苦苦一笑道：「少莊主，你算是及時雨，來得正好，貧僧非不為也，勢不能也，阿彌陀佛！」

常老夫人這時由座上站了起來，高聲道：「各位武林同道，適才一場誤會，雖由犬子玉嵐引起，但是這位南姑娘乃是在常家作客，而且昨晚才到金陵！」

鐵冠道長怒髮衝冠，怒不可遏道：「原來是你們請來的打手。」

常老夫人厲聲道：「道長，你是名門長老，不可信口開河。」

明心大師生恐又點燃戰火，忙勸慰道：「鐵冠道兄，請聽常老夫人把話說完！」

常老夫人接著道：「老身雖是三綹梳頭二截穿衣的女流之輩，一言既出駟馬難追，三個月之內，外子回與不回，對各位必有交代。」

鐵冠道長因為適才受盡窩囊，所以火氣特大，舊事重提道：「空口無憑，摘下金匾擔保！」

常老夫人冷笑道：「老身先前已經答應，無奈各位手下留情，讓了小兒玉嵐一招，這一招既得罪了各位，再要摘下金匾，就失去承讓的意義了。」

眾人七嘴八舌，吵嚷了起來。

司馬駿雙手高舉，朗聲笑道：「各位，適才我已請教過明心大師，才弄明白今天各位齊集金陵的真相。

「既然各位一定要保，假若承蒙看得起的話，願以司馬山莊擔保，若有人覺得司馬山莊不夠份量，現在可以明說，也可以出來拒絕。」

司馬山莊乃武林的泰山北斗，儼然是江湖盟主。

況且，誰願意站出來與司馬山莊為敵？

更明顯的是司馬駿的話，就有誰不服誰出來的威脅口吻，江湖多事之秋，任何人也不敢與司馬山莊作對，與司馬駿翻臉。

眾人互望一眼，誰也沒敢吭聲。

司馬駿又瀟灑的道：「既然各位看得起司馬山莊，賞司馬駿的臉，在此謝過，三個月之後，我們仍在此相聚。問題必會真相大白，請吧！」

明心大師首先向常老夫人打個問訊道：「有擾老夫人清安，貧僧告辭！」接著，對司馬駿道：「少莊主不但風采翩翩，而且辦事爽朗明快，貧僧佩服，真是英雄出少年。」

「大師誇獎了！」司馬駿拱手肅客，徐步走向鐵冠道長，道：「晚輩多有失禮，改日再行謝罪，道長，恕不相送了！」

鐵冠紅著臉，借機下臺道：「少莊主一言九鼎，咱們三個月之後再來候教！」

明心大師為首，一眾武林俠士也不向常老夫人告辭，魚貫在明心大師之後，帶著一臉怒意離去。

金陵常家的庭園，是石頭城勝景之一。

來雁亭是建在水榭之濱，四周生滿了紫羅，沿亭自然的疊些奇形怪石，石隙中翠葉紅花的海棠，夾雜在長葉劍蘭裡，格外秀逸可人。

亭子內燈火輝煌，丫環僕婦穿梭不停，送酒捧菜，進進出出。

常老夫人舉杯對客位上的司馬駿微笑道：「少莊主，老身敬你一杯，你三言兩語化解了一場紛爭，老身甚為感激！」

司馬駿肅立而起，捧杯道：「伯母敬酒，小侄實在是不敢當，也不過是湊巧而已，何況，就是小侄不來，憑玉嵐兄的那幾掌，鐵冠道長也是無可奈何，就連明心大師算上，怕也不是玉嵐的對

手！」他說到那幾掌三個字，特別提高了嗓門，加重了語氣，還淡淡的一笑，瞧了瞧常三公子。

常老夫人原本微笑的面容，似有不悅之色，但是，隨即道：「少莊主見笑，不知老莊主安泰否？少莊主南來有何貴幹？」

「托福！家嚴命小侄向伯母請安，伯母，小侄此來是專程拜謁！」

「哦！賢侄有事？」

「正是。」

「請問……」

「是來向伯母您討一杯喜酒的。」

「噢！是替三小兒做媒來的？承蒙看得起，千里迢迢的跑這一趟，但不知對方是哪一家？」

常三公子風流倜儻，並且眼界甚高，外出遨遊的日子多，在家的時候少，又因他闖蕩江湖時，隨身帶著四個美貌年輕、武功又好的婢女，一般民間女子自認高攀不上，官家或武林世家，也不敢妄想配婚，以至遲延下來。

常老夫人何嘗不認為這個兒子的婚事很難找到門當戶對的！另外，常老夫人同時認為，假如能給常三公子娶一房媳婦，他野馬流雲般的性情，一定會安定下來。

因此，她才很有興趣的追問著。

司馬駿緩緩坐下，笑道：「伯母，我這個媒人說來慚愧，對方是玉嵐兄自己訂下的，我只是撿一個現成的大媒來討伯母的賞而已！」

常老夫人驚訝的望著坐在下首的常玉嵐。

常玉嵐比他母親還驚訝，茫然道：「司馬兄，小弟不懂你的意思，我自己訂的？我自己何時訂過誰家小姐了？」

「哈哈！常兄，難道你還害羞嗎？」

「絕無此事！絕無此事！」

司馬駿又對常老夫人拱手為禮道：「常兄可能是未經稟告，在外訂下親事，還望伯母不要追究！」

常老夫人搖搖頭道：「只要名門正派，老身也不會拘於世俗古禮。」

常玉嵐急急道：「娘！孩兒沒有！」

誰知，司馬駿卻道：「常兄，小弟可帶來物證啦！」

「物證？」常老夫人一愕。

「是的。」司馬駿道：「是常兄給對方的信物，對方持的證物，央家嚴為媒，家嚴才派我專程前來金陵，懇求伯母賜准。」

常三公子這可急了，大聲道：「什麼證物？你拿出來！」

司馬駿點點頭道：「小弟把它帶來了！」說著，從懷內取出一個朱紅繡帕小包袱來，仔細的打開，卻原來是常玉嵐的杏黃劍穗，

劍穗盤結上繫著一塊玉珮，玲瓏剔透。

司馬駿拿著劍穗，輕抖一下道：「常兄，劍穗為憑，也算是武林一段佳話，你又何必否認呢？」

常三公子肺幾乎要氣炸了，急道：「劍穗是我的，不錯，可是這與親事完全無關，終身大事，豈可憑劍穗就決定了！」

常老夫人也看清了那杏黃劍穗上繫著的玉珮，是常玉嵐十二歲授劍大禮上自己親手替他繫上的。

她見自己的兒子急得臉色通紅，連連推辭，誤以為是怕羞，或是怕自己責備，因此慈祥的道：「嵐兒，不要急得那樣。」

「娘！不是的！」

「娘先問你，你的劍穗為何落到別人手裡？」

「娘……」

「聽我把話說完！」常老夫人轉向司馬駿道：「是也罷，不是也罷，賢侄請先說說對方是哪家閨秀，讓老身作主！」

司馬駿聞言，喜笑顏開的道：「伯母！這段姻緣可能是三生石上早已注定！」

「此話怎講？」

「伯母！對方與司馬山莊並無淵源。」

「哦！那對方怎會找上貴莊呢？」

「是這樣的，日前，忽然有人持帖到敝莊來訪，自稱是兄妹二人，哥哥叫江上寒，妹妹叫江上碧。

「當時取出這條劍穗，聲言與常家訂下婚約，常三兄留下劍穗做為信物，只因金陵世家聲譽滿

武林，必須有一大媒，因此，他們再三懇求家父出面為媒，成全此一良緣！」

常三公子勃然道：「豈有此理！」

常老夫人皺起了眉頭，沉吟著道：「江上寒，江上碧，武林中，從來沒聽說過這兩個陌生的名字。」

司馬駿道：「伯母！這個江姑娘小侄見過，卻是端莊靜嫻，要是論門第，也許是高攀了些！常言道：娶妻娶德，伯母以為如何？」

常三公子大叫道：「娘！絕無此事，千萬不可相信！」

常老夫人見他失態，沉聲道：「這劍穗呢？」

常三公子點點頭道：「劍穗確是孩兒的，至於婚姻之事，全是謊言！」

司馬駿笑道：「常兄，話可要說明白，縱然是謊言，也是江家兄妹的謊言，小弟是奉了家父之命，家父也是聽了江家兄妹之言。

「司馬山莊與貴府忝列世交，家父見了這劍穗，不能不促成好事，常兄若是已有反悔之意，那又當別論！」

這番話，有多方面的意義，有責備、有立場，把責任推到常玉嵐的身上，非常動聽而理直氣壯。

常三公子想把江上碧賴著把劍穗騙去之事說出，但是孤男寡女深夜拉拉扯扯的情形，實在難以開口。

當時的情形，若非當事人，真難理解，況且若說自己受人欺騙，總有些丟臉。

因此臉上紅一陣白一陣，半晌說不出話來。

常老夫人眼見常玉嵐臉上尷尬的神情，判斷必是事出有因。

但她怎麼也想不到劍穗是被別人巧妙騙走的。

老夫人對司馬駿的話焉能聽不出，於是苦苦一笑道：「少莊主，小兒生性不羈，對於婚姻大事也非三言兩語就能定奪。

「一則老身也想見見那位江姑娘，二則你常伯父出外未回，這件事還要稍緩之後，再煩勞你撮合成全！」

司馬駿道：「伯母說的極是，不過……這劍穗？」

他抖抖手中劍穗，含笑望著常玉嵐。

常老夫人忙道：「啊！少莊主，金陵常家是識理的，在事情沒有決定之前，劍穗當然還是留在少莊主那裡，不然你何以向江姑娘交代。」

司馬駿明知老夫人會這樣說。

因此，他仔細的把劍穗包好納入懷中道：「如此，小侄告辭了！」

說著，又起身走向久未說話臉上一片愁雲的南蕙身邊，朗聲道：「南姑娘，都是在下失禮！一直為了你常大哥的婚姻大事嚕嗦了半天，還沒敬姑娘一杯，等你常哥哥洞房花燭那天，再補敬你好啦！」

說著，一隻手溫柔的搭上南蕙的肩頭，輕輕按了下，低聲道：「再見！」

南蕙天真無邪，不過男女的感情是一種天性，對於常三公子，南蕙有一種親密的微妙情感。

同時，常三公子是她第一個結交的男性，又是父親死前將自己托付給他的人。南蕙自幼在深山幽谷裡長大，雖沒有兒女之私的居心，但聖人說：及其少也則慕少艾。

何況常玉嵐風度翩翩，氣度不凡，的確是少女心目中的理想偶像。

南蕙只是覺得面對常三公子，有一種自然的喜悅起自內心，離開之後，就有一種莫名的思念。

她先前聽到司馬駿來替常玉嵐做媒提親，又有劍穗為憑，心中不自覺的想到常大哥要娶常大嫂了。

但此刻經過司馬駿這麼特別強調的一描，可描黑了，也把南蕙點醒了。

想到常三公子一旦成了親，自己就不能與他朝夕見面了，常哥哥也不會再帶自己出去遨遊五湖四海了。

她想：「常哥哥為什麼不娶我呢？」

想著，不由悲從中來。

但姑娘家總不能無緣無故的在酒宴前哭起來，於是低頭道：「司馬大哥，你要走了嗎？我送你！」

南蕙在常家乃是一個客位，常言道：客不送客。

不料，常老夫人聞言卻道：「也好，南姑娘，你代老身送送司馬少莊主吧！」

常三公子大感意外，忙道：「我送司馬兄！」

常老夫人道：「玉峰去送客，我有話要問你！」

常玉峰應聲而起，同南蕙去送司馬駿。

常老夫人目送司馬駿去遠，忽然把臉一沉，大聲喝道：「玉嵐，給我跪下！」

「娘！」

「跪下！」

常玉岩也莫名其妙，道：「娘，三弟有何不是之處，請娘息怒明示！」

常玉嵐也道：「劍穗之事，乃是孩兒一時大意被江上碧花言巧語騙去，孩兒向來潔身自好，娘是清楚的。」

「我問的不是劍穗的事。」

常三公子茫然的望著母親。

「劍穗縱然是你摘給別人做為信物，婚姻大事要出乎兩廂情願，娘不會勉強你，也不能說因為有了劍穗，便賴著非要論及嫁娶不可。」

「既然如此，孩兒並沒犯什麼錯，為何使娘生氣？」

「哼！我問你，你是不是常家的後代？」

「兒是娘生娘養，一手扶持大的，當然是常家的後代！」

「常家在武林中有沒有小小的名聲？」

「金陵世家無人不知。」

「憑什麼？」

「爹娘仁義處世待人。」

「武功方面呢？」

「常家斷魂七劍！」

「噢！你在大廳之中，面對天下武林，用的是哪家武功？」

常三公子不由語塞，怔怔的望著母親，說不出話來。

常玉岩也猛的想起，三弟不但沒有用斷魂劍法，連劍也沒用，不由道：「不是娘問起，幾乎沒有留意，三弟，你那凌厲怪異的掌法，是哪一門功夫？」

常三公子頓然想起，那掌法是在洗翠潭接受了南天雷的薰陶，自己不分日夜的研習鹿皮上的血魔秘笈。

日久成習，不自覺的就使用出來了。

然而，自己並不是從第一招起，只能算是散手，依勢借用而已。

因此，他忙道：「小弟只是臨時隨機應變而發，談不上什麼門派！」

常老夫人聞言，如同火上加油，喝道：「你給我住口！」

「娘！我……」

「你以為別人都是睜眼瞎子不成，剛才司馬駿就特別點出你的掌上功夫，只是他不便說明而已。」

常三公子這才想起司馬駿的語氣，分明是已瞧出了破綻。

常老夫人目光如炬，盯在常三公子臉上，十分嚴厲的又道：「血魔掌是誰教你的？」

常三公子料不到母親一語道破，急忙咚的一聲，雙膝跪下道：「孩兒知道錯了，這套掌法並沒有存心學習，只是看了這掌法的秘辛，所以……」

「哼哼！」常老夫人冷哼兩聲道：「難怪別人說你勾引邪魔歪道，原來你真的半點都不假。

「小畜牲，你數典忘宗，金陵世家數百年的家風門楣，眼看就要斷送你的手上，你對得起你爹嗎？對得起九泉下的列祖列宗嗎？」

常三公子見母親越說越有氣，忙道：「孩兒知錯了！請娘息怒！」

常老夫人大聲喝道：「還有那個什麼南姑娘，她就是惹禍的根苗……」

說到此處，南蕙正巧從外面進來，聞言還笑嘻嘻的道：「伯母，怎麼提到我啦！什麼惹禍的根苗？」

她興緻勃勃的只管叫著進門，忽見常三公子跪在地上，常老夫人面如寒霜，常玉岩繃著臉一言不發。

不由奇怪的又道：「咦！剛才不是好好的嗎？怎麼？又發生了什麼事不成？」

常三公子用手輕扯南蕙的褲腳，使著眼神道：「沒你的事，少開口！」

常老夫人怒不可遏的道：「怎麼沒她的事，南姑娘，金陵世家乃名門正派，我們在武林中從沒有仇家，江湖上也沒有敵人，希望你能諒解我這個不肖的兒子！」

南蕙完全不明老夫人說話的意思，眨眨眼道：「這與我有什麼關係？」

常老夫人緊接著道：「大有關連，邪魔外道，我們常家不但不交往，而且也不歡迎的。」

南蕙劈口道：「那也不是邪魔外道呀！」

「嘻嘻！」常老夫人冷笑聲道：「南姑娘，你瞞不住了，大廳上那兩下子，瞞小一輩的江湖朋友可以，我的老眼還沒昏花，你是不是血魔門的後代？」

南蕙坦然的道：「是！我是血魔的後代，血魔門是邪魔，還是外道？誰是正派？」

「我們常家是正派！」常老夫人被南蕙的言語頂撞，怒氣更高：「武林之中誰都知道血魔是邪魔外道。

五十年前血魔橫行江湖殺人如麻，現在血魔重現的謠言四起，你南姑娘所到之處，必然會引動殺機，必是惹禍根苗。」

南蕙從來沒有受過別人的喝叱，又因沒在江湖行走，所以也沒有長幼有序尊老敬賢的禮數，只知道得理不饒人。

聞言也瞪起一雙大眼睛，不服氣的叫道：「邪魔外道不是看武功，是看做人，我血魔門血魔二字難聽，你們的斷腸劍『斷腸』二字也不見得正派！」

她侃侃而談毫無懼色，在她來說是要辯個是非理直氣壯。

但是，聽到一向受人尊敬的常老夫人耳裡，這滋味可不好受，一拍桌面站了起來，厲喝道：「大膽！你敢教訓我？你敢誣蔑常門劍法？」

常三公子從地上躍起，跑到常老夫人身側，哀求道：「娘！南蕙她缺少母教，在深山長大，不懂俗禮，娘要原諒幾分！」

常老夫人氣極敗壞的道：「可以！我走！」

常氏三兄弟齊向前道：「娘！」

南蕙也忍不下這口氣，她本來是孩子氣，一見自己與常老夫人辯理，應該是正大光明的事。

可是眼見常氏兄弟都去勸慰母親，自己孤孤單單的，不由悲從中來，哇的一聲哭出來道：「我走！我回洗翠潭，看誰敢欺負我！」

說著，將身邊的座椅猛力一推，用力太大，椅子碰到了桌子，將桌子碗碟酒菜撒了一地，她扭身向外奔去。

常老夫人火更大了，用手指點著常玉嵐，罵道：「都是你做的好事，娘自從進你們常家的門，從來沒人敢對我無理！」

常玉峰、常玉岩也齊聲道：「這女孩子也太放肆了！」

常三公子哪敢搭腔，然而，他心中焦急萬分，焦急的是南蕙，依她的性子，極可能會拂袖而去。

以她毫無江湖經驗，對人情世故一概不知的一個大姑娘，萬一有個差錯，自己怎麼對得起臨死托孤的南天雷。

況且，南天雷臨死時將血魔秘笈親手交給自己，一門秘笈乃是無價之寶，不料由於自己的大意，在大火中失落，至今無著。

若是找不回來交還給南蕙，自己失言背信不說，而斷了血魔一門的根源事大，這個責任是推不脫的。

常三公子越想越覺對不起死去的南天雷，便向常老夫人道：「娘！南蕙的性情如此，娘千萬別氣壞了身子。」

「她的性情如此，你卻說得好，我活了一大把年紀，還要受她的氣，這是你做兒子的報答我的，帶一個有性情的人給我氣受！」

「她在山上長大，不懂禮數，我怕她一氣之下走了，出了岔子。」

「哼！走了倒好！」

「娘……」

「別多說了，隨我到後院去。」

常三公子本來想勸勸母親，然後到客房去安慰南蕙，此時聞言，不由猶豫了一下，腳下也未動。

常老夫人焉能看不出常三公子的心事，又催促道：「你在打什麼主意？」

「我……沒有……」

「走！跟我走！」

常三公子只好扶著母親離開來雁亭，轉回上房。

常老夫人是存心要自己兒子與南蕙分開，先前她看南蕙人品與天真無邪的純潔頗有好感，甚至有讓他們結為夫婦的念頭。

當她發現南蕙是血魔的傳人後，立刻就改變了主意。

血魔重現的謠言，已在江湖上傳開了，若是一旦發現了與血魔有關的人，或與血魔有關的事，武林必然群起而攻。

最可怕的是，武林八大門派已指稱常玉嵐勾結邪門歪道，屠殺正派弟子，萬一他們知道了南蕙就是血魔的傳人，不但是常玉嵐的知友，而且就住在常家，簡直坐實了常家罪名，金陵常家說不定就毀在這件事上。

常老夫人有了這層想法，恨不得趁著南蕙的身分尚未被人發現之前，立刻將她趕出金陵，以免因此受累。

然而，老年人做事不至於那麼衝動，她顧慮的是自己兒子與南蕙的情感，不知究竟到了何種地步？

萬一已到了難捨難分，一怒之下趕走了南蕙，豈不等於趕走了兒子？

進入了上房，天色已是三更天了！

常三公子急欲要去探看南蕙，因此道：「天色已晚，娘該安歇了，有什麼教訓明天再說吧！」

常老夫人出乎意外的對三個兒子虛按按手，指著床前的椅子道：「我不累，難得你們兄弟都在，你們坐下！」

侍候的貼身丫環原已準備好了香湯，也薰好了洗換衣服，打算鋪床整被。

常老夫人卻揮揮手道：「喜兒，你們去安歇，這裡不需要侍候了！」

「是！老夫人！」丫環退了出去。

常家兄弟哪敢多言，一排坐下，互相交換了個眼神，靜聽教誨。

常老夫人未語先自流淚，探手在床上枕頭下取出一個錦繡軟緞書套，抽出一張皺紋尚未壓平的白紙，並不打開，口中道：「這是嵐兒回家的頭一天夜晚，我已上床安歇，有人從窗外丟進來的。」

常氏兄弟不由大吃一驚，因為金陵世家表面上看起來與一般百姓毫無二樣，殊不知不分日夜，外圍均有護院把守。

內園則特別從親信家丁之中千中選一，設有八個使者巡邏。

雖不像江湖幫派有所謂總管一類頂尖高手，卻也算是嚴謹得很。

而常老夫人的上房，入夜之時竟然有人闖進，若是歹徒，後果不堪設想。

因此，常玉峰立刻驚異道：「娘，果然如此，怎沒知會孩兒，也好查個水落石出。」

常玉岩也道：「竟敢闖進上房，太不像話了！」

常玉嵐卻道：「事已過去，但不知紙條上寫的是什麼？」

常老夫人道：「你們自己看！」

常玉嵐起身上前，接過母親手中的紙條，常玉峰、常玉岩也湊近前去，但見那張白紙上似詩非詩，似偈非偈的寫著十六個桃紅色驚心觸目的草書：

「血洗南陽，火焚金陵，月黑風高，務要小心。」

常氏兄弟互望一眼，驚訝神色可見。

常老夫人道：「南陽紀家，金陵常家，乃是縱橫武林多年的兩大世家，玉嵐，你同紀無情不是要好得很嗎？」

「是的，娘。」

「血洗南陽應該是指他家，可知紀家發生了什麼事沒有？」

常三公子聞言，不由打了個寒噤，道：「娘，紀家確已發生了事故。」

「真的？嵐兒，紀家真的被血洗？」

「是否血洗，孩兒不知，但是紀無情與孩兒在開封府分手趕返南陽，等孩兒從盤龍谷回程，他

已得了瘋癲症……」

「啊！這紙條上第一句話已盡應驗，第二句，分明是落在我們頭上，只是，你爹又沒消息！」

「娘！孩兒一路上聽到不少有關爹的謠言，不知最近爹可有平安家書寄回來？」

「唉！往日你爹出門，三五日都有訊息，數十年沒離開金陵，這一回卻半年毫無信息傳回來。

「為娘表面上若無其事，內心裡沒有一時一刻放得下，嵐兒，你偏偏又惹出這麼多麻煩，娘……我……」

常老夫人已泣不成聲，軟弱無力的跌坐床邊。

需知，她雖然出身河朔名門，嫁到金陵世家，五十年來，常家是在安安樂樂中過日子，一呼百諾，隨心所欲。

現在丈夫生死不明，兒子岔事連番，一波未平一波又起，沒有片刻的安靜過，即是鐵打的身子，也經不起這等折磨。

常氏兄弟大驚失色，不約而同趨前道：「娘，不舒服？」

常老夫人強打精神支撐著道：「依你們看，這示警之人意義何在？」

常三公子道：「依孩兒看，這人是友非敵。」

「何以見得？」

「從第四句『務要小心』四個字看，不但有預先警告之意，而且有關懷之心，至於前面兩句，只不過是敘明紀家已經發生的事實，以及動手之人要向我們常家下手而已。」

「娘也正是這個想法，所以沒有告訴你大哥、二哥，追查深夜闖入上房之事，不過第三句月黑

劍氣桃花

風高……」

「可能是指對方要放火的日子。」

「每月的上旬下旬，各有幾天月黑風高，究竟是哪一天呢？」

常玉峰搶著道：「凡是月黑風高，我們加意防範就是！」

常玉岩也道：「大哥說的對，月黑之夜，我們加派人巡守。」

「不！」常三公子凝神道：「大哥二哥的辦法雖好，但都是下策，因為只是守勢。」

常老夫人覺得三兒子究竟與他兩個哥哥不同，凡事都有獨到的見解，便追問道：「難道你有更好的辦法不成？不採守勢又將如何，我們連敵人是誰都不知道，敵暗我明，又能奈何？」

常三公子道：「攻勢！主動的攻勢。」

「怎麼個攻法？」

「這張紙條就是最好的線索，我們就從這兒下手，找出傳言示警之人，必能找出敵人的蛛絲馬跡。」

常老夫人不住搖頭道：「難！難！送這紙條之人功力之高，不在為娘之下，他貼近窗下，為娘上床未久，竟絲毫未覺。

「小小的一個紙團丟進窗內來時，像是一團鋼球，嘶的一聲，竟然嵌入這檀木床架之上，你們看看！」

她欠身而起，指著左側雕花床架上一個銅錢大深深的痕跡。

常氏兄弟也不由嘆服來人內功修為之高，出手力道之重，一個小小紙團，竟能嵌進堅實的紫檀

木裡。

常三公子沉思片刻道：「娘！孩兒有個不情之請！不知當說不當說？」

常老夫人點頭道：「母子們商議事，還有什麼不能說的？」

常三公子緩了口氣道：「從明天起，孩兒要訪遍金陵九門八景，也許能在那些地方找出一點端倪來。

「能夠找出敵人的線索當然最好，說不定遇上這位留言示警的熱心高手，事情也就不難水落石出了！」

常老夫人笑道：「這是唯一的辦法，有什麼不當說的？」

常三公子一見母親展顏而笑，心中也開朗不少，也隨著笑道：「只是家中要格外小心，而且暫時不讓護院家丁僕婦丫頭知道，以免傳揚開來打草驚蛇，使躲在暗處的敵人另起陰謀詭計。」

常玉峰常玉岩不住的道：「對，對！」

常三公子不等老夫人開口，又道：「家中有大哥二哥，當然是綽綽有餘，不過……不過，人手是越多越好。」

他說到這裡，面色微紅，一雙星目乞求的望著常老夫人，吱唔說不下去。

「畜牲！」常老夫人嘴角微動，似笑非笑的道：「你還想拿話來套住老娘是嗎，是不是要把那姓南的丫頭留下來？」

天下父母心，常老夫人乃是知子莫若母，其實只要南蕙與血魔無關，老夫人看在愛子份上，也會留下她的。

大好的機會，常三公子豈肯錯過，乘機忙道：「娘！孩兒保證她不敢在您面前無禮，再說，一個女孩兒家，要她到哪裡去呢？

「等到爹平安回來之後，或是我把暗中的敵人找出來，孩兒立刻找一個使她安身立命之所，免得惹娘生氣！」

常老夫人搖頭一嘆道：「好吧！也只有這樣了，你們也累了，折騰了一天大半夜，這把老骨頭都酸了。」

「多謝娘！」常三公子喜不自勝的向南蕙的房中奔去。

夜色雖已深沉，但常三公子恨不得立刻去留住南蕙，否則她一定傷心一夜的。

因此，常三公子一踏進南蕙的房間，就喊道：「南蕙！南蕙！」

客房內燈光還很明亮，但一點回聲也沒有。

常三公子輕輕敲著窗櫺，大聲叫道：「南蕙，南蕙！你還在生氣嗎？為什麼不理我，我可要進來了！」

依然沒有半點回音。

常三公子暗喊了聲：「不好，這丫頭出了毛病啦！」

心念初動，不敢怠慢，試推房門，並未下鎖。

室內燈火通明，哪有南蕙的人影。

再看，牆壁上原本掛著的南蕙一些隨身衣物，已是不見，連南蕙一路攜帶的小玩偶，也都沒有了。

這分明是南蕙收拾帶走了。

常三公子既焦急又難過，焦急的是南蕙一氣之下離去，在武林中她舉目無親，教她何去何從呢？

難過的是，自己沒有盡到保護之責，有負南天雷重托。

蓮兒等四個丫頭，已被軟禁在後院柴房，常府之中，也沒有南蕙談得來的女眷，所以常三公子也不必去問別人，南蕙一定是不告而別了。

他無精打采的出了客房。

一個人對著西沉的一彎殘月，意興闌珊，想起南蕙的天真純樸情趣，不由輕輕的嘆了口氣。

回到自己的臥室，一時百感交集，千頭萬緒一股腦兒都湧上心頭，胡亂合衣躺在床上沉思。

橫在眼前的事，實在太多太多了！

是誰要火焚金陵？

為了什麼？

留書示警的又是誰？

他為何不公然露面呢？

自己的老父生死如何？失蹤因何而起？是誰設了陷阱？

紀無情家中真的是被血洗了嗎？是誰幹的？

這顯然與要火焚金陵之人是同一個人，紀無情神經錯亂，是否因為家遭慘變而受了刺激呢？他被何人劫去了？

是不是真如自己所料，是被江上寒用調虎離山之計劫走的？

狂人堡究竟是怎麼一回事？何人為首？堡在何處？

百花門目前為何音訊全無？百花夫人怎麼又會知道自己家中出了岔子，要自己盡速趕回金陵呢？

血魔秘笈被何人在火場中取去？旅店中發現的紅色頭套、紅色勁裝，以及手抄血魔秘笈是從何而來？是不是就是盜去秘笈之人？

最放心不下的是藍秀。

想到藍秀，常三公子不由精神大振，自己見過的美女不在少數，可就沒有一個能像藍秀那等天姿國色，令人一見難忘。

她的一言一行，一顰一笑，都是那麼迷人……

想著想著，常三公子不由臉帶微笑，進入了夢鄉。

一覺醒來，已是日上三竿。

他略略打點，依照昨晚的計劃，整裝出門，沿著莫愁湖信步走去。

先漫步向秦淮河一帶，秦淮河沿河茶館、酒樓櫛次鱗比，又有河上畫舫，乃是龍蛇混雜之地。各色人等俱全，是找尋線索的好地方。

常三公子一連走了十餘家茶館，並沒有見到有岔眼之人，也沒有值得留心之事，雖也有江湖走方郎中、下九流賣藝女子，卻毫不起眼。

眼看已是未末時分，常三公子依然毫無所獲，而且不知不覺自己竟然出了水西門離雨花臺不遠。

忽然，斜刺裡一匹全身濕淋淋的棕色快馬，由大道上轉過小路驚鴻一瞥，呼的一聲向江邊方向如飛狂奔。

最引人注意的，乃是馬上的人，一身紅色勁裝，在快跑如飛的馬上，竟然穩如泰山，騎術實屬少見。

常三公子焉肯放過，對於紅色勁裝，尤其使他生疑。

他打量了一下附近，只有二三村農荷鋤歸去，並無刺眼人物，於是吸氣挺腰，施展輕功順著紅衣人去處全力追去。

那馬好快，最少也在數十丈之外。

只剩一點影子在落日餘暉之下星飛丸瀉。

常三公子生怕這唯一可疑之人錯過，全力施為，縱躍騰挪絲毫不敢稍停。

不料，眼看離江岸不遠，正是高可及人蘆花叢深處，竟然失去馬上紅衣人的蹤影。

常三公子不假思索，躍進江堤之下的蘆葦深處。

原來，有一處用蘆蓆捲的捲棚，約莫有五丈大小，矮矮的隱在蘆葦之下，不經意固然看不出，即使由江堤上經過也看不到。

常三公子伏下了身子，蛇行向那捲棚接近，果然，適才那匹棕色的駿馬，正繫在捲棚前吃草。

這一發現，常三公子既興奮又格外小心，緩緩地摸索著向前，連一根蘆葦也不敢碰倒，生怕蘆

竿折斷的脆響，驚動了棚裡的紅衣人。

常三公子一身雪白儒衫，染滿了污泥，也沾滿了野草蘆花，紋風不起，寸草不驚的摸到捲棚後面。

常三公子瞇起一隻眼睛，就著極小的縫隙向內張望。

原來棚內竟有四個身著一式紅衣之人。

四個紅衣人雖然已掀去頭蓋，個個臉上橫肉青筋，人人雙目精光閃爍，彷彿全是一流高手。

但常三公子再三省視，全都非常陌生。

但聽其中一個道：「老九，咱們主子可問過三次了，你怎麼現在才趕到？」

「天！」說話的老九，正是先前騎在馬上的人，他還在不停的喘氣，抱怨的道：「我一路上連歇下來喝一口水都沒有，可是馬不停蹄。」

另外靠左邊那個紅衣人接道：「主子擔心你誤事，這可不是鬧著玩的，對方不是省油燈，所以五哥才問你！」

首先說話的人彷彿是四人中的頭目，被這人稱為五哥。

「好在現在少一個小妞！」五哥移動了一下盤坐的腿道：「減去一個扎手貨。」

騎馬剛來的那人提高嗓門道：「我真不明白，既是暗裡做手腳不露面，管他扎手不扎手。

「再說，憑主子那份能耐，加上我們弟兄十八個，就是明擺著幹，也必然是十拿九穩，何必偷偷摸摸？」

「你懂什麼？」五哥沉聲道：「主子有主子的道理，不用你多操心。」

正在這時，忽然，一絲破風之聲來自江邊。

篤！的一聲脆響，半截五寸餘長的蘆竿，直射進捲棚裡去，捲棚中四人不約而同齊聲暴吼：

「有人！」

常三公子也不由大吃一驚，抽身就待向蘆葦深處隱藏起來。

但是，已經遲了半步。

四個紅衣大漢躍出捲棚，也同時發現了常三公子，各持一把撲刀，猛虎出柙也似的分為四方，一言不發四刀齊下。

常三公子之所以要隱藏起來，只因為想伺機從四人說話中聽出點門道，並不是心存畏懼怕四人的武功。

既然行跡已被發現，四人又聯手合擊，也就毫無顧忌，挺腰昂身，順勢抽出腰間長劍，橫掃千軍，先削去周遭的一大片蘆葦，然後跨步仗劍迎了上去。

四個紅衣漢子也不是弱者，仗著刀重劍輕，悶喝一聲，四口刀一致向劍身砍下。

常三公子冷冷一笑，並不抽劍退步，急切間手腕一翻，手中劍變刺為挑，反而找著四柄刀著力上削。

四個漢子一見常三公子的劍勢疾轉，心知有這一招，人影突地一分，四口刀快如電掣般連人撤出。

常三公子原料定這一招必然得手，最少有二人以上的刀會被自己磕飛。

不料四人全是行家，收招之快，實屬驚人，從這四人的功力上，可以看出不是一朝一夕之功，他們的主子，定是非凡人物。

常三公子想到這裡，更加不敢怠慢，他的劍花挽處，變了戰法，不再把四人當成目標，斜地裡連上三步，專找那個五哥刺去。

稱做五哥的紅衣人自料不敵，眼見常三公子銳不可當，劍尖直指自己，忙不迭揮刀護住要穴，腳下猛點地面，人已退出三丈餘。

他這一退，乃是救命保身。

不料正中常三公子的下懷，因為四人聯手要想制住其中一人，另外三人必然捨命相救，反而礙手礙腳。

如今，一人退遠，另外三人想救，也是遠水救不了近火，勢要落後一步。

常三公子臨戰經驗老到，他盈盈一笑，如影隨形追著五哥的去勢，啣尾挺劍而至，低喝了聲：「朋友，你走不掉了！」

了字落音，寒森森的劍尖，已抵上了五哥的喉結大穴。

只要再一振腕，咽喉立刻斬斷，落個橫屍江岸血染蘆花。

一招得手，常三公子沉聲喝道：「我不殺你，只問你幾句話。」

他一面劍尖不收，一面留心其餘三人，生恐他們要救同伴在背後猛施殺手。

說也不信，另外三人眼見自己同伴在常三公子劍尖之下，一個分厘之差，必然橫屍當場，竟然不來援手，反而乘著常三公子專心一意對付五哥之際，折身落荒而逃，繫在捲棚前的馬也不要了。

常三公子冷哼了聲道：「朋友，看見了沒有，你們這群狐群狗黨，可是一點江湖道義也沒有。

「你若是肯說出受何人主使，到金陵城來有何陰謀，我立刻收劍撤招，放你一條生路，如何？」

那個叫五哥的紅衣漢子，一雙眼瞪得像兩個銅鈴，滿臉殺氣，竟然虎視眈眈的看著常三公子一言不發。

常三公子怒道：「你不要命了嗎？朋友，值不值得呢？」

那紅衣漢子牙咬得格格響，只是像啞巴似的，不說一句話。

常三公子可真急了，手臂微微前伸，劍尖已劃破了那人的咽喉，一絲鮮紅的血，從那人喉頭直流到胸前。

不料那人如同瘋了一般，不但不叫痛向後閃躲，反而伸長脖子迎了上來。

常三公子真想不通，又怕那人仰劍而死，自己斷了這條線索，欲待將他點了大穴制住帶回家中。

而自己一身污泥十分狼狽，況且金陵重地，朗朗乾坤，自己馱著一個大穴被制形同半死的人，穿大街過小巷的進城，豈不驚世駭俗，滿城風雨。

因此，將手中劍略略一頓，向後撤了兩寸。

誰知，就在這微微一撤之際，那個紅衣漢子突然一躍斜移兩步，揮起撲刀閃電般的向他劈來。

常三公子早已料到他會有此一擊，冷笑一聲，劍招虛揮，左手併指，認定紅衣漢子的中庭大穴點去。

幾乎是同一時候，斜刺裡，嘶的一聲，一點黃色影子疾射而至，正中紅衣漢子的左太陽穴。

「啊——」

慘不忍聞的一聲厲吼，嗆鎯一聲，紅衣漢子撲刀落地，人也倒在當場，半截蘆葦深深插進左太陽穴，血如泉湧，眼見活不成了。

這是殺人滅口，常三公子不敢怠慢，認定蘆葦射來的方向疊腰撲去，一連幾個騰躍，卻已看不到人影。

出手之人心腸好狠，身法好快。

晚風，吹動蘆花，不住的搖晃。

江水淙淙東去，夜風帶動微波，把灑落在水上的月色泛成一片銀白。

一艘點點燈火的畫舫，停了槳，在水面上自由自在的飄浮。

這是一艘少見的畫舫，從船頭到船尾，足有五十丈長短，畫欄彩蓮，三根高聳的桅桿，一式升起三面杏黃蜈蚣旗，迎風招展獵獵有聲。

如鏡的甲板正中，一個大理石的圓桌，上面擺滿了佳餚。

四個黃髫書僮，垂手侍立，不時添酒上菜。

左首，南蕙雙目凝神，遠眺江面夜色，分明是心有所思。

右首，司馬駿含笑舉杯，低聲道：「南姑娘，我敬你一杯！」

南蕙似乎陷於沉思之中，直到司馬駿第二次叫她，她才紅著臉如夢乍醒，忙道：「哦！哦！」

司馬駿淡淡一笑道：「南姑娘，你在想什麼？是想常玉嵐？」

南蕙聞言秀眉微顰，嬌嗔的道：「不要提他，他有什麼好想的！」

司馬駿再次將酒杯舉起道：「話不能這麼說，你南姑娘跟他究竟有一段不平凡的感情，人非草木孰能無情，常三公子也不是一個無情無義的人，這時，他也許正在想念著你也說不定呢！」

他說時，故意將手中酒杯高舉齊眉，一雙眼從空隙中斜飄在南蕙臉上，注視著她的神情。

南蕙的眼角有些兒濕潤，但卻立即一揚眉，道：「怎麼會，他們母子天性，我是個孤苦無依的不祥之人，來！少莊主，我敬你一杯！」

「不敢！」司馬駿一飲而盡。

照了照空杯，他又道：「南姑娘，你這一走不告而別，一定把常三公子急壞了，依在下之言，明天我送你回去！」

「不！好馬不吃回頭草，就是餓死，我也不回去了！」

「你不怕常玉嵐著急嗎？」

「不會的！」南蕙的粉臉上有些憤怒，也有些淒楚，搖頭帶著嗔恨的道：「手臂向內彎，他當然聽他娘的，不然我一氣之下回到客房，他怎麼不來看我，最少安慰我幾句總可以吧！」

「這……」司馬駿故作不解的道：「是呀！常三公子應該不是這種絕情的人。」

「這很難說，常玉嵐到處留情，看似有情卻無情。」

「在下卻沒有這個想法，卻覺得他對你南姑娘情有獨鍾，不然，千里迢迢把你從盤龍谷帶回金陵為的什麼？」

「司馬少莊主，有件事你大概沒忘吧？」

「什麼事？」

「你身上帶的那條杏黃劍穗。」

「哦！怎麼樣？」

「哼！風流成性，到處留情，姓常的天性如此。」

「不！南姑娘，你是在氣頭上，相信常兄他不是這等人，稍過幾天，等你的氣消了，到時，常老夫人的氣也平息下來，我陪你回常家去，一時的雲霧也就散了！」

「少莊主，是不是不歡迎我？」

「哪裡話來，在下仰慕南姑娘已非一日，司馬山莊的大門，永遠為姑娘你開著，只是，只是……」

「只是怎樣？」

「只是怕常玉嵐兄會對在下不諒解！」

「笑話，我又沒賣給他，他不找我，我還要找他哩！」

「哦？你找他？」

「找他要回我爹臨死之時交給他的……」

「交給他的什麼？」

「要回我爹交給他的東西。」南蕙突然警覺到秘笈乃是本門天大的機密，不能隨便對外人透露半點口風，於是才忙改口。

司馬駿眼珠子不由靈活的轉動了一下，試探著道：「令尊臨終之時交了很多東西給常兄？」

南蕙雖然心無城府，但對血魔秘笈之事，卻知道事關重大，聞言微微搖頭道：「傷心之事，不提也罷！」

「好！」司馬駿心知一時之間，問不出什麼結果，把話題一轉，道：「我們不提這些不愉快的事。

「明天，我帶姑娘去散散心，龍蟠虎踞的石頭城，秦淮風月，明陵鍾山，還有百戲雜陳的夫子廟！」

南蕙忽然離座而起，指著空隙道：「咦！那是什麼？」

煙水浩渺的江面上，忽然升起一紅一黃的兩道衝天火砲，高入雲表久久不熄。

南蕙是只顧仰臉追蹤看著衝天而起的兩道火焰，而司馬駿卻放眼向火砲升起之處極目望去。

原來江面數十丈外停著一艘巨船，船上正一閃一閃的用燈光打著暗號。

司馬駿看了一陣，起身對南蕙拱手道：「南姑娘，在下有事必須上岸一行，恕我不能奉陪了！」

南蕙意外地道：「夜靜更深，你還要上岸？」

「是的。」

「金陵城門恐怕早已關上了！」

「城門是關不住你我的，姑娘！」

「是呀！我是糊塗了。」

司馬駿吩咐侍候的書僮道：「吩咐後艙放下小艇，你們好生侍候南姑娘，不准任何人打擾，這

條船上每個人都要聽南姑娘的指使，違背者丟到江上餵魚！」

他說著，回頭拱手向南蕙道：「南姑娘，你若是看得起在下，就把這兒當作你的家，你要怎麼就怎麼，儘管吩咐！」

南蕙聽在耳裡，感在心裡。

她原是自由自在任性慣的，司馬駿的一番話，正對了她的心意。

因此，連連頷首道：「少莊主，真不知該如何感激你，說真的，離開常家要不是湊巧碰到你，我還真不知該到哪裡去。」

司馬駿又道：「千萬不要說什麼感激的話，同是江湖人，和尚不親帽子親，憑你南姑娘一身絕世武功，天姿國色的容貌，五湖四海任你遨遊，還怕沒去處！」

南蕙被這幾句話捧得心花怒放。

須知，一個失意的人，最需要的就是安慰和鼓勵。

南蕙自幼就在嚴父的督責之下練功，雖然南天雷愛女心深，但愛之深責之切，除此之外，又不能像慈母一樣的親近。

而跟著常三公子出了盤龍谷，一路上對所見的事物只感到奇特驚喜。

常三公子既避男女之嫌，而且波折迭起，連閒下來親切的聊天都未曾有過，當然南蕙也沒有被尊重的感覺。

只有被稱為小孩子、不懂人情世故。

至於蓮兒她們四婢，把南蕙視為尚未開竅的小姑娘，又有一層階級不同的隔離感，蓮兒等自認

是下人，對南蕙早把她視為主人的貴賓，因此也沒有親切的意味。

等到進了常家，老夫人的森顏厲色，尤其是南蕙未曾受過的屈辱與挫折。

而今，司馬駿百般禮遇，一味尊重，南蕙是一百個感激，打心眼裡的喜悅，臉上笑容滿面道：「少莊主……」

「南姑娘，你一定要叫我少莊主嗎？是不是太見外了！」

「那你要我叫你什麼？」

「你叫常三公子難道也叫常三公子嗎？」

「他嗎？他的姓只有一個字，所以我叫他常哥哥很順口，你姓司馬，兩個字，叫起來很彆扭，所以……」

「哈哈！早知道我就不姓兩個字的姓，那該多好！」

「你好風趣啊！」南蕙也開懷的笑了起來道：「不像常哥哥，一天到晚緊張兮兮，一本正經的。」

司馬駿聞言，真的十分得意，他雙手握著南蕙的玉手，十分親切的道：「有了你，我高興許多，當然會輕鬆起來！南蕙，我去去就來，陪你在甲板上看江上月色，你不要睡，要等我啊！」

他話雖說完，手卻仍握著南蕙的手，彷彿依依不捨的樣子。

南蕙笑道：「快去吧！早點去，才會早點回船呀！」

司馬駿點點頭道：「還是你聰明，我這就去！」

他目視南蕙，眼睛一眨也不眨，倒退到了船邊，一折腰揚揚手，人如一片落葉，已落在停在船

劍氣桃花

側的小艇上。

輕功之高，幾乎是神乎其技，姿態之美，直像一隻江鳥展翅掠波。

他落身小船之上，好像變了一個人，臉色一肅，厲聲對小艇上操舟的漢子大喝道：「快！越快越好！」

小艇鼓浪而前，轉眼已到了那艘巨船之前。

司馬駿雙腳著力一點，小艇被他大力踏動之下，向後倒退數丈，司馬駿霍地拔起兩丈，人就落在大船上。

這艘巨大的船，甲板足有十丈方圓，此時靠近艙門雁翅站著八個紅衣血鷹，正中盤龍雕花躺椅上，司馬長風半坐半臥，閉目養神，一側，費天行垂手肅立。

「是駿兒嗎？」司馬長風半睜開眼，低低的問。

「正是孩兒。」司馬駿搶上幾步，單膝落地道：「孩兒給爹請安！」

「免啦！」司馬長風欠起身子，費天行急忙伸手將躺椅的靠背抬高，好讓司馬長風的身子倚靠得舒適些。

司馬駿行禮畢，站了起來，走近了些道：「兩道煙火，我料不到爹您老人家親自來了，怎不施放三條焰火呢？」

「哼！」司馬長風冷冷地道：「金陵城是藏龍臥虎之地，說不定有人知道我們司馬山莊的夜間訊號，那豈不是打草驚蛇嗎？」

「這是不可能的！」
「凡事小心點的好，常家母子反應如何？」
「一切都如爹預料的一樣，只是有兩點出乎意料之外。」
「哪兩點？」
「爹！這件事一好一壞！」
「哦！你說說看！」
「因為爹所設計的劍穗之事，原先只想使江湖上一改常玉嵐不貪女色的觀感，把他的人格降到江湖浪子的地步，想不到另有一個極大收穫。」
「什麼極大收穫？」
「想不到因此刺激了南蕙丫頭，她一氣之下，連夜不辭而別。」
「好哇！她人呢？」
「爹！」司馬駿見自己父親平時總是陰沉沉不急不緩，忽然一改常態，便得意的道：「您放心，孩兒在酒宴前，已料定常家母子必然因為劍穗之事爭吵，就在常家附近埋伏，並未離去。」
「果然不出所料，南蕙在黎明之時越牆而出，孩兒尾隨她到了江邊，才現身與她見面，她正無處可去，於是，孩兒把她請到了畫舫之上，諒來她是不會離開的了。」
「很好！」司馬長風笑著站起了身，例外的拍拍兒子的肩頭道：「你辦得好，駿兒，把她穩住，取得她的信任，那第三部武學秘笈就著落在她的身上，你明白嗎？」
「孩兒明白！」司馬駿說著，靠近司馬長風身側，低聲道：「您朝思暮想的就是那第三部，孩兒若是不知道豈不是不孝！」

「哈哈哈……」司馬長風不由仰天狂笑，笑聲高亢淒厲，驚起水上江鳥，噗的飛了開去。

笑聲甫落，又問道：「另外一件壞事是什麼？」

司馬駿倒退了一步，肅聲道：「十八血鷹的老五，被孩兒制裁在江岸蘆葦之中。」

「為什麼？」

「險些被常玉嵐捉了個正著！」

司馬長風並不追問詳情，回身向侍立躺椅邊的費天行招招手。

費天行忙過來，恭身道：「屬下侍候！」

司馬長風淡淡地道：「派一個接替五號血鷹。」

費天行朗聲應道：「是！」

正待轉身，司馬長風虛按一按手引，又道：「請雙梟到船頭來，見見少莊主！」

「是！」費天行高應一聲，轉身離去。

司馬長風一面走向躺椅，緩緩坐下來，一面對司馬駿說道：「駿兒，常家老太婆的子母連環珠的威力非同小可，加上常家老三掌劍凌厲無匹，為了預防萬一，所以原訂計劃有些改變！」

這時，費天行領著兩個怪人，從船尾快步來到司馬長風座位之前，哈腰稟道：「稟莊主，桂南雙梟請到！」

說是兩個怪人，一點兒也不錯。

走在前面的既高又瘦，生成一個孩兒臉，器官似乎都不對勁，全緊緊的擠在一塊兒，乍看之下，幾乎分不出眼、嘴、鼻來，永遠像在愁眉苦臉似的。

後面一個，卻像個大雞蛋，比那個高個子的矮了一半，胖嘟嘟的一身肥肉，走起路來顫抖抖的。

但是，他偏偏長了個圓滾滾的銀盆大白臉，雙眼瞇成一條縫，厚嘴唇向外翻著，怎麼看也像在傻笑。

兩人一個大跨步像是個兩腳規，一個一歪一斜的像是在滾球，走到司馬長風面前，拱拱手，一句話也沒說。

司馬長風指指身前剛搬來的兩個錦凳道：「二位請坐！」

兩人坐下，愣愣的望著一側的司馬駿。

「駿兒！」司馬長風指著兩個怪人道：「過來見見，這兩位是桂南大名鼎鼎的高手，矮的這位人稱『千年神梟』苗山魁苗大俠，高的這位人稱『摸天靈梟』韋長松韋大俠！」

司馬駿見他二人既醜又怪，心知必有過人之處，又當著自己父親面前，自然要裝出謙虛一點。因此，拱手為禮道：「晚輩司馬駿，見過二位！」

兩人翻了翻怪眼，一不還禮，二不搭腔，像一對大傻瓜。

司馬長風微微一笑，指著司馬駿道：「二位，這是犬子司馬駿。」

費天行在一旁補充道：「就是本莊少莊主。」

「千年神梟」苗山魁卻怔怔地道：「司馬莊主，俺兄弟什麼時候動手？」

摸天靈梟也有些不耐道：「悶在船裡，再不動手，人會悶壞的喲！」

司馬長風淡淡一笑道：「快了！常言道：月黑殺人夜，風高放火天，等三天後，沒有了月亮，就要勞動二位了！」

十七　八桂飛鷹

「千年神梟」苗山魁厚嘴唇一鼓，十分認真的道：「莊主，動手歸動手，銀子的事，可不能少一分。」

「對！」摸天靈梟大聲接道：「殺人放火是我們的事，準備銀子可是你們的事。」

「二位放心！」司馬長風道：「早已準備好了，放火的酬勞五千兩，另外殺一個人一百兩，費天行，把銀子抬出來讓他們瞧瞧！」

「是！」

費天行去了不久，真的著人抬出兩個紅漆皮箱，打開，裡面裝滿了成錠的銀子，白花花的在星月光輝反射之下閃閃發光。

桂南雙梟看那成箱的銀元寶，看得直眉瞪眼，連連點頭不已，那千年神梟連口水都要流出來了。

司馬長風又道：「三天後的夜晚，由小兒司馬駿帶二位前去燒那江湖敗類的巢穴，殺江湖敗類的手下。兩位，這種事是生死由命富貴在天，兩位之中若有個三長兩短，司馬山莊可不負責，因為兩位是憑本事賺錢，另外還有……」

「千年神梟」苗山魁似乎十分有把握的道：「放心，我們在桂林做事，從沒失手過。」

「摸天靈梟」韋長松自作聰明的道：「莊主，你已經說過了，無論事情成與不成，我們絕對不會說是受了司馬山莊之邀，對不對！」

「好！」司馬長風大拇指一豎，得意地又道：「二位不愧是成名的大俠，就憑這句話，夠義氣，夠交情！我司馬長風這個朋友算是交定了！」

話完，轉向費天行道：「費天行！」

「屬下在！」

「領二位去安歇了吧！」

「是！」費天行應了聲，然後對桂南雙梟道：「請！」

目送桂南雙梟走後，司馬駿道：「爹，這兩人行嗎？不會誤事嗎？」

司馬長風冷冷的一笑道：「他們二人若有真才實學，把常家鬧了個天翻地覆，回頭到江邊等他們上了船……」說到這裡，司馬長風伸出右手掌掌心向上，然後猛的一翻手，掌心變成向下，眼中充滿了狠毒之色。

接著，又說道：「要是他們命中注定死在常家，常家必然認定鬧事之人是桂南來的，本莊與桂南素無來往，不會被人懷疑。

「最難得的是桂南雙梟半瘋半癲，就是被常家的人活捉了去，絕對不至說出真相，沒有後顧之憂。」

司馬駿只有連連點頭的份。

司馬長風又道：「明天，我另有大事必須親自前去，這裡的事就交給你了！」

「爹儘管放心，孩兒雖不能出面，事情是萬無一失。」

「好吧！」司馬長風看了看天色，道：「更深霧重，你去吧！記住，不要忘了在那小妞兒身上下點功夫！」

「是！孩兒告辭了！」

「去吧！」

司馬駿一轉身，倒提上衝丈餘，人像一隻鷹隼，飄身順著船舷，又輕飄飄的落在原來的小艇之上。

一看，搖船的漢子正在打盹，叱喝道：「回船！」

那漢子悶聲不響，把頭上的斗笠反拉低了一些，單手搖槳，將小艇調轉頭去。鼓浪分波，小艇像離弦之箭，帶起嘶嘶水聲，快如奔馬。

江上，殘月已沉，煙霧籠罩，因為適才小艇向大船上來時，乃是順流而下，所以小艇走的江心原是直路。

如今，回轉畫舫，卻是逆流上行，小艇要採用「之」字形的溯水操舟之法。

司馬駿先前見小艇直駛江岸，並不覺得奇怪，兀自盤膝坐在船頭上，計算著如何指使桂南雙梟動手，而不露一點痕跡。

然而，眼前已是港叉縱橫，蘆葦叢生，分明已離岸不遠。

依理，小艇應該掉頭折回，向對岸駛去，才能用搶上水的沖浪走法，來回向畫舫接近才是。而那駕駛小艇的漢子，一味的埋著頭依舊著力的搖動櫓柄，眼看小艇已駛進淺水的沼澤之中，絲毫沒有掉轉頭的意思。

司馬駿微微回頭道：「這不是要擱淺上岸了嗎？你是怎麼搞的，睡著了嗎？」

不料，搖櫓的漢子一言不發，猛然向後急扳櫓柄，那小艇的艇身一震，咔，原來艇頭猛向前馳，已擱淺在沙洲之上，停了下來。

司馬駿大怒道：「豈有此理，你……」他原是面向船頭盤膝坐在那裡，經小艇艇身陡然一震，生恐向後仰面跌下，就勢挺身而起。這時才看出來，本來搖櫓的壯年漢子，不知何時，已變成了一個鶴髮童顏赤面短鬚的老人了。

那老人面帶微笑，緩緩站起身來道：「司馬少莊主，請下船吧！」

司馬駿不由大驚，沉聲喝道：「閣下何人？」

「陶林！」老人中氣十足，清朗的道：「沒聽說過吧？無名之輩。」

「陶林？」司馬駿沉吟片刻，真的沒聽說過這個名字。

陶林又含笑道：「非常抱歉，為了要請你的大駕，只好委屈你的手下了！」

他說著，輕輕掀起船尾的壓艙木板，拉出了捲曲在下面的漢子，那漢子直眉瞪眼面露驚慌之色，嘴角流著黏液，分明是被制了穴道。

司馬駿臉上很掛不住，手下被制，自己竟茫然不知。而坐上小艇許久，也是絲毫未覺查出搖櫓之人乃是假冒的，此人若是心存不良，自己不早已身首異處葬身江中了嗎？

想到這裡，不由臉上一陣發熱，沉聲道：「閣下意欲何為？」

陶林依然不疾不徐的道：「奉命請你！」

「請我？」司馬駿哭笑不得，他乃是個心思深沉的人，在沒弄清對方的來意之前，自然不願翻臉，因此，冷冷一笑道：「這是霸王請客！閣下奉何人之命？」

陶林且不答言，緩緩站起，就在船後拂袖而起，騰身離船向蘆葦深處射去，人在空中朗聲道：「少莊主，隨老漢來吧！」

一則要探個究竟，二則勢成騎虎。自己縱然能解了船伕的穴道掉轉船頭回去，但是留下的疑團，豈不是永遠打不開。

同時，對方既然不擇手段的將自己用船載到這裡來，哪會放手。

因此，司馬駿心思電轉之下，展功向陶林去處追上前去。

原來蘆葦深處並不是江岸陸地，卻是一個避風的港灣，水波不興，寧靜異常。

靠近沙洲停著一艘船身不大但精緻高雅的遊艇。

紅柱綠蓬，垂簾錦幕，一色的乳白應用傢具，在淺紅燈光之下別有宜人氣味。

陶林已站在遊艇近岸之處的三級跳板前，拱手道：「少莊主請！」

司馬駿只如夢魅一般，不自覺的步上跳板，到了遊艇之上。

但聞一陣陣清幽香息撲鼻，今人俗念俱消。再看遊艇內艙，細密的竹簾低垂，那竹簾是用湘妃竹精工編織而成，令人看著十分可愛。

每枝竹絲，只如細線一般，真不知費了多少功夫。

隔著竹簾是一片緋紅燈光，隱隱綽綽，看不見簾內動靜。

只有艙門上那塊竹製扁額，上面碧綠的「桃舫」兩個簪花體清秀的字體，顯得十分雅緻。

陶林隨著司馬駿身後也到船上，扶扶比常用木板椅略矮的竹製圓凳道：「少莊主請坐！」

司馬駿雖是滿腹疑雲，但只好按捺下來，應聲坐在竹凳之上。

只聞一陣沁人心脾的香撲鼻不散，原來，靠近竹凳前的竹編小巧玲瓏的桌上，已經斟滿了一杯淺紅色的酒。另外還有一盤什錦新鮮水果。

時令已入初冬，新鮮什錦水果，真是難得一見的珍品。

司馬山莊富可敵國，也沒有這等排場。憑這盤水果，司馬駿料著桃舫的主人必非等閒可比。再看陶林輕手輕腳，時時刻刻小心翼翼，分明是怕驚動了艙內主人，以陶林適才的身手，就不是一般高手可以比擬，其主人的修為可想而知。

司馬駿此時的心情複雜至極。

最擔心的是既猜不透對方是敵是友，也就弄不明白是吉是凶。

司馬山莊在武林之中威望顯赫，對方既已知道自己是少莊主，為何採用這等方式邀自己前來，目的何在?從接待的情形看來，似乎並無惡意……

就在司馬駿意念尚在猶豫不決之時，艙內傳出一聲輕言細語道：「陶林!客人已經到了嗎?」

那聲音低沉的細語，如黃鶯出谷，嚶婉悅耳，如同珠轉玉盤。

陶林趨前兩步，在艙門前低頭垂首應道：「司馬少莊主已到多時了!」

「噢!」艙內人噢了一聲，接著道：「請來答話吧!」

就在語音未落之際，竹簾內的一層絲幕緩緩拉起，燈光頓時一亮。

司馬駿不由揉揉眼睛，暗喊了聲：「奇怪。」

隔著極為細緻的湘妃竹簾，俏立著一位麗人，由於燈光明亮，那麗人不是別人，卻是留在自己畫舫上的南蕙。

司馬駿幾乎要喊出聲來，但是，他沒有。

因為揉揉眼睛之後，才發現艙內竹簾後的麗人，五官、身材、皮膚，確是與南蕙沒有二樣，然而，眉目之間的神情、嘴角隱約的風采，與南蕙的天真活潑大異其趣。

尤其舉手投足之際，俏立穩重風情，更有天淵之別。

最是差別極大的地方，南蕙雖美，沒有令人驚異之處，而這眼前的麗人，即使隔著一層竹簾，也有一種看不見說不出的吸引力量，使人不敢逼視，又不能不看的魅力。而當注目傾視的一剎那之間，不由人不心動神搖，產生一種不能自己的無窮震撼。

司馬駿原本持重冷漠，此時幾至無法自持，勉強抑制下來，才沒有離座而起趨身向前。

簾內麗人略一打量司馬駿，輕描淡寫的道：「深夜寒江，令你枉駕，甚感不安！」

司馬駿忙欠身道：「姑娘哪裡話來，雖然素昧平生，司馬駿有緣得睹風采，實乃大幸！」

「好說！」麗人仍在簾後道：「無物可敬，一杯桃花露，算是聊解寒氣吧！」

司馬駿拱手不迭的道：「不知姑娘相邀有何指教！」

不料那簾內麗人淡淡的道：「久聞司馬山莊譽滿武林，少莊主倜儻不群，只欲一見而已！」

司馬駿不由一陣心神蕩漾，有受寵若驚的感覺。因為，司馬駿未出生之時，司馬山莊已是領袖武林的泰山北斗，他又是司馬長風的獨子，真可說是呼風喚雨，一無匱乏。

長大之後，隨著父親學習技藝，也沒有吃到苦頭，弱冠之年由於司馬長風的指使加上耳渲目濡，只是在心計上打轉，並沒有想到男女之間的愛情。有之，也是由於情勢的需要，事實上不是為了愛情的愛情，就如他之與南蕙間的情形似的。

常言道：食色性也，所謂色，也就是以愛情為起基，因為愛，才進而引起色的遐想。

司馬駿也是人，是一個正常的人，他之所以不貪色，是因為沒發現愛。正如同常三公子一樣。

原來常三公子也是個不近色的人，當他一遇到藍秀之時，寧願為她做任何事，甚至不惜與知交，無情競爭。不顧金陵世家的三公子之尊，而願供藍秀驅使，而且一答應就是受僱三年。人同此心，心同此理。因此，司馬駿乍見藍秀，不由神為之奪。

如今，耳聞藍秀稱讚自己倜儻不群，又千方百計邀自己前來見面，心中的這份歡喜，真個無以復加，也無法形容。

然而，他是被歡喜沖昏了頭，忘記了仔細揣摩藍秀的語氣，所謂倜儻不群，只是久聞而已，並不表示真的倜儻不群。

假若是真的，就會有「今日一見，果然傳言不虛」或是其他的肯定語氣。尤其藍秀最後只欲一見而已，更沒說出見過之後的印象。

司馬駿面對藍秀的天姿國色，智慧已被壓制得無影無形，心神早已飛到竹簾之內，哪還想到許多，因此肅容帶笑道：「在下能見到姑娘，應是畢生榮譽，敢問姑娘上姓芳名？」

藍秀梨渦初現略帶笑意的道：「萍水相逢，何必俗套，人的姓名，只是人為的符號而已！少莊主，夜深露濃，請盡杯酒回船去吧！」

這是一個軟釘子，分明有拒絕交往之意。

然而，司馬駿反而覺得是一種應有的矜持，覺得像這等絕色之人，應有神秘之處，不但不以為忤，反而興緻更濃，忙道：「姑娘異人，言談也與一般世俗不同，在下十分欽慕！」

想不到藍秀話題一轉道：「另有一件事，順便向少莊主一提！」

司馬駿忙不迭的道：「姑娘有何指教，在下願效犬馬之勞，粉身碎骨在所不辭！」

「言重！」藍秀緩緩的道：「善待孤女南蕙，交還幾張鹿皮！」

司馬駿心中不由一懍，暗想：原來她對自己之事知道得如此詳細。

若是換了別人，司馬駿必然不惜一戰，也要把事情弄個明白，追問她為何對自己所作所為如此清楚。然而，眼睛一照藍秀，頓時心中一切意念俱消，只覺得藍秀沒有一點不對之處，即使要自己的性命，只要藍秀開口，也會毫不猶豫的照辦。

沒等司馬駿回答，藍秀早又道：「言盡於此，請回吧！陶林，我們也起錨開船！」

話音才落，竹簾後的絲幔徐徐下垂，燈火漸淡，人影已渺。

陶林不是先前執禮甚恭的神態，他躬腰而立，伸手拉起跳板，指著蘆葦深處來時的方向道：「請吧！你那位搖船的手下，穴道該解開來了，再遲，他會把小船搖走，你就要泅水回去了。」

司馬駿無奈，只好飄身躍下桃舫，站立在沙洲上，如癡如呆的眼睜睜望著桃舫漸去漸遠，隱沒於清晨的冷霧裡。

江上白茫茫一片，正像司馬駿心中的茫然一樣。

夫子廟是金陵城三教九流的聚集之地，百戲雜陳，賣大力丸的、說故書的、賣草藥的，東一堆、西一叢，那份吵雜、那份亂，真是寫不盡說不完。

常三公子意料南蕙是性喜貪玩，這種地方對她來說，是稀奇古怪之處，可能她來瞧瞧熱鬧。

因此，走遍了三街六市之後，這天信步到了夫子廟，半天功夫，也巡視了一遭，並沒一絲一毫影子，正待離去。

忽然，老管家常福忽匆忙忙慌慌張張的從水仙祠方向半跌半撞的跑得上氣不接下氣，雙手連連揮動，大聲喊道：「三公子！三公子！」

常三公子一見，不由心頭一震，忙迎上前去道：「常福，有什麼事嗎？」

常福喘息不已道：「老夫人要你立刻回去。老奴我哪裡沒找遍，是廟前賣糖葫蘆的小狗子告訴我，你進廟好久了！」

常三公子道：「家裡發生了什麼事嗎？」

常福忙道：「事並沒有，只是來了一個不速之客，自稱叫做『八桂飛鷹』，一定要見你！」

「八桂飛鷹？」常公子沉吟一下道：「我沒有這個朋友，大哥二哥他們呢？」

常福一肚子不高興的道：「那人口口聲聲說只聽過三公子你的大名，除了你任何人他都不願說出真心實話，而且賴在門前不走！」

「奇怪！」常三公子揮揮手道：「有這種事，我們回去！」

說著，腳下也不怠慢，向回家路上走去。

老遠的，已看見大門的石獅子頭上，坐著一個驃悍的粗野漢子。

一頭焦黃蓬垢的亂髮，加上刺蝟般的短鬚，根根倒豎，上身斜披件粗麻汗扃，下身短叉褲外圍裹一大塊虎皮，多耳麻鞋有些破爛。

脅下斜拽著一把短柄虎叉，閃閃發亮，像是純鋼打鑄，份量不輕。

常三公子快步上前，拱手帶笑道：「這位朋友想必就是八桂飛鷹了！在下常玉嵐，朋友！你要找我？」

那漢子一雙銅鈴也似的眼睛睜得大大的，從頭到腳把常三公子打量了一個夠，然後才粗聲粗氣的道：「你？你就是斷腸公子常老三！」

常三公子有些不悅，皺皺眉頭道：「不錯！我就是『斷腸劍』常玉嵐！」

那漢子半信半疑，偏著頭，自言自語的道：「怪哉！怪哉！鼎鼎大名的人，怎麼會是一個白面書生？」

這時老管家常福也趕了上來，大聲道：「你口口聲聲要見我們三公子，現在三公子來了，你又發愣。朋友，金陵世家大門口，不能讓你賴著不走！」

那漢子聞言，這才眨眨大眼睛對常三公子道：「你真的是斷腸公子常玉嵐？」

常三公子笑道：「如假包換，朋友，你找我不知有何大事？」

「大啦！」那漢子咚的一聲，從石獅子上跳了下來，大聲道：「我是來向你要錢的！」

「要錢？」常三公子以為他是江湖中打秋風的朋友，不由仰面一笑道：「原來如此！可以！南來北往的朋友，只要找到在下，沒多有少，朋友！你缺多少錢？」

不料那漢子伸出一個芭蕉大的手，對常三公子照了一照道：「這些就夠了！」

常三公子莞爾一笑道：「五兩？可以！」

誰知那漢子把頭搖得像博浪鼓似的，大吼大叫道：「你太小看我八桂飛鷹了！千里迢迢來找你要五兩銀子，虧你是頂有名的常三公子！」

常三公子不由眉頭緊皺道：「閣下之意是……」

「五千兩！」八桂飛鷹衝口而出，伸出的五指也一直的比劃著，接著道：「我可不是白要你的，五千兩還是講江湖交情，算是半賣半送！」

常三公子聞言並不著惱，淡淡的道：「半賣半送？朋友，你賣的是什麼？」

八桂飛鷹十分得意，亂髮蓬蓬的腦袋在空中畫了一個圓圈，一個字一個字的蹦出口道：「消息——。」

「哈哈哈！」常三公子不由打了一個哈哈，朗笑著道：「閣下應該打聽過，金陵常家對江湖上的消息，一向是最靈通的，你這不是江邊賣水嗎？」

八桂飛鷹性情十分急燥，聞言不由道：「要買不買只是憑你一句話，八桂飛鷹向來做事乾乾脆！」

常三公子也不耐的道：「常家對於五千一萬，還沒放在心上，可是，也不會受人勒索脅迫！」

「好！」八桂飛鷹真的十分乾脆，扶了扶脅下的虎叉，認真的道：「那你是不買了？仔細想想，三天之內要是想通了，到雨花臺來找我。再見！」

他可是說走就走，連頭也不回，大跨步向莫愁湖柳林中飛也似走去。

常三公子略一思忖，對常福道：「稟告老夫人，就說我去摸摸這個八桂飛鷹的底。」

說著展功向柳林密處撲去。

黃昏斜陽中，八桂飛鷹去勢甚快，輕功似乎不弱。

常三公子蛇伏鶴行，專找濃蔭密處掩藏行跡，以他輕功之高，可說是紋風不起，寸草不驚，始終盯牢了一味狂奔的八桂飛鷹，暗窺著他的動靜。

常言道：技高一著，縛手縛腳。常三公子的功力，高過八桂飛鷹何止一著，因此，八桂飛鷹完全不知不覺已經被人追蹤了。

他卻也是憨直得很，真的向雨花臺方向放步急奔，到了城外，他的腳下越發加快，轉瞬之間，已望見雨花臺的八角亭。

這時日色西沉到紫金山背後，雖有彩霞輝映，而紫金山黑黝黝的影子加上黃昏靄霧，已不像白晝那等視線明朗。

八桂飛鷹埋頭狂奔，尚未發現八角亭內有什麼動靜，而暗地裡跟下來的常三公子已察覺亭子內一個蒙面黃衣人昂首岳立在亭子臺階之上。

常三公子以為那黃衣蒙面人不是八桂飛鷹一夥，就是幕後主使他的正主。

因此，越發小心，沿著雜樹山石掩蔽，反而抄到八桂飛鷹之前，到了八角亭五丈之外，伏身一塊絕大的峭石縫中。

腳下不慢的八桂飛鷹，直到停身八角亭外丈餘之處，才發覺亭前站的黃衣蒙面人，似乎非常意外的一愣，大聲道：「什麼人？」

黃衣蒙面人鼻孔中冷哼一聲道：「等你的人！」

「等我？」八桂飛鷹莫名其妙，用手抓抓頭上的亂髮，又問道：「我不認識你，你等我幹什麼？」

黃衣人冷峻異常，站在臺階之上道：「山野蠢夫，愚而不安愚，還想兩面討好，勒索錢財！」

常三公子暗想：原來他們不是一夥的。而兩面討好又指的是什麼呢？

八桂飛鷹又已怒喝道：「你說什麼？老子聽不懂！」

黃衣蒙面人一直是冷兮兮的，聞言並不怒惱，只道：「我會叫你懂，我問你，你遠從八桂跑到江南來，三人連手，兩下敲詐，對不對？」

「呸！」八桂飛鷹呸了一聲，接著仰天狂笑不已，久久收斂笑聲才道：「朋友！你弄錯了沒有，三人一夥連手敲詐，呸！老子是響噹噹的飛鷹，他們兩個小子算什麼東西，也配跟老子連手！」

隱藏在暗處的常三公子雖然聽不明白他們問答之間的真相。但是，敲詐之事，他已清楚，另外還有從八桂來的兩個人，也是黃衣蒙面人與八桂飛鷹都曉得的事實。

只是兩下裡這一點叫人頗費思量。假若說要敲詐的對象一方是自己常家，那麼另一方面是誰？這兩方面一定有連帶關係，

否則兩面討好是指的什麼？

再說，八桂飛鷹向自己開口要五千兩銀子，說是敲詐則可，怎能算是討好呢？

這是一個謎，必須揭開的一個謎。

因此摒氣凝神，仔細的聽下去。

那黃衣蒙面人此刻緩緩步下臺階，淡淡的道：「八桂飛鷹，你是王八爬在秤桿上，自秤自重！你以為你是什麼東西？說！你到金陵世家說些什麼？」

直接點明了金陵世家，常三公子特別留神諦聽。

八桂飛鷹伸手扶了扶脅下的虎叉，沉聲道：「那是老子的事，誰也管不著！」

黃衣蒙面人似乎十分不悅，咬牙道：「我要是管呢？」

八桂飛鷹已沉不住氣的緩緩抽動腰間的虎叉，悶聲道：「光棍不擋財路，老子的虎叉只認銀子不認人！」他口中說著，腳下突然左滑半步，虎叉已亮了出來，左手虛推，右手抖得虎叉上的三個銅環叮哆亂響。

黃衣蒙面人因為用一幅寬大的黃布，把整個臉包住大半，只留下一雙精光閃閃的眼睛，因此看不出臉上的神色。

只聽他鼻孔中冷冷一哼道：「哼！要動手，只怕你打錯了主意，我若讓你支持到十招，就放你一條生路！」

八桂飛鷹怒火如焚，大吼一聲道：「老子不信這個邪，拿命來！」

吼聲之中，手中虎叉揚起，銅環震天價響，腳下一個箭步，振腕直挑過來。

黃衣蒙面人冷冷一笑，略一閃身，人已飄出七尺，身法的輕巧，反應之靈快，分明是絕代高手的式子，連躲在暗處的常三公子也不由心中喊了聲好！

八桂飛鷹突然發動，一招出手，眼看就要得手，不料眼前一晃，敵影突失，不由大吃一驚，忙

不迭收回挑出的虎叉，翻身橫掃。

黃衣蒙面人冷漠依舊，早已回復到原來立腳之處，笑著道：「不是我手下留情，你這一掃，恐怕掃不出來了。八桂飛鷹！你這兩下子可以收起來了。」

八桂飛鷹神色大變，心知自己一招出手落空，連對方人在何處都找不到，敵人要是還手自己非死必傷。

然而輸招不輸嘴，口中依然吼道：「有本領的亮傢伙，鬼頭鬼腦的玩意，老子不吃這一套！」

黃衣蒙面人道：「八桂飛鷹，在下所以忍耐，只是因為你是無辜之人，想不到你一味蠻橫，完全不知好歹，須知任何人忍耐是有限度的。」

八桂飛鷹似乎牛脾氣既發，什麼理也聽不進去，反而暴跳如雷道：「老子是大名鼎鼎的飛鷹，只知道手底下見真章，別的一概不知道。」

「狂徒！」黃衣蒙面人一直背剪在後面的雙手，徐徐放開了來，一掃先前氣定神閒的冷靜口氣，低喝道：「找死容易，眼前三條路由你選！」

八桂飛鷹明知自己不是黃衣人的對手，只是當面鼓對面鑼也不得不存萬一之想的一拚，此時聽有三條路，不由問道：「哪三條路？說來聽聽！」

「限你立刻回轉八桂！」

「辦不到！」

「當面發誓不再到金陵世家。」

「你管不了！」

「要你死！」

八桂飛鷹一聽暴跳如雷，手中虎叉再一次的揚起，舞臂急刺，連人帶叉猛然撲向黃衣蒙面人。

他是情急出手，怒極而發，卻也勢不可當。

常三公子不由暗暗代他捏了一把冷汗。

因為行家一出手，便知有沒有。以旁觀者清的眼光衡量，黃衣蒙面人的功夫，最少高過八桂飛鷹數倍。

表面上八桂飛鷹其猛如虎，銳不可當，事實上黃衣蒙面人內功修為極有份量，僅是先前遊身走位衣袂不起，沙塵無聲，已不是三年五載的功力可以辦到的。

常三公子的目的，是想要聽出兩人的來龍去脈，尤其關連到自己常家的一個隱情，所以不願兩人弄僵，如今見不知死活的八桂飛鷹捨命出手，焉能不焦急。

但見黃衣蒙面人冷冷一笑道：「既然找死，乃是自作孽不可活，慢著！」

他擰腰讓過八桂飛鷹的虎叉，一躍進了八角亭。不知為何，捲起衣袖，並指在亭子正中的石桌之上劃了幾劃，然後倒步退出八角亭。

這時，八桂飛鷹手中虎叉已舞得虎虎生風，本來要追進八角亭，此時哪肯罷手，連刺帶划，認定黃衣蒙面人臉上扎去。

兩人相距不到七尺，這一招既狠又準。

黃衣蒙面人冷哼一聲，厲喝道：「滾！」

「啊……」

慘叫之聲刺耳驚魂，八桂飛鷹的龐大身子被黃衣蒙面人抖起長袖拂震到丈餘高下，噗通一聲結結實實的摔在三丈餘遠的亂石堆上。

這是眨眼之間的變化，躲在巨石後面的常三公子一愣之下，不由彈身而出。

然而，黃衣蒙面人大袖拂出之際，借反彈之力，人已一躍登上八角亭頂，稍一點腳，在空中曳出一縷似有若無的黃光，人已無影無蹤。

常三公子料不定黃衣蒙面人出手制敵之時，已存心連環展功借力抽身。因此，雖也跟蹤上了八角亭，但已遲了一步。

照料著夜幕已垂，在荒郊野外要想追一個功力不凡的人，實在並不容易。

常三公子急著要在八桂飛鷹口中問出一些端倪，躍身縱下八角亭，扶起石堆上的八桂飛鷹。

八桂飛鷹口角流血，一對大眼睛驚惶失措的暴出眼眶，已是奄奄一息。

常三公子忙將他抱離石堆，讓他倚靠在一棵大樹幹上，又將他的雙腿盤好，低聲道：「你的傷勢怎樣，不要緊，我會帶你進城療治。」

八桂飛鷹傷勢不輕，連搖頭點頭的力氣也沒有了，口角、鼻孔，滲出一股股鮮血，分明是五內肺腑血脈均已震斷。

常三公子甚為焦急，伸手扶著他道：「走！你振作一點，我揹你進城求醫！」

八桂飛鷹笨重的身子緊靠在樹幹之上，張大嘴巴，十分吃力的道：「他……他……他是誰？」

常三公子道：「你問的是那個打傷你的黃衣人？」

八桂飛鷹彷彿稍微有些精神，撐著連點幾下頭道：「對！對！他……是誰？」

常三公子接著道：「我也不知道他是誰。」

八桂飛鷹聞言，本已振作的精神，立刻完全潰散，人如一灘爛泥，大眼睛忽然翻了一下，亂髮蓬鬆的腦袋垂了下來，七孔血流如注，眼見活不得了。

常三公子大力搖動已死的八桂飛鷹，不住的喊道：「朋友！朋友！你不能死！你不要死！」

閻王注定三更死，絕不留人到五更。

八桂飛鷹被搖動的身子，漸漸的僵硬，七孔的血也不再流，只有一道道凝結的血塊和陣陣腥味衝鼻，令人作嘔。

這個自名為八桂飛鷹的愣頭青人是死了。他卻留下了一團霧也似的疑問，使常三公子怎的也解不開。

他懊惱得很，也後悔得很，懊惱自己沒能在家門口好言好語把很容易套出話來的八桂飛鷹留下來。

當時若是稍做考慮，延請八桂飛鷹到花廳上稍作盤桓，必能追問出一些道理。

很後悔的是自己應該早一步露面，參加八桂飛鷹與黃衣蒙面人的談判，料定自己可以與那黃衣蒙面人一較長短，最不濟也不致於讓八桂飛鷹立斃對方的大力掌下，留個活口也能問出口風。

想著，對那紫金山頭一層茫茫白霧，不禁嘆了一口氣，自言自語道：「只怪自己經驗不夠，那個黃衣人……」

想到這裡，忽然黃衣人的影子在腦際一晃，他記得在黃衣人尚未動手痛擊八桂飛鷹之前，為何無緣無故的走向八角亭，在石桌之上劃了幾下？

莫非是留下什麼暗記給他的同夥。

一念既起，更不稍慢，一個墊步竄進八角亭，天色雖暗，但見石桌之上，平整的桌面，竟然有一個端端正正的孝字。

常三公子用手摸了一下，石屑紛飛，分明是新劃上的，足有三分深，忙著用口吹動一下石粉散去，那個孝字益形顯然。

「孝」。是什麼意思？是人名？是地名？是幫會的名稱？是江湖的暗語？還是一種特別約定的暗號？

常三公子如墜五里煙霧之中，對著那唯一可循的線索，在平時並不起眼一個極普通的孝字百思不解。

搜盡枯腸，也悟不出其中道理何在，指的是什麼。

在他想得出神之際，徐徐晚風之中，一縷縷清香透入鼻息，沁人心脾。

「三公子！」好嬌媚的聲音，好熟悉的聲音，低沉沉的但扣人心弦的聲音，常玉嵐不知在夢裡聽多少遍，即使不是在夢裡，耳鼓中也時常縈繞。

他不由自主霍地站了起來，放眼向八角亭外望去。

一頂軟轎，四面垂著杏黃流蘇的軟轎，就四平八穩的停在適才自己隱身的巨石之前，四個弱不禁風的女子，分為前後兀自手扶著轎竿，神情肅然。

常三公子一顆心幾乎要從嘴裡跳出來，忙上幾步趨至轎前，低聲道：「是藍姑娘！別來無恙。」

藍秀伸出春筍般五指，輕輕撥開轎簾，鶯聲九轉的道：「別後，你吃了不少苦頭吧！」

常三公子微微抬頭向轎內望去，夜色雖很黑暗，但轎內藍秀的明艷真可照人，尤其她那對帶著三分哀怨七分嬌柔的眼睛，使人不敢逼視。

這時四目相對，常三公子真的覺得混身都不自在，但又不禁多瞄了一眼道：「只是一些不得意，令人煩惱！」

「是嗎？」藍秀欲語還休的抿抿嘴唇，終於道：「人生不如意事十常八九，也不止於你一人，又何苦自尋煩惱？」

常三公子連連點頭道：「你說得對！」

藍秀忽然道：「你走近一點，我有話跟你說。」

常三公子聞言，受寵若驚，連上三步，幾乎碰到了轎竿道：「有何指教！」

藍秀不由失聲一笑，露出兩個既深又圓的梨渦，像情侶喁喁私語，幾乎湊著常三公子的耳畔道：「到了金陵，才更要小心！」

兩人雖未耳鬢相接，但已近得不能再近，陣陣香息不絕如縷，人言吐氣如蘭，就是目前的情形。

常三公子如同一跤跌在雲端裡，昏淘淘，軟綿綿，如夢囈一般的應道：「哦！哦！」

藍秀噗嗤一笑道：「你哦個什麼勁，我的話還沒說完哩。」

常三公子仍舊情難自禁的哦了兩聲才道：「哦！哦！我在聽，仔細的聽！」

藍秀貝齒微露，似笑還嗔的道：「光是聽還不夠，我還要你去辦！」

「辦！一定辦！」常三公子不住的點頭，好像是中了邪魔一般。

藍秀輕輕地啐了一聲道：「啐！你知道我要你去辦什麼嗎？你就一口答應下來。」

常三公子一面搖頭表示不知道，一面口中卻道：「只要是你要我辦的事，無論什麼，我絕對照辦！」

「那好。」藍秀略微想了一下道：「你現在就回去，把你們家五代相傳那間秘室裡的文捲圖籍一箱箱裝好，該綑的綑好，該打包的打包好。明天三更，我命陶林駕車去運。」

常三公子不由一愣，這可不是一件普通的事，也不是拚命出力可以辦到的事。

因為，金陵世家的秘密，一不是珍珠瑪瑙，二不是金銀財寶，乃是常家百餘年五代相傳的文書圖案，冊頁記事。

裡面記載的全是百餘年來武林大事，江湖上的傳奇，事關太多武林恩怨、江湖秘密。若是流傳出來，不知多少門派會受重大的影響，甚至許多成名人之身敗名裂。

藍秀竟然提出這件關係武林恩怨，以及常家生死榮辱的大事。常三公子一時慌了手腳，支唔的道：「姑娘！這……這……」

藍秀顰起蛾眉道：「你剛才說的話不算數嗎？你不是說只要我的事，無論如何你都照辦嗎？」

常三公子臉上甚為尷尬，苦苦一笑道：「我確實說過，也誠心去做。只是……只是事關重大，所以……」

藍秀噘起小嘴道：「哦！原來你只願替我辦小事，大事就不願辦！」

常三公子忙道：「不！不！事關國家安危，又是祖傳之物，先世五代集存下來的東西，就是我願意，恐怕家母也不肯。」

藍秀淡淡的一笑道：「你可以瞞著她。」

常三公子忙道：「萬萬使不得，常某怎能做出不孝之事。」

「孝？」藍秀盈盈一笑道：「孝可不是件容易的事。三公子！你孝嗎？你父親數月沒有音訊，江湖傳言失蹤，你都不聞不問，一個小丫頭跑了，你像是無頭蒼蠅，在金陵城團團轉，這叫孝？」

常三公子如遭當頭棒喝，他忽然想起了八角亭中石桌上那個黃衣蒙面人留下的「孝」字，莫非也是含有這個意義。

甚至是藍秀著人幹的，想著不由道：「是！姑娘教訓得是。請問，剛才打死八桂飛鷹在石桌上留字的人，也是你派來的？」

不料藍秀道：「我哪會管這多閒事，不要瞎猜。」

常三公子搶著道：「那，為何也留下一個孝字？」

「一定是巧合。」藍秀說著，伸手放下了轎簾，一面道：「記好了明日三更，陶林去搬運。」

常三公子忙不迭的道：「姑娘！藍姑娘！」

藍秀一面伸出手來示意四個抬轎的少女起身，一面道：「三公子，別的不談，你我的三年之約，總該不會忘記吧！」

四個看來弱不禁風的少女，抬起軟轎，齊的嬌喊了聲：「啟！」八隻腳像騰雲駕霧一般轉過大堆巨石，向林木蔥鬱之處走去。

常三公子心知藍秀要走，誰也留不住，她要來，誰也擋不住。

因此，只好眼巴巴的目送著軟轎，直到不見影子，才深深的出了口大氣道：「為什麼難為的事，都被我碰上了呢？」

他再也顧不得已死多時的八桂飛鷹，也不再管八角亭那個孝字，踽踽的離開雨花臺向回家的路上奔去。

天色已經入夜，索性展功趕路。

好在是月黑頭的下旬時候，不怕驚民駭俗。

不到盞茶時分，已到了自己家門。

但見整個宅院燈火通明，人影穿梭往來，連大門也沒有關，老管家常福，呆坐在上馬石上打盹。

常三公子不由大吃一驚，撿上臺階，大聲問道：「常福！出了什麼事嗎？」

常福一見他回來，深深的出了口氣道：「阿彌陀佛！公子，你總算回來啦！老夫人見你一去半天沒有回府，可急得沒有主，大夥兒都在上房等著你哩。」

常三公子算是鬆了一口氣，三步當做兩步到了上房，果然常老夫人以及大哥二哥夫婦，都愁眉苦臉的圍坐在燈下。

常老夫人一見常三公子跨進房內，一骨碌從椅子上站起道：「嵐兒！你到哪裡去了？教娘急煞！」

常玉峰也搶著道：「那個八桂飛鷹究竟是何許人也，是哪條道上的？」

常三公子不願提藍秀之事，當然對八桂飛鷹之事也不能說得太詳細，只隨口道：「八桂嘛，當然是來自桂省，二三流角色而已，等我追上他，他已被人料理在雨花臺。」

常玉岩問道：「是誰這麼快就把他給了結了？」

常三公子淡淡一笑道：「我沒看見打鬥的情形，只看見那位飛鷹的屍體，免不了是江湖恩怨，乃是常事，見怪不怪哪管得許多。」

常老夫人道：「折騰了半夜，總算心上一塊石頭放下了，大家回房去安歇吧！」

常氏兄弟告辭分別回房。

常三公子回到自己的臥室，怎的有心入睡，坐在燈前耳朵裡響的全是藍秀的鶯聲燕語，燈光火苗一閃一閃的全是藍秀的影子。

先是對著燈光發呆，忽然，他像著了魔的一般，挺身站起，喃喃自語道：「照她吩咐的辦，她那麼美，絕對不是壞人；她那麼好，絕對不會害人。

「我對她百依百順，她也不忍心對我不好，我若不照她的意思做，萬一她一怒之下，從此不理睬我，那……那……那人生還有什麼意義？」

他獨自對著燈火說著說著，人已走出房門。

空際無星無月，夜色漆黑一片。

常三公子覺得自己已經想通了，在任何情形之下，自己這一生一世，絕對不能沒有藍秀。除了藍秀之外，沒有再重要的事了。

忽然，他又想起那個令人不解的孝字。

他想，把秘室的圖書冊頁交給藍秀，是不是算做不孝呢？

「不能算！」常三公子自己不自主的說出了答案。

因為，他想自己的父親不是把秘室的鑰匙交給了娘嗎？鑰匙交給她，就是等於把秘室內的東西交給了她。

父親能交給母親，自己也能交給藍秀。

既然自己把藍秀視為終身伴侶，除她之外絕不另娶，將來藍秀就是常家的人，連藍秀都屬於常家，那秘室的東西自然會還是常家的。

常三公子自問自答，覺著理由完全正確，理直氣壯的大踏步回到上房，輕叩房門朗聲道：「娘！你把秘室的鑰匙給我用一下！」

剛想上床的常老夫人奇怪的道：「這麼晚了，你要秘室的鑰匙做什麼？」

常三公子道：「孩兒睡不著，要到秘室去找找看有沒有八桂飛鷹這個人的記載！」

他的話入情入理，而且，常三公子平時在家之日，常常會到秘室閱覽。有時一天不出來，連飯都送到秘室裡去吃，更闌夜靜，尤其是他留在秘室最多的時候。

因此常老夫人並無絲毫疑問，一面取出鑰匙，一面慈祥的道：「勞累了整天，看累了早些睡！」

常三公子接著鑰匙口中應道：「孩兒知道。」

秘室裡甚為寬敞，四面靠牆全是一堆堆的樟木書箱，全都加封上鎖，怕不有數百餘件。近書案，一列放八個書架，散置著一些成帙的記事冊頁。整理起來，也非一朝半夕之事。若是綑綁紮在一起，卻並不難。

常三公子對秘室的情形異常熟悉，已加封上鎖的書箱不用再動，只找出幾個空著的箱籠把架上散放的一些冊頁，統統放進箱子，加上鐵鎖鎖牢。

另外書櫃上的大張圖籍，折疊成綑，一一綁紮妥當，已是辰牌時分。

他細心的將秘室的房門換上另一把鎖，鑰匙收在自己身上，然後把原來的鑰匙送到上房親手交給母親，這才回到自己房裡，心中算是平靜下來，一夜未曾闔眼，進些飲食倒頭便睡。

約莫是近午時候，常三公子一覺醒來，只聽見丫頭僕婦們全都向後花樓跑去，一路跑，一路笑語聲喧，七嘴八舌的講個不休。

常三公子喚住一個名叫彩雲的大丫環問道：「彩雲，你們到後花樓看什麼？」

原來常家的家規甚嚴，雖然是丫頭僕婦內外之分也不能隨便，凡是街上的迎神廟會，或是有官府遊街、豪門婚喪的排場，只有到高高的後花樓俯瞰一番，不准輕易的拋頭露面到大門外去擠著看熱鬧。

彩雲紅著臉道：「三公子，可熱鬧得很啦！莫愁湖上不知哪兒開來兩隻像正月十五放河燈，又像五月端午賽龍舟的大船。」

常三公子不由好笑道：「我道是什麼希罕東西，原來是兩艘遊船。」

不料彩雲認真的道：「還有呢！那隻小一點的船上，後面掛著四條小艇，三公子！每條小艇之上你說怎麼？

「嘿！都坐著兩個十七八歲的姑娘家，個個如花似玉，像是龍王三公主，凌波仙子下凡！」

常三公子不經意的道：「哦！真的那麼美？」

彩雲道：「公子不信，你去看看就知道，最妙的是四條小艇解了纜繩，在湖裡穿梭滑水，我不跟公子扯了，遲了怕看不到了！」

彩雲說完，一溜煙向後花樓跑去。

常三公子心想，必是官宦人家帶著內眷前來遊湖，要不然一定是騷人墨客或走馬章臺的王孫公子，招來花街柳巷的風塵女子在湖上行樂。

他信步出了門，遠遠望見沿著莫愁湖的岸邊，已聚了不少閒人，一個個都瞪著眼看著湖上。

湖上，遙遠之處，停著一艘豪華畫舫，五桅高聳，彩帆半揚，畫棟雕樑，結彩懸燈，的確氣派不凡，為湖中少見的船隻。

另外，柳堤龍王廟邊，停著隻比龐大畫舫較小的三桅快槳遊湖船，碧油樓檣，彩繪船身，船艙高有三層，全是絲帷絳幕，細竹垂簾。

此時，湖中水面上，果然有四隻玲瓏小巧的快艇，每個艇上各坐著兩個俏麗的女孩，年齡都在十七八歲左右。

一人掌舵，一人划槳，在湖面快如離弦之箭，穿梭往來飛駛，濺起好高的浪花。

像四隻穿花蝴蝶，此來彼往，有時兩船交叉，有時併排競快，有時四艇一致同駛，有時霍地四下分散，驚險、美妙、刺激，不時引起岸上圍觀的閒人，暴雷似的喝彩，陣陣歡呼的掌聲久久不停。

常三公子也看得出神。

老管家常福湊上來，一張滿是皺紋的臉，笑得紋路更加多了，對常三公子道：「三公子，好久沒見到這等熱鬧了。」

常三公子道：「哦！以前也有這種飛船穿梭的玩藝嗎？」

常福偏著頭道：「好多年了。公子！你不記得啦，有一年正月十五鬧元宵，府臺大人從洞庭湖請來一班划船的漁家姑娘，放湖燈外帶划船大競賽。」

常三公子道：「漁家姑娘划船想必比這些柔弱的女孩划得更快了。」

常福不住的搖頭道：「比不上，還是這班姑娘划的快。我記得那年天不作美，元宵夜陰天，月黑風高，嘿！正好，船上點了燈，比有月亮還好看。」

常三公子不由心中一震，不理常福的回憶往事。

那是因為被他一句「月黑風高」給說得提高了警覺。

他記起了母親接到的那張用桃紅色寫的警示帖子寫的四句道：「血洗南陽，火焚金陵，月黑風高，務要小心。」

現在，時令不正是月黑風高的日子嗎？

而這些突然而來的兩艘怪船，偏偏又一左一右的泊在自己家附近。看來事有奇巧。

更進一步的仔細觀察，四隻小艇上的八個女娃兒，一個個貌似天仙，纖小柔弱，若是沒有幾分內功，怎能把小艇駕駛得像飛魚一般快速。

換了普遍的姑娘家不要說是搖櫓划槳，就是坐在飛快的小艇上，也會嚇得花容失色高喊救命。

常三公子越想越覺得其中必然隱藏著神秘，甚至就是一種陰謀。

他無心再看飛艇掠波穿花，折身到了上房。

常老夫人正在與兩個兒媳聊天，一見常三公子進來道：「嵐兒！你沒去看湖上美女戲水？聽丫頭們說頂熱鬧的。」

常三公子道：「孩兒正是為此事而來。」

常老夫人笑道：「怎麼？你想要為娘的也去開開眼界？」

常三公子生恐自己猜想得不對，又怕驚嚇了老娘，因此自己先坐下來，表示並不緊張。然後才笑著道：「孩兒是照著那兩艘畫舫四隻小艇，來得並不簡單。」

常老夫人問道：「哪一方面不簡單？」

常三公子道：「先是孩兒覺得那八個划船的少女，一個個身手不凡，武功修為都有幾分火候。」

常老夫人因為近來一連串的風波，丈夫又毫無音訊，所以已成了驚弓之鳥，聞言忙追問道：「啊！你能看出來，當然不會錯，只是……」

常三公子早又道：「兩隻畫舫既沒有官宦人家的執事令牌，又沒懸掛富商巨賈的字號，不亮武林門派旗幟，來路尤其值得懷疑。」

常老夫人聽入了神，連連點頭道：「嵐兒！你料得也許不錯，可是，看出他們的來意沒有？」

常三公子低聲道：「娘！你還記得月黑風高務要小心那張字帖嗎？」

常老夫人悚然一驚道：「對！這兩件事連起來就不簡單，嵐兒，不怕有事，就怕不妨，去叫你哥哥他們來，咱們商量一下。」

常三公子道：「娘！孩兒已有一個主意，不知使得使不得。要是不行，再請大哥二哥來計議。」

常老夫人忙道：「既然有了主意，快說出來。」

常三公子道：「那八個划船的小姑娘，既然是緊隨在比較小的那艘畫舫，她們的主人一定在較小畫舫之上，大的那一艘，可能是一般手下或使用物件，用來掩護小畫舫引人注意的！」

常老夫人點頭道：「很可能。」

常三公子低聲道：「入夜之後，孩兒隱伏在湖畔龍王廟附近，窺視動靜，發現了情況，先下手阻攔，免得他們侵入本宅。

「另外，娘！您老人家坐鎮上房，由大哥陪伴著您，二哥在大門守護，重點是監視那艘大船的動靜，你看如何？」

常老夫人略一盤算道：「我不用人陪了，你二哥自幼貪玩，功夫也不練，就叫你大哥他們二人，一人守住門口，一人巡察四周順帶留心大船的動靜吧！」

常三公子應道：「是！只不過娘您老人家……」

「孩子！」常老夫人搶著道：「娘還沒老，再說，我們這只是猜測，並不一定會有什麼事。」

「對！」常三公子也安慰母親道：「娘說得對，但願孩兒是杞人憂天，多此一舉。」

告別母親，常三公子又與兩個哥哥計議了一番，由常玉峰召集了護院，分別明裡暗裡埋伏。也把所有的丫環僕婦分為兩班，各守上半夜與下半夜。

常三公子特別命蓮兒率領另外菊、蘭、梅三婢，在老夫人上房外巡守。

這才回到書房心中盤算今晚的另一樁事來。

他想，今晚太不湊巧，萬一要是藍秀所派的陶林前來運取自己答應她的圖書冊頁，說不定會引起一場誤會。

然而，他又希望陶林如約前來，一旦真的有了事，陶林乃是一個得力的幫手。

就在他左思右想之際，已是掌燈時分，再不容許他找出萬全之計。

只有按照原定計劃，先去龍王廟左近埋伏，若是陶林與家中防守之人發生誤會，料定陶林不會盲目的動手傷人，自己再趕回來，最多是把運取圖書之事改個日期。

想念既定，略為結束一下，掛了長劍先到前花廳與兩個哥哥知會一聲，向龍王廟奔去。

果然天空濃雲層層密布，湖上夜風甚急。

常三公子遠遠望去，兩艘畫舫之上，全都燈火通明，映在粼粼湖面上如同繁星點點。

常三公子越過湖畔，避開泊船之處，繞了一個大圈了，湧身上了龍王廟的大殿，伏身屋脊陰影之後，凝神盯視著那艘三桅畫舫。

絲幕低垂，竹簾未捲，船內雖有燈光，卻看不清船艙內的情景。

偶而有人影映在簾幕之上，全都是女人的形象，竟都沒人走出前艙甲板。

遠處的那艘五桅大船的情形，更加迷迷茫茫看不清楚了。

遠村犬吠，約莫已是起更時辰了。

兩艘船半點動靜也沒有，甚而，船上的燈光漸漸的減少。

常三公子不由心中忐忑不安。

暗想若是一夜無事，豈不是庸人自擾，弄得全家上下雞犬不寧，真是從何說起，傳出去成了笑柄。

他又想：「寧可信其有，不可信其無。」凡事小心總不會錯。想著，他不再分散心神，靜悄悄地伏在冷颼颼的夜風裡，絲毫不敢稍懈。

三桅畫舫中燈光依稀，而遠處那艘五桅巨船，竟然是一點燈光也沒有，分明是船上人已進了夢鄉。

常三公子此時也覺是自己看走了眼，即使真的是那八個小艇上姑娘都有些武功，也可能是哪家公侯府第喜愛功夫人家的婢女，練來供主人開心取樂的。

說不得果真是自己心中有事，太過敏感多慮了。

「噹！噹！」

「篤！篤！」

兩梆兩鑼，二更的梆鑼之聲，此起彼落。

忽然，一道藍森森的火焰衝天而起，在黑黝黝的夜空中疾速劃過。

常三公子心頭一震，暗喊了聲：果然來了。

一念初動，突然看見自己家中後花樓頭黑影幢幢，如同一陣野雁撲射而下。

接著，樓上濃煙上冒數十丈之高，火舌亂吐，霎時火苗上衝丈餘。

常三公子這一驚非同小可，不再死守在龍王廟的大殿之上，凌空疾射而起，騰身穿過湖面，勉強落在柳堤之上，一連幾個縱躍，折回自宅。

但見，原來那艘五桅大型畫舫，竟在煙水茫茫之中，已不知在何時泊在自家門前。

此刻燈火通明，船艙內數十黑衣壯漢，一手持刀，一手高舉火把，紛紛跳下船來，吶喊聲中直撲自家大門。

前面敵人來勢洶洶，如同潮湧，後面樓頭火勢熊熊，情勢十分危急。

常三公子心急如焚，腳不著力，已到了門前。

這時才看出為首之人乃是一個既矮又肥胖面露獰笑的怪人。

常玉峰原守在門前，揮劍拒敵，那肥胖如球的怪人一言不發，右手突的一甩，亮出一個海碗大的鍊子球，丈餘長的鐵鍊抖得嘩啦亂響，出手力道驚人。

常玉嵐一見怪人人怪兵器也怪，心知大哥絕不是來人的對手。

因此，人在三丈之外，已高聲叫道：「大哥！小心！」

常玉峰長劍早已遞出，一見黑呼呼的鍊子球出來，急切間揮劍上迎。

但見那怪人腕底一沉，接著快如閃電般一收。鍊子球雖沒擊中常玉峰，但烏漆發亮的鐵鍊，已將常玉峰手中長劍纏了個結實。

「撒手！」胖矮怪人乾吼一聲，憑空將鍊子球忽然揚起老高。常玉峰再也抓不牢劍柄，長劍應聲落地。

常玉嵐幸而剛剛趕到，半空裡一展手中劍，流雲出岫，斜地硬挑肥胖怪人的右肩，心急救人，出手既快又狠。

矮胖怪人一招震落常玉峰長劍，氣勢益張，原本要乘勝追擊，抖動練子球直取常玉峰面門擊出。

料不到常三公子如飛將軍從天而降，要想閃躲哪來得及，只好側移身子打了個旋風轉，躲過一劍。

然而，已是遲了半步，嘶的一聲，右肩麻布披風，已被劍尖挑出一大片。嚇了一身冷汗急忙退後三步，翻著一雙肉眼，眨個不停。

常三公子一劍逼退強敵，沉聲喝道：「你是何人，膽敢找上金陵常家！」

那怪人齜牙咧嘴吼道：「老子行不改名坐不改姓，『千年神梟』苗山魁你苗爺爺！」

常三公子怒道：「十萬大山窩裡的村野匹夫！常家與你河水不犯井水，無緣無故放火殺人是何道理？」

「千年神梟」苗山魁狂笑一聲道：「老子高興！」

話沒落音，舞動練子球，瘋狂的殺上來。

這時，隨在千年神梟身後的黑衣壯漢，也喊殺連連，搶到常家大門之前，與常家護院群毆群鬥。

常三公子一面迎著攻來的「千年神梟」苗山魁，一面大聲叫道：「大哥！快回上房，這裡有我，桂南雙梟的另外一個『摸天靈梟』韋長松一定也來了，你護二哥同娘要緊！」

常玉峰一聽，心膽俱裂。

他一招出手幾乎死在練子球之下，已知今晚是來者不善，自己與二弟玉岩決不是對手。

然而，此時此刻，哪裡容他多想，拾起地上劍，就向後進奔去。

十八　世家驚變

常玉峰對付「千年神梟」苗山魁雖然接不了一招，而對付那群手持火把的黑衣壯漢，尚能立於不敗。

他這一走，十餘護院群龍無首，加上心理上已毫無鬥志，被那些壯漢追殺潰散。

千年神梟一面與常三公子糾纏遊鬥，一面狼哭鬼號的叫道：「放火！放火！」

那些黑衣壯漢，原本怕碰上常三公子的長劍，聞聽千年神梟的吼叫，發一聲喊，高舉火把，衝向常家大門，手中火把亂向屋內丟去，有的還帶有點火的油棉油紙，也夾著丟出。

常三公子揮劍阻擋，一連刺斃了四五個，但是，千年神梟手中的練子球漫天雪花般舞到，雙拳難敵四手，再也阻擋不住黑衣壯漢的火攻。

剎時，烈焰衝天，劈劈剝剝之聲連珠炮般響起，火勢越來越大，一發不可收拾。

若以常三公子劍、掌上的功力，要擊退一個「千年神梟」苗山魁，並非難事，甚至在十招八招之內取苗山魁的性命，也不是辦不到。

然而，武家交手，最忌分心，分心則神亂，神亂則勢衰，勢衰則力散。

力既散則招數虛而不實，縱有十成火候，也只剩三成威力。

而此時的常三公子既擔心老母的安危，又怕兩個哥哥有了閃失。眼看著自己金陵世家的基業就要毀在一場大火之下，怎能不氣急交加怒火攻心。

千年神梟老奸巨滑，表面上裝呆賣傻，但把常三公子無心戀戰的情形完全看在眼內。既不硬槍硬馬的拚鬥，也不絲毫放鬆，死纏活纏，只是不讓常三公子脫身。

常三公子凌厲出手，他就虛幌一招巧妙的閃躲。

常三公子揚劍作勢欲走，他就猛的揮起沉重的練子球狠狠進擊。

常三公子焉能看不出「千年神梟」苗山魁的居心。分明是纏住自己，好讓另一個同伴「摸天靈梟」韋長松殺人放火為所欲為。

因此，他不再存心撤走，先把當面的千年神梟擺平，否則後果不堪設想。

心念既定，仰天發出一聲清嘯，如同鶴鳴九皐，聲震四野，隨著這聲長嘯，緊了緊手中劍，一式柔腸寸斷，認定苗山魁迎面九大要穴，雨點般刺出。

柔腸寸斷乃是常家斷魂七劍的絕招之一。

常三公子怒急之中施展，但見點點劍芒雨點一般，分不出究竟有多少劍影，立刻把「千年神梟」苗山魁罩在劍芒之中。

「千年神梟」苗山魁大吼一聲：「不好！」急切間，手中練子球已施展不及，只好吸胸仰臉讓開大穴，咬牙硬挨一劍。

颼——

劍風起處，血光四濺，「千年神梟」苗山魁的左肩硬生生被削去半個手掌大一片肉來。

暴跳如雷，怪吼連連。

常三公子怒喝道：「你自己找死，怨不了別人！」

然而「千年神梟」苗山魁左肩帶了重傷，依舊不退，反而更著魔似的，狂舞手中練子球，拚命而為，絲毫沒有懼怕之意，像狂風巨浪般捲向常三公子。

常三公子雖然論武力修為，都高過千年神梟，但一人拚命，萬夫難擋，急切之際，要打發了一個拚著性命不要的千年神梟，也非易事。

就在此時，兩個小巧的身影，忽然疾飄而至，每人手中一條桃紅軟帶，舞得筆直，好似舞動一根桃紅棍棒。

兩人攔在常三公子身前，齊聲嬌呼道：「這裡交給我們，快去上房！」

常三公子大感驚奇，就著烈焰映照來的火光，發現來的兩人分明是白天在莫愁湖操舟穿花逐浪的女孩。

難道這兩艘畫舫不是一路的，那麼，她們又是何方神聖？

然而，此時哪容他多想，既見這兩個女娃舞動軟帶功力不凡，又聽她們口口聲聲催自己快去上房，擔心老母安危，只好一晃長劍，大聲道：「多謝兩位！」

話音甫落，人已倒退撲向火勢熾烈的大門。一連幾個虎跳，越過烈焰騰空的花廳，奔向上房。

上房已是一片火海，東橫一個西豎一個的屍體，有的被燒成焦炭，有的血流肉綻，真是慘不忍睹。

尤其尚有一絲游氣沒斷者的呻吟哀嚎，更使原本豪華的世家，和樂的家庭，變成人間地獄。

常三公子咬牙有聲，雙目發赤，游目四顧，上房沒有敵蹤，也沒有兩個兄嫂與母親的影子，真乃五內如焚，悲痛莫名。

仔細諦聽之下，隱隱有人聲吶喊，夾著金鐵交鳴之聲，從東側隨風傳來。

原來，常家府第實在太大了。

一連九進正房，就有十個院落，東側有偌大的花園隔開，那兒正是玉峰玉岩兄弟的居處，還有一座兵器武庫和一個大的練武廳。

西首，是一座人工小湖，假山迴廊之外，有一排九間客房，只住了護院等雜人。

上房後面，就是看花樓，離看花樓不遠，就是常世倫的書房，繞過書房別有天地，也就是武林寶庫，視為重地的秘室。

常三公子毫不怠慢，順著人聲之處，快速奔去，遙遙已見到花園一角，荷花岸上，常玉峰帶著蓮兒等四婢，圍著既高又瘦的「摸天靈梟」韋長松在拚命。

韋長松手中一把既長且沉的鋸齒金背大砍刀，舞得灑水不進風雨不透，逼得常玉峰與蓮兒等像走馬燈似的，在外圍滴溜溜團團打轉。

摸天靈梟一面揮舞大砍刀，一面厲吼連連的叫道：「常老太婆都在我們手裡，你們這些小輩，還不逃命，非要找死嗎？」

常三公子聽了，心中難過至極，一陣頭暈目眩，人幾乎要昏倒過去。他振起手中長劍，奮身躍進圈子，大喝道：「韋長松，找死的是你！」

話到，人劍合一，同時欺到了得意發狂的「摸天靈梟」韋長松身前七尺之處。

韋長松完全出乎意外的大吃一驚，忙不迭倒退一步，堪堪躲過。手中大砍刀呼的一聲帶起刀風，連削帶砍，照著揉身欺近的常三公子肩頭砸下。

既準、又狠，分明是要命的招數，心狠手辣的一擊。

常三公子既然一招逼退了「摸天靈梟」韋長松，算是讓常玉峰與蓮兒等喘了口氣。

常玉峰啞聲破嗓的叫道：「三弟，不要放過這王八羔子，二弟就死在他的手上！」

此言聽在常三公子耳中，心如刀割。

手足情深，雙目陡然精光暴閃，左掌右劍，迎著摸天靈梟砍來的大刀不讓不躲，單等刀勢砍老，長劍輕盈的貼著刀身，連人向前疾如閃電的滑著前去。

常家七劍的抽鞭斷水妙到微末。

常家三兄弟，老大為人憨厚，只是幫助父親管理整個常府的日常瑣事。

老二玉岩庸庸碌碌，既不管家事，也不習武功，只是專門為常家做與官府應酬的表面工作，因此手底下只學得常家斷魂劍的皮毛，對付一般毛賊，當然遊刃有餘，遇上硬紮的對手便相形見絀。

只有常三公子，深得常家真傳，家學淵博，也是譽滿江湖的四大公子之一。

因此，摸天靈梟出手就是狠招，料定只要擺平常三公子，便可為所欲為。

不料，一招既出，但見精光閃處，自己眼看要砍上的大砍刀，毫不著力，分明是給躲閃過去而砍空了。

趕忙抽身撤刀，可是，來不及了。

只覺刀身上有一道隱隱的力量，沿著刀刃閃電般滑向手腕，這一嚇焉同小可，大吼一聲「小……輩！啊呀……」

輩字剛剛出口，慘叫之聲如同鬼嚎，聲聞四野，刺耳驚魂。

血雨如飛矢亂射，摸天靈梟執刀的右手齊腕被削了下來，連同鋸齒金背大砍刀，拋向半空，噗通一聲落在假山石上。

嗆鎯一聲再反彈到荷花池中，濺起拋玉灑珠的水花，大砍刀沉底，一隻血淋淋斷掌，浮在荷花池上，兀自跳動幾下。

摸天靈梟右手被削去一掌，痛徹心脾，咬牙咯咯作響，形同鬼怪般，勉強穩住搖搖欲倒的身子，不但不退，反而揮起左手，硬向常三公子拍去，想要來個兩敗俱傷，臨死拉一個墊背的。

常三公子冷冷一笑道：「做夢！本公子偏不讓你死得那麼舒服。」

口中說著，身體微微一側，連人帶劍斜刺裡退出丈餘，讓摸天靈梟摔動著血如泉湧的一條右臂，痛得無肉的臉上扭曲抽搐。

「摸天靈梟」韋長松斷了十指連心的手掌，又不能立即止血，痛苦可想而知。

他捨命一撲不中，換掌為抓，依舊一味拚命架勢，捨了常三公子，改向仗劍而立的常玉峰抓去。

常玉峰完全沒有防備，失聲驚呼一聲，忙著揚劍護身，此刻蓮兒等四婢發一聲喊，四柄短劍一湧而上。

「摸天靈梟」韋長松已是強弩之末，垂死掙扎，改掌要抓常玉峰已是情非得已，哪有力量改招換式，更談不上變形移位閃躲了。

但聽，嘶！吃！嘶！吃！四聲輕響，蓮兒等四婢的短劍已全插進了他的腰脅之間。

人影乍合即分，蓮兒等四人的短劍抽處，血箭疾噴，摸天靈梟枯樹般的高大身子，噗通仰天硬繃繃的倒在當地，像隻被宰的公雞，彈彈雙腿，再也動彈不得了。

常三公子不理會慘死的「摸天靈梟」韋長松，忙向常玉峰道：「大哥！二哥他……」

常玉峰忍不住淚流滿面道：「被韋長松刀劈在看花樓前，二弟！他……他死得好慘！」

常三公子手足情深，也止不住淚流，又追問道：「娘呢？為何沒見到她老人家！」

蓮兒一聲，哇的一聲哭了起來，同時雙膝咚的一聲直挺挺的跪了下去，仰臉而泣道：「婢子們該死！」

常三公子大驚失色道：「怎麼啦？快說，不要哭！老夫人她怎麼啦？」

蓮兒道：「二更剛過，後花樓起火的同時，五個紅衣蒙面人同時出來……」

常三公子不由狠狠的頓腳道：「紅衣人，紅衣人，又是紅衣人。起來！蓮兒！你起來慢慢說，紅衣人怎麼啦！」

蓮兒站了起來道：「婢子等一見之下，連忙攔住上房門前與他們動上了手，其中為首之人武功之高，比另外四人何止百倍，他赤手空拳，闖過婢子們的陣腳，搶進上房。」

常三公子急道：「後來呢？」

蓮兒道：「婢子等那時被另外四個紅衣人纏住脫不得身，只聽老夫人怒喝聲中，由上房窗子一撲躍出，那個為首的紅衣人如影隨形也竄了出來。」

菊兒接著說道：「婢子親眼看見，老夫人發出一筒子母連環珠，竟然被那人幾個騰身閃躲開去！」

常三公子凝神道：「桂南雙梟辦事，從來不許外人插手，這紅衣人是什麼來路，他能躲過娘的子母連環珠，功力必非泛泛之輩。」

蓮兒點頭道：「三公子說得對！那人身手矯健，一面閃躲子母連環珠，一面腳下連連欺近老夫人，婢子看都沒看清楚，他已逼近了老夫人，探手抓住了老夫人左手飄飛的長袖！」

常玉峰插口道：「這時我正越過花廳火場，眼見那人抓住娘的衣袖，分明要奪娘手中的子母連環珠，怎奈相距遠在十丈之外，無法插手援救……」

常三公子已急得連連蹬腳道：「糟了！後來呢？」

常玉峰道：「千鈞一髮之際，忽然一個灰衣身影從花園月亮門中快如脫兔，斜地裡雙手齊施，一手拉住了娘的手臂向後一帶，另一手並指疾點那紅衣人，手法之快，形同電閃，算是逼退了紅衣人，也救了娘一時之急。」

常三公子雖然鬆了一口氣，但卻道：「後來呢？」

蓮兒道：「後來……後來這個該死的『摸天靈梟』韋長松就來了。」

菊兒道：「這個怪物一來，那般紅衣人發聲喊一個個抽身而去。」

常玉峰道：「對！連那個為首之人也是，他被那灰衣人雙指逼退，一見摸天靈梟出現，輕輕吹了聲口哨，像是他們約定的暗號，五個人連袂撤去！」

常三公子道：「他沒去追娘？」

常玉峰搖頭道：「沒有，此刻娘已被那灰衣人拉著手臂退進花園的月洞門中。」

常三公子急道：「大哥！你該跟去呀！」

常玉峰哭喪著臉道：「我是想跟去，可是……」他指著地上僵硬的摸天靈梟屍體道：「一則他攔住我，不讓我衝出他的大砍刀下。

「二則，我怕這個怪物也追蹤而去，反而帶一個強敵到娘面前。三則，我發現那灰衣人彷彿並沒有什麼惡意，所以……」

他吱吱唔唔，有懊惱、有悲痛，當然自己技不如人，也是令他慚愧的地方。

常三公子眼見大哥的神色，不由一陣心酸，安慰他道：「大哥說得對！我是沒想到這一層，摸天靈梟是個亡命之徒，也是扎手人物，你沒跟著那灰衣人去是對的！」

常玉峰又道：「摸天靈梟死纏不放，一直把我們逼到這裡來。」

常三公子忽然想起道：「他逼你們到這裡來之時，可有說過什麼話？」

蓮兒忙搶著道：「他一露面，就逼著要我們帶他到秘室去，別的沒有再說什麼。看樣子他們目的是對著我們世家的秘室而來。」

「秘室！」常三公子心中一動，這時才想起秘室的事來，忙揮手道：「大哥！我到秘室去看看。你帶了蓮兒四下去找找娘的下落，無論誰有了發現以長嘯一聲為號。」

常玉峰點頭應了一聲，率領四個婢子，折身向花園方向奔去。

常三公子迫不及待奔向秘室。

各處都被大火燒得斷牆頹壁，樑折柱焦，奇怪的是一座秘室竟然無恙。秘室四周，卻留下不少血跡，以及打鬥的痕跡，分明有人在此曾作十分劇烈的打鬥。

常三公子見秘室被鎖好的門已經洞開，進了秘室之後，人已呆在門前。

原來，秘室之中空洞洞的，數以百計的樟木圖籍箱子，被人搬得一隻不剩，連自己綑紮好的數十個圖帙，也無影無蹤。

「這是誰？誰有這大的能耐？」

常三公子呆如木雞，站在空徒四壁的秘室之內，不由自言自語若有所失。

實在是一個非常玄妙的情況，難怪武功修為機智都高人一等的常三公子如墜五里煙霧之中，百思不得其解了。

照當前所知的情形，今夜一共來了四撥人。

一撥是桂南雙梟。

一撥是在大門外給自己援手，幫助攔擋雙梟之一「千年神梟」苗山魁的兩個女郎。

一撥是五個紅衣人。

一撥是灰衣人。

這四撥人中，應該沒有時間到秘室內來，無論是敵是友，在時間上不可能短短一個更次就把數百箱籠搬個乾淨。

尤其秘室能逃出一場火災，又有打鬥的跡象，最少有雙方敵對的人馬在此火併，自然是為了秘室內的藏物而起。

可見，雙方都不願秘室所藏武林圖冊被火焚成燼，意義深遠，也令人頗費思量。

常三公子怎麼的也想不出其中的錯綜複雜，只好垂頭喪氣的出了秘室。

這時，天色已經黎明，遠處雞鳴如晦。

偌大的金陵世家，數百年常氏府第，一夜之間，完全變了樣子。

到處屍臭衝鼻欲嘔，尚未熄滅的餘燼，還在閃著陣陣火舌，冒著濃濃黑煙。

數十個倖能逃生的護院僕婦，一面流著眼淚，一面在火礫堆中尋找親人，或是搶救些尚可使用的衣物。

上房已成灰燼，唯一未波及的是西廂十餘客房，卻也籠罩在愁雲慘霧之中。

常玉岩的妻子，哭成淚人兒一般，蓮兒等在她身邊侍候勸慰，也難以抑止她喪夫之痛，哭得死去活來。

常玉峰含著眼淚忙著指揮僕人一面救火，一面點視尚未遭殃的傭婦護院，重新分配值司。更在後面看花樓燒剩的佛堂下層，設置靈堂，辦理常玉岩的喪事。

最使闔家大小難以釋懷的是常老夫人的下落。

說是遇害了吧，並沒發現她的屍體；說是沒遇害，連一些影蹤也沒有。

依常玉峰同蓮兒等所見，分明被一個灰衣人拉著進了月洞門，而月洞門之後就是花園，花園之後就是客房。

花園到客房，全沒被大火波及，也沒有打鬥的痕跡，應該是安全所在，為何失去影蹤了呢？

常玉峰幾乎痛心疾首，甚至要一死以贖自己當時沒有跟著灰衣人追隨進月洞門保護母親疏失之罪。

常三公子心知按照當時的情景，常玉峰實在無力脫出摸天靈梟的控制。

而且，灰衣人若是友，固然不需要常玉峰跟著保護，灰衣人若是敵，憑常玉峰也莫可奈何。

因此，百般安慰著大哥。

一場血腥浩劫雖然過去，但常家上下大小，莫不愁雲滿面，憂形於色。

最是心情沉重的，當然是常三公子。

因為，金陵世家的一切災難，似乎都是由他而起。

重振常氏家聲，他是責無旁貸。為難的是，他不知該從何處著手，實在他要辦的事情太多了。

父母相繼失蹤，對一個做人子的，天下還有比這更重要的事嗎？

因此，常三公子把所有的心思，都放在尋找父母的下落之上。

至於秘室失書、南蕙的下落，血魔秘笈、紀無情的去處、狂人堡的根由，以及自己與藍秀的約定，都拋在九霄雲外，暫時擱在一邊。

然而，偌大的金陵城，茫茫人海，要從何處著手呢？

桂南雙梟一死一逃，紅衣人的謎早已存在，始終無法尋得蛛絲馬跡。

灰衣人自己並未看到，是美是醜，是老是少，是胖是瘦，甚至是男是女都不曉得，更是一盆漿糊，糊裡糊塗。

只有那門前插手的兩個少女，乃是自己親眼目擊，的確是日間在莫愁湖上飛舟嬉戲的八個少女之二。

雖然家中出事的第二天，湖上的兩艘畫舫都已不見蹤影，究竟是一個僅有的線索。

因此，常三公子一連幾天就在金陵城裡城外，凡是可以供畫舫通行的水鄉澤國，哪怕是一條河

也不放過。立誓要弄個水落石出，找出母親的下落。

採石磯的美在它波光嵐影相映成趣，而不是驚濤拍岸、旋浪粗獷的窮山惡水。採石磯的美在它迎著滾滾江流，而不是懸岩峭壁令人不可仰攀。

金陵人沒有不知道採石磯的，到金陵不到採石磯，就領會不出山川的清秀、自然的情趣，還有那婉約迴環的山抱水合宜人之處。

常三公子一連幾天，都要到採石磯來走一趟。

因為他追蹤的是船，是十分華麗的畫舫遊艇，船是離不開水的，像採石磯這等山水勝地必定是畫舫遊艇不肯放過的大好去處。

日正當中，但因季節入冬，並不炎熱，只有暖洋洋的感覺。

常三公子踽踽獨行，又來到了採石磯，沿著山溪向江邊行去。

忽然，他發現臨江的一堆礁石上，亭亭玉立著一個灰衣人，十分悠閒的在吹著輕脆的玉笛。

笛聲時而高亢遏雲留月，時而低沉繞指般柔，時而石破天驚悲壯激昂，時而委婉悱惻扣人心弦。

這笛聲不止是繞樑三日，使人蕩氣迴腸，而從音調之中，可以聽出吹奏之人內功十足，精力充沛，修為屬於上乘武者。

這一發現，乃是常三公子朝思暮想之事，尤其那身灰衣，真是踏破鐵鞋無覓處，得來全不費工夫。焉肯失諸交臂，緊走幾步，躍過小溪，跨過一片田疇，人已到了礁石邊緣，且不聲張。

他深知喜愛樂聲之人，最忌吹得興致勃勃之時，突然被別人中途打斷，所以要等一曲既終，再上前搭訕。

笛聲嘎然而止，衣袂飄動之聲接踵而來。

沒等常三公子開口，那吹笛的灰衣人已手執紫玉橫笛，面露微笑，拱手為禮道：「三公子，在下終於等到閣下了。」

常三公子聞言，放眼打量那人，年紀在二十四五之間，灰色絲絛束髮，一身灰色長衫，灰色絲帶繫腰，灰色衣褲，灰色短統快靴，一張臉十分清秀，只是隱隱之中有些過於精明的冷漠。

劍眉朗目，懸鼻薄唇，微笑時露出兩排雪白的編貝牙齒，卻也如同玉樹臨風，神采奕奕。

灰衣人見常三公子只顧打量他，不由道：「三公子！覺得在下來得唐突？」

常三公子忙還禮道：「哪裡，是在下打擾了閣下的清興，敢問閣下尊姓大名？恕在下眼拙，又不知等在下為了何事？」

灰衣人笑意盎然，淡淡的道：「常三公子，你應該對在下不陌生的，我們彼此沒見過是事實，可是在下已久仰斷腸公子的大名。」

常三公子見他繞了一個彎，還沒說出他的姓名，卻又不便作色，原因是要在還沒轉到正題，要追問自己母親的事件之前，先摸清對方的底細。

因此，只好忍下性情，含笑道：「豈敢！兄臺，你太謙了。」

「常兄！」灰衣人且不客套，收起手中橫笛，慢條斯理的繫在腰帶之上，又緩緩的走了幾步，望著東去的流水，悠然的道：「武林之中四大公子，其中有三人譽滿中原。斷腸公子常玉嵐似乎是四人中的太陽，朗朗的掛在天空，無人不知，無人不曉。」
常三公子卻道：「在下從來沒聽人這麼說過，第一次從兄臺口中聽到。」
那灰衣人又喃喃的道：「無情公子紀無情，像天上的星光，閃閃爍爍，無處不在，而沒有什麼光芒四射耀人眼目之處，但世上的人沒有不曾看過星星的，也算是出類拔萃的一型了。武林人至此，已無憾矣！」
常三公子見他娓娓道來，彷佛自言自語，又分明是說給自己聽的，有些莫名其妙的道：「閣下的意思是……」
「常兄！」灰衣人頷首微笑，只顧道：「司馬駿有一個自己十分得意的綽號，被人稱為第一公子。
「只可惜他不敢使用，因為他怕第一兩個字會帶來麻煩。其實，他心中何嘗不喜歡第一兩個字呢？我說得對不對？常兄！」
常三公子來不及答話，那位灰衣人早又緊接著嘮嘮叨叨的道：「司馬駿嗎？好比天上的月亮，有光，但是沒有熱。
「雖照亮大地，只可惜等他發光的時候，天下的人已十分之九進入夢鄉，看不見他的亮光。不過，人生在世，能像月亮，已經很不容易了。哈！哈哈哈！」
灰衣人原本是背著雙手踱著緩緩的步子，一面說一面走，十分悠閒的樣子，此時，忽然停了下來，雙目凝視著常三公子，好似要等著聽常三公子的評語。
常三公子不由哈哈一笑道：「我明白了，閣下莫非是名震西北的逍遙公子沙探花？」

灰衣人雙肩忽然一聳道：「在下正是沙無赦。常兄！探花二字，是兄弟最討厭的頭銜。

「因為，沙某身在回族，十五歲進京求取功名，連一首歪詩也沒做完，三篇文章交了白卷，憑著邊疆回族王子，賜了一個額外的探花。簡直是沙某一生的奇恥大辱。請常兄今後不要再提探花二字！」

常三公子料不到傳言中的沙探花有這一段佳話，聞言不由笑道：「原來如此，沙兄捨名器而不就，視功名如草芥，在下十分佩服。」

沙無赦卻搖搖頭道：「慚愧！」

常三公子又道：「沙兄！武林四大公子，紀兄與司馬少莊主與在下不但十分熟稔，而且都忝列知交。只是與沙兄緣吝一面，今日識荊，實乃生平幸事！」

沙無赦忙不迭的搖手道：「常兄，四大公子之三，已佔盡了日、月、星三光，沙某沒有份了。我算是風、是雨、是雷、是雪還是霜?哈哈!所以說，沙某也不敢癡心妄想！」

常三公子看得出來，他的嘴裡說著不癡心妄想，而一雙眼睛裡，卻充滿了怨、恨、忿忿不平的怒意，一副心不甘情不願的神情。

因此連忙把話題扯開，笑了聲道：「沙兄，適才你說在此為了要等候在下，不知有何見教能否明告?」

沙無赦連連點頭道：「當然!不過在下還沒有說出等你常兄的理由之前，有一個小小的問題，想請教常兄！」

「啊！」常三公子不由眉頭一皺，心想：看來這個沙無赦是個非常狡滑的人。

常聞人言，西北由於地勢是平沙無垠廣漠千里，西北人的性格也是開闊爽朗。這姓沙的言語之間，常常拐彎抹角，必須對他防著點兒。想著，也冷漠漠的道：「沙兄！有話就請直說吧，你我武林中人，講究乾脆俐落！」

沙無赦大為不然的道：「不見得吧！常兄。有道是事緩則圓，這可不是兄弟創出來的道理。」

「就是論武功吧！外門功夫固然是爽朗明快，談到內功修為，那就要有泰山崩於前而色不變，麋鹿興於左而目不瞬的涵養，是急燥不得的囉。」

常三公子甚為不耐道：「沙兄！這些大道理，改日再來請教，我的意思是……」

「常兄！」沙無赦忙以手示意，搶著道：「我所以說有不明之處向你請教，正是我倆今天要談的正題！」

常三公子苦苦一笑道：「好！那就請講吧！」

不料，沙無赦並不真的說出主題，反而向左首小丘後面一指道：「常兄！想來你尚未用過午飯。

「來！我們到那草坪坐下，一面小飲三杯，一面談話，豈不是人生一大樂事。江流湍湍，野風徐來，良辰美景，不要錯過！」

常三公子也料不到沙無赦的花樣有這麼多，笑道：「荒江野郊，哪來酒菜？」

「這就不用常兄費神！」沙無赦說時，人已上了小坵，常三公子只好跟著他的後面。

但見，小坵之下有一片青黃參半的草坪，靠近江邊一大塊平整的巨石。

沙無赦指著巨石上放的一個竹編食盒道：「喏！沙某一連幾天，都帶了這個提盒，東遊西蕩，

乃是到處無家到處家。哈哈！常兄，難得今天在此等到了你，算是不再孤獨的自斟自酌。」

常三公子道：「在下也曾幾次到採石磯來，怎的沒有遇見。」

沙無赦躍身跳上大石，一面揭開竹簍，一面道：「採石磯美景到處皆是，恐怕是錯過了。人之相交，全是緣份！」

竹簍裡四色小菜，兩壺老酒，真的是兩付杯箸。沙無赦一件件擺好道：「常兄，席地而坐吧！」

常三公子只覺得沙無赦有點行徑怪異，越是覺得太怪異，越是要探些口風，只有隱忍著舉杯道：「沙兄真是高人，其實面對大江淙淙，一人在此開懷暢飲，也是人生一大樂事。至於孤獨與否，常某覺得意隨心轉，雅人高士之所以遁跡名山遠離塵囂，其理在此！」

沙無赦不以為然的道：「人生在世，不過數十寒暑。沙某認為，要活得熱烈，像一把火。死也要死得熱烈，要像一把火吃的一聲投進水裡，不要等到火已成灰，那就毫無意義了。」

常三公子為了要從沙無赦口中進一步了解他，只有順著他的語氣道：「沙兄說得對極！該浮一大白！」

說著，將杯中酒一飲而盡，又道：「適才沙兄要問在下，不知是什麼問題？」

沙無赦也飲盡面前的酒道：「對！常兄！一個孝，一個愛，你認為是孰重孰輕？」

這太也突然，常三公子覺著沙無赦所謂的問題，不免是武學上的道理，或者是江湖上糾紛，甚而是漢、回之間的有關事項，不料是孝與愛這種毫無關連的問題。

因此，他略一沉吟道：「沙兄所說的愛，是指的那方面，所謂愛，有父母對兒女之愛、兄弟手足之愛、夫妻份之愛、朋友情誼之愛、關心弱小之愛……」

沙無赦連連搖頭道：「都不是，我指的是愛情的愛！」

常三公子有些迷糊，他不知沙無赦葫蘆裡賣的是什麼藥，笑道：「沙兄怎麼會有此一問？」

沙無赦道：「非常重要。常兄能做一個肯切的答覆，在下才好與常兄坦誠相示，事情也才能繼續的談下去，否則的話，恕沙某放肆，我們的緣盡於此！」

他把話說得十分明顯，也十分嚴重，意思中，還有下文。

這正是常三公子急於要知道的。

但是，沙無赦明白的表示，若是對孝與愛的問題不表示意見，他會拂袖而去，這下文，也就無從得知了。

常三公子想了片刻，只好道：「父母生我育我，十月懷胎，三年乳哺，十餘載教養，常言道百行孝為先。

「況且父母血緣只此一系，別無可代，孝之重要，自不待言。

「至於男女情愛，情絲難斷，情緣難了，生死不渝，甘苦共嚐，金石堅而海枯石爛，意綿綿而並蒂雙飛，也是不可以等閒視之的。」

沙無赦十分留神的傾聽。見常三公子許久未有下文，不禁追問道：「常兄！在下要請教的就是這兩者之間的抉擇，應該如何？」

常三公子笑道：「孝與愛二者並行不悖，毫無衝突，不是魚與熊掌，又何須抉擇呢？」

沙無赦毫不放鬆的道：「萬一有了必須捨去其中之一的情形，二者不可得兼之時，常兄！那以

你為例，你要如何選擇？」

常三公子已知不可避免的要作一個定論。心想，好在與自己無關，可能是沙無赦本身有了這種麻煩，因此才浪跡江湖遠從西北進入中原，又攜著酒菜東遊西蕩，於是，笑著道：「依常某個人愚見，孝道為重！」

「好！」沙無赦聞言，雙手用力一拍，大喊聲好，人也挺腰站了起來，出乎意外的雀躍，喜形於色，朗聲道：「常兄！我們要談下去了。來，我沙無赦敬你三杯，乾！乾！乾！」

他不管常三公子，自己自斟自飲，一連乾了三杯，那份高興，真的好像突然獲到了無盡寶藏。

常三公子見他如獲至寶，臉上的笑容格外明顯，像是出自內心的喜悅，不由問道：「沙兄！我不明白你的喜從何來？」

沙無赦這才坐了下來，收起了笑容，一本正經的道：「常兄！現在我們可以談到正題了！」

常三公子道：「難道你要與我談的事與孝跟愛有所關連？」

沙無赦正色道：「大有關連！」

常三公子越發不解道：「沙兄！你就不要再打啞謎了。」

「是！」沙無赦連連點頭道：「常兄說得是！常兄！據在下所知，令尊常大俠常世倫老伯失蹤多日，不知目前可有消息？」

常三公子心頭一震，也十分興奮的道：「是！沙兄！莫非你知道其中詳情，還請見告，在下感激不盡，一定不忘大德！」

沙無赦並不回答，又問道：「日前府上遭了一把無情大火，令堂又在亂中失蹤，對不對？」

常三公子更加吃驚，一面暗暗欣喜，也暗加警惕。喜的是自己尚未開口追問，對方先露了出來，警惕的是沙無赦態度曖昧，不明他的來意之前，不敢大意。

但是，表面上神色不動，只道：「沙兄！你的消息實在靈通得很，不知能否將家慈目前情形詳細見告，常某不但終身不忘大恩大德，誓必圖報！」

沙無赦雙目凝神逼視著常三公子，十分認真的道：「不必說什麼圖報，也不必談什麼大恩大德，沙某今天只想與常兄來一個公平交易。」

「公平交易？」常三公子神色激動，已經不是先前一味耐著性子了。因為交易二字，已十分不夠禮貌，何況涉及常三公子的父母雙親，怎能以公平交易來談。

沙無赦一見常三公子神色有異，忙不迭的道：「常兄！稍安勿燥。也許交易二字並不恰當，但沙某乃是一片至誠，毫無不敬之意。」

常三公子仍有慍色道：「不必吞吞吐吐，有什麼話一齊說出來，常某自有權衡！」

沙無赦臉上雖有笑容，但態度卻十分誠懇，低聲道：「不瞞常兄說，小弟日前在此，遇見一樁天大的驚喜，也是生平最難忘的大事。」

常三公子心懸母親的安危，見沙無赦又把話題扯開，不由作色道：「沙兄！咱們的正題還沒說完。」

沙無赦忙陪著笑臉道：「常兄，樹打根上起，在下這就是說的正題。」

「好吧！」常三公子無奈的道：「咱們長話短說。沙兄！太陽快要落山了。」

沙無赦不住點頭道：「沙某無意中遇到一頂軟轎，轎內呀！常兄，你說坐的是誰？」

常三公子有些氣惱，只顧仰脖子喝了杯酒，不理睬沙無赦的話。

沙無赦只好尷尬的苦笑一下，接著道：「原來是一個在下想也沒想過，做夢也夢不到的一位絕世美人。真是沉魚落雁之容，閉月羞花之貌，增一分則太濃，減一分則太淡。唉！所謂，此人只應天上有，我想，傳說的月裡嫦娥、靈霄仙子也不過如此！」

沙無赦說到忘情之處，搖頭晃腦，一雙眼睛瞇成一條縫，完全一副著了魔的樣子，中了邪的神情。

常三公子又好氣又好笑，嘆息一聲道：「唉！說來說去，只是遇上了絕世佳人，不知這與我常玉嵐有什麼關係，與家父失蹤以及家母的去處又有什麼相干。」

沙無赦依然像夢囈似的道：「實在太美了，使我終世難忘。」

常三公子大聲道：「沙探花！」

沙無赦不由一怔，如夢初醒道：「常兄！為何又叫我最不願聽的名字。」

常三公子道：「不如此你的夢不會醒。」

沙無赦也不禁笑道：「常兄！當時，沙某一見那位姑娘，心神不由自主，像是入了迷，暗暗跟她到了江邊。

「唉！可惜呀！可惜她在十數個俏佳人伺候之下，上了一艘三桅大船，揚帆而去，把我這個寂寞孤獨的假探花丟在江堤背後。實在，卿何忍心如此！」

他又墜入迷惘之中，回到黃粱夢裡，最後一句話，好像不勝其悲痛的神情。

常三公子伸手拍了拍沙無赦的肩頭道：「沙公子，醒醒吧！說了半天，這與我常玉嵐完全扯不

上任何牽連，你到底要說的是什麼呀！」

「有！有！有！」沙無赦一連說了三個有字，將頭伸到常三公子面前，十分神秘的道：「常兄！我一路跟著軟轎直到江邊，一共聽到那轎中麗人說過兩次話，而這兩句話中，都曾提到你常三公子，這不是牽連嗎？」

終於扯到正題了，常三公子也不由覺得事有蹊蹺，忙道：「那美麗的佳人說些什麼？真的都曾提到我嗎？」

沙無赦悠然神往的道：「不會錯，這等大事，我沙無赦若是聽錯，那真要殺勿赦了！是不是？常兄！」

常三公子已無心與他說些節外生枝的話，急忙忙的問道：「她說些什麼？」

沙無赦道：「第一次，她說與你常兄有三更之約，千萬不要耽誤！」

常三公子如夢初醒，但也不由洩了氣。

他先前不知道沙無赦所說的麗人是誰。如今，他已知道乃是藍秀，這與自己父母的事絕對沒有關連，原本緊張的神情，頓時被失望所代替。

這時，沙無赦哪裡曉得其中微妙之處，卻已接著道：「第二次她在上船之時，吩咐一個土老頭，要他留心你的安危。看樣子，常兄！她對你是一往情深，常兄！你的艷福不淺，實在教在下羨煞！人生一世得有如此美人傾心相愛，夫復何言！」

常三公子心想，不愧是回族探花，言談之中不時文謅謅的。

但是，不敢再叫他探花去刺激他。意料中，沙無赦的故事，到此為止，沒有什麼可聽之處。

至於他所說遇上藍秀，又聽到藍秀囑咐陶林之言，諒來不假。否則，沙無赦不會知道三更之約這件事。

而且，沙無赦的著迷藍秀，更是意中之事。藍秀的嫵媚，藍秀的明艷，對每個男人都有不可抗拒的吸引力，自己是曾經滄海的人，

沙無赦何能例外。

想著，常三公子實在無心再聽沙無赦的愛情經歷，也想到灰衣人天下甚多，不可能是這個被一廂情願愛情沖昏了頭的沙無赦。

因此拱拱手道：「沙兄！常某已完全明白，也瞭解你所說的都是事實。可是……」

沙無赦一見常三公子有離去之意，忙攔著道：「常兄！你不能走！」

可能是他情急之下，說著，雙臂一伸，攔在大石的去處，面色十分凝重。

常三公子不悅道：「閣下意欲何為，要攔住在下嗎？」

「不不！」沙無赦搖頭不迭道：「常兄！千萬不要誤會，在下要與你商量的是，你能不能割斷與那姑娘的一段情，給我姓沙的一個機會？」

常三公子不由好笑道：「哦！這就你所說的交易嗎？要是我答應退出，你拿什麼來與我交易，就算我答應你退出，那位姑娘會不會愛你呢？」

沙無赦很有自信的道：「會！一定會！常兄！只要你答應退出，沙某是第一人選。」

常三公子頗覺好笑道：「是嗎？」

「百分之百！」沙無赦朗聲道：「四大公子之中，紀無情名叫無情，當然不懂愛情；司馬駿上

有嚴父，他的婚姻不能自主，不是我還有誰，再說，沙某自信武功文事都不落人後，所以……」

常三公子並不與他辯嘴，卻道：「你拿什麼與我交易？這件事沙兄還沒交代？」

沙無赦哈哈一笑道：「有！我剛才提到的那個孝順的孝字，就是交代！」

常三公子急忙道：「沙兄！你知道我雙親的下落？他們現在何處？快！快告訴我。」

沙無赦道：「當然。不過，常兄！我們是君子協定，你可要言而有信哦！」

常三公子毫無考慮的道：「常某絕非輕諾寡信之人，沙兄請勿惑疑！」

沙無赦大喜道：「沙某信得過！」

常三公子道：「既然如此，現在就請沙兄相告，家母現在何處？」

沙無赦一改拖拉嘮叨的意味，笑著道：「何止告訴你，我這就帶你去見令堂，至於令尊的事，小弟是實話實話，到此刻為止，我還沒有絲毫的音訊！」

常三公子不解的道：「那為何要承擔下來？」

沙無赦自作聰明的道：「我不出這高的籌碼，你常兄會答應退出嗎？哈哈！常兄！為了得到那千嬌百媚的大美人，憑在下的神通，還有我的手下，打探令尊的消息，多則三月，少則一月之內，是生是死，必有確實信息，常兄！這樣我的心才安呀！」

常三公子心知此人已著了迷，分辯是沒有用的，眼前且先見到母親再說，催促道：「沙兄！閒話少說，家母現在何處？她被何人擄去？」

「擄去？」沙無赦忙道：「誤會！絕不是劫持虜擄，是那天小弟見府上火光衝天，存著看熱鬧的心，去看個究竟。不料碰巧遇上，臨時起意，存心想把老太太救出來，料定你必然主動找我。嘿

嘿！常兄！你不會責怪我吧！」

「那怎麼會！」常三公子縱然有一百不悅，也不能說出口來，因為現在母親還在沙無赦的手裡，何況若不是沙無赦，母親可能更不堪設想，追問一句道：「我娘的身體安泰否？人在何處？」

沙無赦道：「沙某深恐你那放火的仇家追蹤找到，因此，在紫金山麓尋到一個尼姑庵，請老太太安頓在庵內，由老尼伺候。常兄！咱們這就去，小弟當面交給你帶回，我的責任算完成了一半！」

常三公子連聲道：「常某感激不盡！」

沙無赦又叮嚀一句道：「至於另外一半責任，多則三月，少則一月，一定有個交代！」

常三公子最怕他再解說下去，拉起他的手道：「我們這就去！」

沙無赦一面彎下腰去要收拾那些碗盤與竹簍，一面好整以暇的道：「這些不能丟，我要用它裝酒菜，每天到這兒來等，等到她以後，告訴她常兄已經退出。」

常三公子真被他滑稽的言語逗得哭笑不得，催促道：「沙兄！小弟明日送你幾百套，用完就丟，免得清洗的麻煩。」

沙無赦已經收拾好了，提起竹簍，笑著道：「走吧！常兄。恭喜你母子馬上要團圓了！」

念在他有援手的一段，又保護著母親安頓在尼庵之中，雖然對他的借機要脅有些不悅，但也莫可奈何，常三公子只有隨口應道：「全仗你沙兄成全！」

這時，天色已將入夜，郊外已無人跡。沙無赦在前，常三公子在後，雖然沒有施展騰挪的輕身

功夫，兩人腳下可都不慢，不到盞茶時分，已到了紫金山下。

沙無赦指著半山腰際的一點燈光道：「喏！常兄，那就是廣慈庵。令慈安全得很，等一下見到之後，你可以當面問明，沙某對她事如尊長！」

「多謝沙兄！」常三公子搶先沿著崎嶇山徑快步如飛，恨不得一步溜進廣慈庵，向母親叩頭請安。

庵內尼姑在做晚課，梵音高唱，木魚清唱，不時一兩聲嘹亮的鐘聲，在晚風中發人清省。

沙無赦上前輕叩門環，庵內老尼迎了出來，打個問訊道：「阿彌陀佛！沙施主你回來了。」

沙無赦拱手還禮道：「師傅！又來打擾了。不知那位常老太太可曾安歇？」

老尼聞言，頷首為禮道：「沙施主！常老夫人已經被人接下山去了。」

此言一出，沙無赦不由一愣，接著回頭向常三公子瞄了一眼，又向老尼道：「什麼時候？是誰來接回去的？」

老尼道：「約莫是午末未初，一位老家人模樣的人，帶著四位姑娘，抬著一頂軟轎接走的，難道沙施主不知道嗎？」

沙無赦可真急了，看看老尼，又看看常三公子，搖頭不住的道：「老師傅！此話當真？」

老尼忙道：「出家人不打誑語。沙施主，你應該信得過貧尼。」

沙無赦轉面向常三公子道：「常兄！難道你是存心戲耍朋友？」

常三公子之所以半晌無言，他在思考，看老尼姑的神情，慈眉善目面帶忠厚誠摯，乃是一個安份守己的出家人，絕非虛偽做作。

而再冷眼觀察逍遙公子沙無赦，也不像是耍詐的樣子，難道說真的是家中人已在自己一大早出門之後，得到了母親的信息，前來接了回去。尤其老尼說一位老家人、四個丫環，抬著一頂軟轎來接走的，更有家中派管家丫頭來接的可能。

因此皺起眉頭道：「沙兄！常某雖然不孝，絕不會借家母之名耍任何花招。是不是舍下派人來接回去的，因為在下清晨就離開家門，現在也一無所知！」

沙無赦十分焦急的道：「我自認十分隱秘，除我以外沒有人知道此事。廣慈庵乃清淨佛地，住持大師以外，僅有兩位小師傅，每隔一月才下山一次。

「常兄！除了府上來接走而外，再也沒有其他人敢來冒充，何況，若不是府上派來之人，老夫人會隨便跟他走嗎？」

沙無赦的話不無道理，常三公子也點頭道：「沙兄言得極是，不過常某返家之後，才能知道。」

老尼合十道：「二位施主請到禪堂侍茶！」

常三公子拱手道：「天色已晚不便打擾，改日同家母再來禮佛答謝。」

說完，有些沮喪的便折身退出庵門。

沙無赦卻追著道：「常兄！我們之間的君子協定，可不能反悔！」

常三公子忙道：「沙兄放心，此時尚未水落石出，假若家母平安回家，不但君子協定不變，還要大大感謝。即使家母又出了岔子，你沙兄援手之誼，又安頓家母免受驚嚇，我常玉嵐也銘刻在心，沒有反悔的道理。」

沙無赦的心上一塊大石這才放下，拱手道：「常兄真乃君子！」

常三公子又道：「小弟這就趕回家去，沙兄，客居在外，恐有不便，不如隨小弟一同回到寒舍，雖然近日遭到回祿，款待沙兄一人，尚可勉強。」

此言正中沙無赦下懷，他原想隨常三公子去常家看個事態的真相，只是不好開口，忙不迭的點頭，口中卻道：「只是太過打擾了！」

常三公子所以邀他一同回家，除了不放棄沙無赦這條線索之外，也有試探他之意。

如今見他一口答應，更加覺得他不是在故弄玄虛，或是有意要奸使詐，也進一步證明母親極可能是被大哥得了訊息，派人接回去了。因此，含笑道：「何言打擾！南來北往同道，常在寒舍盤桓，請吧！沙兄。」

夜色漸濃。

兩人心中都急欲知道老夫人是否已回到家中。

因此，不約而同的展開輕身功夫，哪消片刻，已見到波光粼粼的莫愁湖，沿著柳堤已是常家門前。

自從一場大火之後，常家日夜鳩工修葺，也日夜派人巡守。家人一見三公子回來，連忙上前行禮迎接。

常三公子劈口先問：「老夫人回來沒有？」

誰知家丁搖頭道：「沒有！一點消息也沒有。」

沙無赦不由呆了。

常三公子不便在家丁面前發作，跨步越逾正在修理的幾層院落，反而安慰沙無赦道：「沙兄！金陵是我常家基業所在，出了事怪不得你！」

沙無赦十分懊惱，連連的捶胸蹬足道：「不！常兄，都怪我沙無赦不好，早一天把老太太送回來，也不會發生這種事。常兄！拋開一切不談，我沙無赦也不能栽這個跟頭，不找回老太太，我絕不干休！」

口中說著，摘下腰間紫玉橫笛，迎風虛幌一招，真的像要找人拚命似的。

常三公子道：「天色已晚，我陪沙兄到客房安歇，有話明日再行商量。」

安頓了沙無赦，常三公子到大哥房中，但見常玉峰呆坐在燈前，不住的唉聲嘆氣，迎著問道：「三弟！今天可有什麼發現？」

常三公子將前前後後以及帶了沙無赦回來的種種，簡單說了一遍。

兄弟二人再也想不起來是誰會冒充家人丫環到廣慈庵將母親接走？母親怎會相信接她人的話就跟著走？

真是福無雙至，禍不單行。兩兄弟相對無言。夜風中隱隱傳來常玉岩妻子的哭泣之聲，如怨如訴，如子規啼血，聲聲如同重擊，每一聲都打在常三公子的心頭，好淒涼的寒夜。

北地的冬天似乎來的特別早，凜冽的朔風，揚起了手掌大的鵝毛飛雪，把大地點裝成了玉琢粉

堆的世界。

司馬山莊大廳上燈火通明。十八飛鷹肅立在兩旁，人人噤若寒蟬，個個垂頭無語面帶寒霜。

老莊主司馬長風滿面殺氣，平時和靄可親的假面具，早已抛到九霄雲外，指著大廳正中擺得整整齊齊，滿桌的美酒佳餚，厲聲吼道：「這是為你們準備的慶功宴，你們哪一個有臉吃？哪一個敢吃的，不妨坐下來，老夫我看著你們吃！請呀！」

他那惡狠狠的樣子，每句話都帶著譏笑與諷刺的口吻，沒人斗膽冒死搭腔。

空氣比外面的漫天風雪還要冷，彷彿已結成堅硬的冰塊，死一般的沉寂。

片刻——

哭喪著臉，胸前用白布紮了又紮，綁了又綁傷勢不輕的「千年神梟」苗山魁，齜牙咧嘴的道：「莊主！凡事都有個意外，你……」

司馬長風大吼道：「意外？什麼意外？」

千年神梟嘆了口大氣道：「唉！半路上殺出兩個騷娘們來，不然，我早已把常三那小子給擺平了，事情也不會糟到這種程度！」

「噢！哈哈哈！」司馬長風不怒反笑，仰面打了個乾吼，突然吼聲一收，搖頭晃腦一個字一個字的道：「你在做夢！苗山魁憑你？憑你那幾招野狐禪要擺平常玉嵐，我提醒你，要不是出來兩個女娃兒，恐怕，哼哼！恐怕你比韋長松死得更慘，死得更快！」

「千年神梟」苗山魁似乎並不相信，冷冷一笑道：「好吧！老莊主既然如此說，在下也沒辦法證明，莊主也不必動肝火，慶功酒，我也沒資格吃，只有回轉桂南，再練他個三年五載！」

司馬長風聞言面色一沉道：「回轉桂南？苗山魁！你說你回轉桂南？」

「千年神梟」苗山魁道：「對呀！老莊主！請你把該給我的銀子給我，我立刻回轉桂南，一面養傷，一面再練。要是再有用我之處，隨時聽候召喚！」

「哈！嘿嘿嘿！」司馬長風梟啼鷹嚎的笑聲，令人毛骨悚然，凝視著苗山魁道：「銀子！什麼銀子？」

苗山魁道：「放火的銀子！老莊主！是你親口說的，放火的代價是五千兩，殺死常家一個人是一百兩！照人頭點數。」

司馬長風忽然站了起來，雙肩上提，兩掌作勢，冷森森的道：「你說的沒錯！你知道我要你放火燒的是什麼地方嗎？

「我要你先燒常家的秘室，誰知道你放了半夜的火，就是秘室沒有燒，你分明是與老夫我唱反調，居然還大膽討銀子！銀子在此，你來拿，你來呀！」

他說到銀子在此四個字，兩隻手掌平伸向前，掌向上，腳下一寸寸向「千年神梟」苗山魁移動。兩隻眼睛充滿了血絲，恨不得要把苗山魁一口吞了下去。

「千年神梟」苗山魁見此情景，心知不妙，雖在寒冷的冬夜，也不由順著脊樑骨流出冷汗，忙辯解道：「秘室沒燒另有原故！」

司馬長風腳下略停，喝道：「什麼原故？」

「千年神梟」苗山魁道：「常家有一老管家模樣的人，帶著兩個丫環，護在秘室之外，出手凶猛無比，另外四個丫環把秘室之內的箱籠快速的向外搬運，所以……」

「呸！」司馬長風怒火千丈，呸了一聲道：「你還狡賴，以為老夫是可以哄騙的嗎？常家的老管家只有常福稍微有個三招兩式，哪有凶狠無比的高手。丫頭之中，只有蓮兒四人，都在上房，你鬼話連篇，就該死罪！」

說到這裡，司馬長風的雙掌突然疾翻上揚，作勢就要拍出。

「千年神梟」苗山魁一張圓滾滾的胖臉，立刻成了豬肝色的醬紫，大嚷道：「莊主！我說的是實話，千萬手下留情，苗山魁願一輩子聽你使喚！」

「哦！」司馬長風低聲道：「你以為你苗山魁是英雄好漢嗎？像你這種膿包，司馬山莊用不到你！二次投胎去吧！」

話才落音，但見他左掌一收，右掌凌空下壓，遙遙向已經有些發抖的苗山魁拍去。

咯！一聲脆響，紅的血，白的腦漿，應聲四下飛濺。

「千年神梟」苗山魁連叫都沒來得及叫一聲，腦袋開花，圓圓胖胖的頭，粉碎得齊頸而沒，屍體搖搖晃晃倒在地上，腳都沒彈一下。

司馬長風冷冷的道：「司馬山莊的銀子從來沒有人帶出莊門的，是你自己找死！」

費天行招手喚來兩個血鷹，施了個眼色，命他們把「千年神梟」苗山魁皮球似的屍體拖了出去，恭身道：「解決這等角色，何必莊主你親自動手！」

司馬長風道：「不知死活的毛賊，天行！這次的行動只有你還能使老夫滿意！」

費天行忙道：「莊主的誇獎，一來雨花臺是荒郊野外，一則八桂飛鷹學藝不精，更重要的是莊主神機妙算，所以屬下不費吹灰之力，就給他打發了！」

司馬長風微微點頭，然後對肅立身側久久未發一言的少莊主司馬駿道：「駿兒！你為何始終未發一言？」

司馬駿帶著笑臉道：「孩兒深自反省，此次之所以鎩羽失敗，孩兒也有責任！」

司馬長風道：「能以反省，就是好事！」

司馬駿道：「當時情勢所逼，孩兒實在是怕露了行藏，偏偏那個該死的「摸天靈梟」韋長松又來的太早，我避免跟他聯手，又怕他一時失口叫出我的名字，所以帶著四名血鷹脫離現場！」

司馬長風道：「也許那老太婆的時辰還沒到！」

司馬駿見父親的怒火稍息，湊上前一步道：「爹！孩兒對突然出現的灰衣少年，還有七八個高手少女的來路，至今還想不通。」

司馬長風也皺起眉頭道：「記憶之中，中原武林並無你們口中說的這類高手！」

司馬駿應道：「孩兒也是搜盡枯腸，也找不出一些線索，而且還有那傭人打扮的老者！」

司馬長風追問道：「你也遇上了此人？」

司馬駿不由一懍，自覺幾乎失言，他實在不願把自己遇到陶林的丟臉之事說出來。一來是少莊主的尊嚴與司馬山莊的聲譽，二則怕惹怒了爹爹，所以，趕忙改口道：「孩兒並沒遇到，只是千年神梟的話，一定有些影子。

「常家既然出現了不明來歷的灰衣少年，還有幾個年輕貌美的高手，也就可能有這麼一個老傭人的扎手人物。」

司馬長風連連點頭道：「頗有道理。駿兒！爹心裡好煩，你坐下來，現成的酒菜，陪爹喝幾杯！」

司馬駿對父親是百依百順的，忙應道：「是！」

司馬長風先對侍立兩側的十八血鷹揮揮手，要他們散去，然後對費天行道：「天行，你也去歇著吧！我們父子很難聚在一起，聊聊家務事！」

費天行垂手恭身退去。

司馬駿先把司馬長風面前酒杯斟滿，自己也倒了一杯，站起身來高舉酒杯道：「孩兒敬爹一杯！」

司馬長風一飲而盡，虛按按手示意司馬駿坐下來，然後徐徐的道：「駿兒！你可知道爹要跟你講說什麼？」

司馬駿道：「孩兒愚昧，請爹教誨！」

「孩子！」司馬長風似乎無限感慨的道：「爹爹我闖蕩江湖，創下司馬山莊這點基業，真是吃盡了千辛萬苦。如今這把年紀，還要晝夜奔波，可全是為了保持司馬山莊這點得來不易的虛名！」

司馬駿連忙應道：「這一點孩兒明白，爹的苦心，孩兒焉能不知！」

司馬長風又道：「所謂的名聲，其實，是為了你呀！孩子，爹我是風前燭、瓦上霜，還能活多久？」

司馬駿忙道：「爹！你福如東海，壽比南山，說什麼風前燭瓦上霜，長命百歲永遠不老！」

司馬長風淡淡一笑道：「傻孩子！人生一世，草長一春，這是任何人不能扭轉的道理。

「何況爹幼年吃苦，歷盡了多少折磨，就說現在吧，朝夕不寧，又何嘗過一天的清靜日子。」

「這……」司馬駿欲言又止。

司馬長風一見，不由道：「你有什麼話?為什麼不爽快的說出來呢?」

司馬駿略一思索，低聲道：「爹，依孩兒的笨想，司馬山莊名震武林，在江湖上已經可以呼風喚雨，想什麼有什麼，似乎不必再終日碌碌，鑽鑽營營的鈎心鬥角了。」

「駿兒!」司馬長風的臉沉了下來，但是，也只是一剎那之間的事，立刻感嘆的道：「孩子!這裡面的玄妙，你暫時還不明白。所以，我就是看出你有這個想法，今天才留你陪我，咱們父子好好的聊聊!」

「是!」司馬駿又添滿了酒道：「爹!孩兒知道你是絕對不做沒有道理的事。所以，孩兒從來不問山莊的任何事情。」

司馬長風又大口將杯中酒喝乾，十分嚴肅的道：「駿兒，我不妨明白的告訴你，爹所做所為，完全是為了你，因為司馬山莊未來的主人是你。」

司馬駿忙道：「謝謝爹!」

司馬長風忽然壓低了嗓門，十分鄭重的道：「你對於爹近來的作為，是不是感到奇怪，或是覺得意外，甚而認為有些過份?說!你實話實說，爹絕不怪你!」

司馬駿久久不語，望著父親的臉色，踟躕不知如何開口。

司馬駿自幼沒見過母親，在父親十分嚴厲的管束之下成長，習文、習武、都是父親一手教導。父親，就是他心目中唯一十全十美的典型，養成不可動搖的信念。

除了覺得父親的任何決定都是對的之外，沒有自己的主見，當然更不會對父親有一絲半點存疑

了。

然而，人的意識形態，有其一定的天性，像是石縫中的野草，它會找出一些自己生存的空隙，否則豈不永遠被壓在大石之下，永遠不能發芽茁壯。

司馬駿當然有這樣的潛在意念，只是由於二十餘年來習成的慣性，他不可能在某一點上立刻改變，處處唯命是從，縱然逆來，也只有順受。

司馬長風見他久久不言不語，微笑道：「駿兒！難道對爹還有不便說的話？」

司馬駿吞了一下口水，終於道：「爹！孩兒只覺得……覺得……」

「你覺得怎麼樣？」司馬長風追問著，一雙眼柔和的望著兒子。臉上也有慈祥的笑容。

司馬駿的一顆心才放下來，接著道：「孩兒覺得金陵世家與我們司馬山莊一個天南，一個地北，沒有利害衝突。

「常家是官場中的江湖，我們司馬山莊是江湖中的官府，常家與司馬家交情也不止一朝一夕，爹與常家世伯素稱莫逆，我們後一代雖無深交，那常家三兄弟風評頗佳，為什麼……為什麼……」

他只顧侃侃而談，隱隱中已看出父親的眼神有異，又見父親執著純銀酒杯的左手不知不覺的把酒杯捏得變了形，不由暗吃一驚，望著父親不敢再說下去。

十九　敵友莫辨

司馬長風見兒子失驚的神色，微微點頭道：「我替你說下去。駿兒！你是要說爹爹我為什麼要千方百計的暗暗與常家作對，甚至用盡手段，要使常家家破人亡，對不對？」

司馬駿愕然點點頭，口中卻道：「孩兒知道其中一定大有道理，只是不明白而已！」

司馬長風道：「你會明白，只是不是現在，現在我只能告訴你，我所以這樣做，是為了挽救司馬山莊。假若我不這樣做，司馬山莊立刻要聲敗名裂，不但保不住這點基業，而且會在江湖中永遠消失。」

他說到後來，面色十分凝重，語氣十分認真，彷彿一場大禍就要臨頭，然後目光如炬，盯著司馬駿道：「現在，你該明白了吧！」

司馬駿忙著點頭道：「孩兒明白了。孩兒既是司馬家的後代，為了司馬山莊，粉身碎骨必要盡一分心力。爹！孩兒會爭一口氣，你老人家儘管放心！」

「這樣就好！來！咱父子再乾一杯！」司馬長風換了一個酒杯，自己斟滿先一飲而盡，接著又道：「駿兒！爹對你還有不放心的嗎？明天，你就到南邊去做兩件事，一件、去探聽常家的情形，查出那高手老者的來龍去脈，還有常家秘室的圖籍落在何人之手！第二件、把南蕙送到巢湖狂人堡！」

司馬駿大吃一驚，因為，他對南蕙十分喜愛，這是他活了二十餘年來第一次喜愛一位異性，也是他頭一遭結交的異性，因此道：「爹！為什麼要把她送到狂人堡？」

司馬長風道：「紀無情在狂人堡不分日夜的都叫著南姑娘，南姑娘，除此之外他像一個廢物！」

司馬駿道：「這與南蕙什麼相干？」

司馬長風道：「紀無情既然對南蕙十分嚮往，我們可以用南蕙來控制他，要他為我們司馬山莊所用！」

「爹！」司馬駿雖然一連說了無數的我明白，其實，他並不明白司馬長風內心的詳情，因此，睜大眼睛道：「我們用他幹什麼？」

司馬長風面色微有不愉的道：「用他以毒攻毒，用紀無情對付常玉嵐，不是最好的上上之策嗎？駿兒！你是不是對南蕙已經難捨難分！」

司馬駿本想說一聲「是的！」然而，面對著一向敬畏的父親，他沒有勇氣說出口來。可是，要他把南蕙送給一個瘋漢紀無情，實在是於心不甘。於是，嚅嚅的道：「爹！要是用南蕙來攏絡紀無情，那我們原打算從她身上得到第三部秘笈的計劃，豈不全部落空。」

他這是借題發揮，真正的意思，乃是不願把南蕙送到狂人堡。繞個圈了，找個理由而已。

司馬長風不愧老奸巨滑，他淡淡一笑道：「駿兒！你的心思為父明白。為父的不能不提醒你，假若司馬山莊毀了，你能保得住南蕙嗎？只要保住司馬山莊，憑你堂堂的少莊主，我司馬長風的兒子，天下的美女由你挑選，要什麼沒有？」

司馬駿哪敢說半個不字，只是木訥訥的，站在那兒發呆。

司馬長風又道：「還有，南蕙到了狂人堡，依然在我們掌握之中，你怕她飛了不成！」

司馬駿仗著膽子道：「可是，她已成了紀無情的人，還有什麼用！」

「駿兒！」司馬長風見兒子竟然不像平日唯命是從，在言語上辯起理由來，頓時把臉色一沉，十分不悅的道：「你太令為父的失望了！居然為了一個女人跟我頂起嘴來。」

司馬駿連忙低下頭，垂手肅立道：「孩兒不敢！孩兒錯了！」

司馬長風面色稍霽道：「連紀無情都在我司馬山莊的控制之下，一個南蕙能成什麼大事，到時候你真的喜歡她，還不是你的嗎？沒有出息！」

司馬駿心中雖然覺得父親的話一百個不對，但也不敢有違父命。

只是心裡想：女人不像金銀財寶，可以照樣收回，一旦把自己心愛的人送到另一個男人懷抱之中，即使再要回來，意義就完全不同了。

儘管心裡如是想，但嘴裡卻言不由衷的道：「爹教訓得是，孩兒明日一大早就南下，照爹的意思辦！」

司馬長風這才十分滿意的道：「這樣爹才放心，來！再喝一杯，回房安歇去吧！」

目送司馬駿去後，司馬長風忽然感到一陣無名的淒涼。

偌大的正廳，空洞洞的，殘酒半杯，紅燭一盞，越顯得周遭的淒迷，一口飲盡了杯中的殘酒，有種寥落的悲哀襲上心頭。

他想，司馬駿真的長大了，一向自己指東，他就去東，自己指西，他就去西，從來不曾提出疑問，從來也沒有主見。

如今，有了南蕙，他第一次有了自己的想法，第一次隱隱露出質疑，萬一有一天他……

司馬長風想著，不由重重的迎風揮了一下拳頭，借這一揮，發抒自己內心說不出的憤恨，也表示自己無窮無盡的野心。

然而，人性的善惡，是兩面的，相隔只在一線之間，也是一念之間。

司馬長風有他的野心，也有他與常人無異的善念，對於自己的兒子，無疑的還保持著人性的光輝，寄予無限的期許，希望他能繼承自己的衣缽，把司馬山莊的光榮更加發揚光大。

惟其如此，司馬長風不得不用盡心機，一心想達成自己的願望，不擇手段的維護既有的聲望，甚至比現在更高的地位、更多的財富，更加受人尊敬獨步武林的唯一盟主。

只是，司馬長風心上有一個解不開的死結，在他要達到使司馬山莊永垂不朽，司馬家族永遠執武林的牛耳，必須先解掉這個結，這個難解的死結。

使司馬長風痛苦的是，這個結只有糾結在他自己心中，絕對不能讓第二個人知道，一旦宣揚開來，司馬長風半世的英名固然是付之流水，他一手創下來的司馬山莊也必然毀於一旦。

他要掙扎，不擇手段的掙扎，掙扎出這個死結。

當他一個人靜下來，往往為了這個結，而陷入痛苦的深淵而不能自拔。此時，夜闌人靜，孤獨寂寞一股腦兒襲擊著他。他再一次的沉溺在焦慮痛苦交相煎逼之下。

有了三分酒意，回到從來不准外人進入的臥室，正待點亮燈火。

「我等你很久了！」黑暗中這一聲突如其來。

司馬長風雖然一向冷靜沉著，也不由悚然一驚，已跨進自己房門的一隻腳，慌張的縮了回來。

「怎麼？連我的聲音也聽不出來了嗎？」

司馬長風這時才聽出來是誰的聲音，臉上不由紅一陣白一陣，冷兮兮的道：「是你！你來幹什麼？」

他口中說著，跨步進了房門，摸索著點亮了桌上的油燈。

靠著窗子原本放著一對躺椅，竹子編織成的躺椅，年長月久，已經發亮、發紅，像是深紅色的瑪瑙做成的一樣，既精緻又典雅。

這時，靠著那張竹躺椅上，坐著一個身穿雪白宮裝的婦人，那婦人雪白的頭巾，包得看不見一根頭髮，前面垂下一大幅白紗面巾，把整個臉遮得看不見五官，也看不出年紀。不疾不徐的道：「怎麼？我不能來？」

司馬長風一副無可奈何的樣子，懶洋洋的道：「能來！誰說你不能來？」

白衣婦人幽幽的道：「坐下來，我們好好的聊聊！」

「聊聊！」司馬長風有些不耐煩道：「沒什麼好聊的，我已經醉了！要聊，改天！」

「好！」白衣婦人聞言，並不招惱，十分淡然的道：「既然如此，我去找你兒子聊聊也是一樣！」她說著，施施然站了起來。

「你敢？」司馬長風急忙搶著攔在房門前，面色十分難看，是氣？是怒？是惱？是急？是怕？像是畫家的調色盤，什麼顏色都有，可是又分不清是什麼顏色！

白衣婦人道：「有什麼不敢？看樣子你要拿出本領來攔著囉！」

司馬長風的一張臉漲得發紫，只是，沒有發作。出乎意外的反而苦苦一笑道：「不至於吧！難道我們會動手比劃！不會的，我想是不會的！」

白衣婦人道：「但願不會！可是，狗急跳牆，人急懸樑。急了，什麼事都會做出來，這一點，我想你一定比我還明白。」

司馬長風自己先坐到左首那張竹躺椅上道：「坐下來！聊！聊！你有什麼話，聊吧！」

這分明是一百個不樂意，但又無可奈何。

白衣婦人緩緩的坐下，嘆了口氣道：「唉！你不要用敵對的眼光看我，我並無惡意，假若你把我當敵人看，你會後悔莫及！」

司馬長風冷漠漠的道：「江湖上只有利害，並沒有真正的敵友，敵人也可以變成朋友，朋友又何嘗不能變成敵人？」

白衣婦人似乎十分激動，狠狠的道：「哦！那我們是什麼？」

司馬長風道：「不是敵人，也不是朋友！」

白衣婦人喟然一嘆道：「司馬長風，你錯了，我們絕對不是朋友，在內心中，我們應該是百分之百的敵人，你何必作違心之論呢？」

司馬長風聞言，斜眼看了白衣婦人一下，冷冷一笑道：「這是你的想法，司馬長風從來沒有這個意思！」

白衣婦人道：「真的？」

司馬長風道：「事實為證！還用我揭開來說嗎？我司馬長風的命大，你們沒得手而已！」

白衣婦人道：「我今天就是為了此事而來。那個主子的確有殺你之心，不過，那是過去的事，現在我擔保那位主子不會再恨到非要你的命不可！」

司馬長風搖搖頭道：「我不能憑你一句話，就相信他會改變了心腸，山難改，性難移，我是最瞭解他的人。他所愛的，一定要得到；他所恨的，一定要毀掉，愛之欲其生，惡之欲其死，就是他一生的最好說明。」

白衣婦人彷彿已不耐其煩，語音雖然低沉，但懾人心魄一股威力，聽來不寒而慄，一字一字的道：「知道你會這麼說，我也承認他會那麼做。這就是我老婆子強出頭要跟你一聊的原因。司馬長風！聽你之言似乎認定要走極端了！」

司馬長風忙道：「不！但願彼此相安無事，我是挨打的局面，我一生不做虧本生意！」

「好！」白衣婦人破例的喊了聲好，才道：「總算我聽到了你說出一句真心話，難得！難得！有你這一句話，就不用再聊了。」

司馬長風奇怪的道：「為什麼？」

白衣婦人道：「你要生存，不免要競爭，公平的競爭是應該的，你能說出心裡的話，就是良心未泯！」

司馬長風道：「良心?良心的觀點並不一致，你要插秧希望下雨，我正曬穀不希望下雨，道理是一樣的。」

白衣婦人道：「強詞奪理！司馬長風，你的一生去日苦多，不要把禍留給你的兒子。言盡於此，今後，我可能是無所不在的，你該懂吧！」
她的話才落音，人已站起。
司馬長風只覺眼前白影一晃，連忙道：「你要走了！」
然而，已遲了半步，話沒落音，人影已渺，連房子裡燈光都沒閃動。足見白衣婦人身法之快，武功修為確已到了登峰造極的層次，連司馬長風這等頂尖人物也不由感到驚訝。
他略略一愣之後，也不怠慢，飄身出了房門，幾個箭步，已到了司馬駿的臥室院落，但見臥室內燈火未熄，立刻躡腳走到窗外，就著一線窗格縫隙，向內張望。
原來司馬駿並未入睡，獨自坐在床前，眼望著屋頂發呆。
司馬長風輕叩窗門，低聲道：「駿兒！睡了嗎？」
室內的司馬駿忙道：「爹！你還沒睡，有什麼話要交代孩兒嗎？」
司馬長風推門入內，微笑道：「孩子！我知道你對爹決定把南蕙送到狂人堡很不滿意，是不是？」
司馬駿勉強帶著笑容道：「爹的決定不會錯，孩兒應該遵辦。」
司馬長風點頭道：「孩子！原諒爹！爹所以這樣做，也是萬不得已，事關司馬山莊的生死存亡！」
司馬駿略一思索道：「爹！假若真的如此緊要，孩兒願意與常玉嵐決一死戰，最好不要用南蕙來換取司馬山莊的命運！」
「不！」司馬長風斬釘截鐵的道：「我正是因此而來。從今天起，我們又多了一個強有力的敵

劍氣桃花

人，凡事要小心謹慎，這個敵人功力可是在你我父子之上。」

司馬駿迷惑的道：「爹！那是……」

「我不能立刻告訴你！」司馬長風道：「但是爹從來不危言聳聽。睡吧！你明天還要趕路。」

司馬長風說完，揮揮手，逕自去了。

司馬駿望著爹的背影跨出房門，呆呆的竟然沒有送爹一步，也沒有向爹請一個晚安。本來風流倜儻的翩翩佳公子，竟然像個木雕的偶像似的，對著燈光目瞪口呆，失魂落魄，滿臉的無奈。

二十　四大公子

莫愁湖水依舊，湖濱的枯草衰楊已越發的凋落了。

常家在大興土木，只是，一場火災之後，恢復舊觀也非一朝一夕之事。

好在有常玉峰摒擋一切，完全不用常三公子費神。

他朝朝暮暮的穿大街走小巷，訪酒樓坐茶肆，一心一意的打探母親的下落，也察訪秘室中圖籍冊頁的去處。

又是一個落日映紅的黃昏。常三公子拖著疲乏的身子，剛剛踏進家門。不料，出乎意外見到大廳上與自己大哥對面而坐的，竟是朝思暮想的無情刀紀無情。

這一見真可說是喜出望外，快走幾步一躍進了剛剛修飾整齊的大廳，拱手道：「紀兄，別來無恙，想煞小弟了！」

誰知，紀無情雙目凶光畢露，一臉的怒氣沖天，由座位上一躍而起，戟指著朗笑的常三公子喝道：「常玉嵐，老子總算等到你了！」

這時常玉峰也上前道：「三弟！紀公子已經來了多時，他不接受我的款待，只嚷著要找你算賬。」

常三公子聞言，又見紀無情凶神惡煞的樣子，不由道：「紀兄！你的病情若何？是不是……」

「住口！」紀無情不等常三公子說完，欺身逼近，惡狠的道：「常玉嵐，你不要貓哭耗子假慈悲，交上你這種無情無義的朋友，算我紀無情瞎了眼。今天，第一件事就是與你恩斷義絕，從此之後，你少跟我稱兄道弟，我紀無情沒有你這個朋友！」

常三公子莫名其妙的道：「紀兄何出此言？我什麼地方無情無義？」

紀無情道：「你還想狡辯！我也曾相信過你的花言巧語。可是現在，窮圖匕現，你的假面具揭穿了，再說的天花亂墜，都已無用！」

常三公子料著紀無情曾經發過瘋顛之症，一定尚未痊癒，因此，極盡忍耐的道：「紀兄！有話坐下來，冷冷靜靜的說，常某什麼地方對不起你紀兄，不妨一一指明，若是果真如你所說，常某願意賠罪。」

紀無情冷哼了聲道：「哼！好，我問你，在百花門你明明沒有中毒，為什麼欺騙我？你進入盤龍谷，明明是要奪取秘笈，為什麼說是去找丁定一求藥？你殺了南天雷奪到了秘笈，對不對？」他口中說著，臉上氣得發紫，一雙發直的眼睛充滿了殺氣。

常三公子十分不解，以紀無情的神情來判斷，他的病症並未痊癒，而以他對過去之事的指責，分明是有了記憶，不像是發過瘋的人。

然而，無論如何，總不能不加以解釋，乘著他的話告一段落之時，忙道：「紀兄，中毒之事，你說的不錯，小弟確未染上奇毒，乃是翠玉姑娘存心向善，並非我事先知道或加以預防，至於以後沒向你說明，乃是怕百花門曉得對你我不利！」

紀無情道：「哼！你騙得我好苦，我還把在茉莉屍體上得到的解藥分給你一半。」

常三公子忙道：「在你返回南陽之時，我又原封不動的還給了你呀！紀兄！」

紀無情怒道：「那是你用它不著，我並不領你這份額外的情！」

常三公子百口莫辯，只好道：「紀兄如此見責，常某還有什麼話說。」

紀無情冷峻的道：「今天來不是講交情的，你當初利用紀某連手，要去奪秘笈。紀某當你的保鏢，把你送到蘭封、孟津，你把我支使開去，怕我分一杯羹。今天，我並不想奪什麼秘笈，交給我看看總該可以吧！」

常三公子悻悻的道：「可惜半路旅店遇火，又失落了。」

「哈哈哈！」紀無情仰天打了個哈哈道：「欺人之談，秘笈乃武林至寶，怎會中途失落，你把我紀無情當成三歲孩童？」

常三公子道：「紀兄！小弟句句實言，你若不相信，我也沒有辦法！」

紀無情勃然大怒道：「你沒辦法我有辦法。」說著嗆噹一聲，抽刀出鞘，大喝道：「常玉嵐！亮劍！」

常三公子朗聲道：「紀兄！不要忘了，我們是知己之交，也不要忘了你我曾經三日三夜的意氣之爭，你更不能受人唆使，中了詭計！」

紀無情手中刀在腕力振動之下閃閃生輝，厲聲道：「往事已經恩斷義絕，不必再提！婆婆媽媽紀某最是不屑！」

常三公子見他一副非拚個死活的架式，實在無法遏止，無奈何道：「紀兄！你既是為了秘笈而來，給我一月限期，找到秘笈，情願雙手奉上，以明小弟心跡！」

紀無情道：「你怕！還是要用緩兵之計？我明白的告訴你，要秘笈的不是我，是秘笈的正主兒。」

常三公子不由大喜道：「你說南蕙！她人呢？我正在找她！」

紀無情咬牙切齒的道：「常玉嵐，你好詐，你們母子把她逼走，現在又說四處找她，難道是想殺人滅口不成？未免忒也心狠手辣了吧！」

常三公子忙道：「從何說起！常某豈是你所說的那種人。」

紀無情咄咄逼人的道：「常玉嵐，你還算人嗎？」

常三公子也忍到了極點，大聲道：「紀兄！」

一邊的常玉峰見弟弟被人當面一再喝叱，連不是人都罵出口來，再也按不住怒火，大吼道：「姓紀的！你把金陵世家當做了什麼，登堂入室一再放肆，未免欺人太甚！」

紀無情不屑的道：「你也有說話的份兒？」

常玉峰當著許多下人之前，怎能不勃然大怒道：「這兒本公子就是主人！」

紀無情冷笑道：「嘿嘿嘿！紀某看來一文不值！」

常玉峰聞言，忍無可忍，撩起衣角，錯掌撲向紀無情，左右齊施，分上中兩路襲至。

紀無情鼻孔中哼了聲，揚起手中刀，不用刀刃，翻腕硬向常玉峰左臂砸去，快如電閃，厲同風雷。

常三公子一見，大叫道：「大哥！快退！」

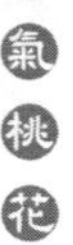

然而兩人都是氣極之下有進無退。

常玉峰慘厲一聲驚呼，左肩被刀背砸了個正著，雖未皮開肉綻，似乎已骨斷筋折，一連倒退五步，才倚在屏風架上，跌坐當場，臉上疼得汗珠下滴。

常三公子心如刀割，眼見好友翻臉成仇，已是情難以堪。

如今又見大哥出手一招身受重傷，若是再忍下去，金陵世家的威嚴蕩然無存，而且看紀無情的來勢，也不會就此罷手。

因此，大聲喝道：「紀兄！你未免把事也做絕了，常某一再忍讓可不是怕事！」

紀無情一招得手，氣焰更高的道：「縮著頭是沒有用的。亮劍！」

常三公子道：「念在昔日交情，常某不用動劍！」

紀、常兩人論交之前，原曾惡鬥三日三夜不分軒輊，傳為武林佳話，也奠定了兩人惺惺相惜的生死之交。如今常三公子竟然說不用動劍，在紀無情心中覺得常三公子看不起他。因此，怒吼道：

「你口出狂言，那是自己找死！」

斷喝聲中，搶刀搶攻，一招情關難渡，連刺帶挑直搗常三公子中庭大穴，致命的部位。

常三公子不容思考，左掌虛晃，引開刀勢，右掌覷出空位，猛地印出。

這一招雖不惡毒，但卻是自然的反應，妙到毫顛的式子，加上紀無情雖曾與常三公子拚過三日夜不分勝負，只是對常家劍法十分瞭解。

而常家的斷腸劍法，只有七招，反覆使用，靈活調配，招式雖然變化莫測，卻是在七個式子之內，參透了自然容易破解。

而今，常三公子奇招突出，又是血魔秘笈第二部所載的絕學，紀無情哪知就裡，急切之間大叫一聲：「不好！」急忙抽刀後退。

可是，常三公子的掌勢如同排山倒海，破風聲中，拍出的右掌忽然一收，右腳墊步半跳半跨，連環使用之下，一口氣已發出五掌。

但聽啪一聲悶響，紀無情脅下已挨了一掌，站立不穩，跌坐在太師椅上。就連檀木堅固的太師椅也被震壓得支離破碎。

常三公子撤掌疾退，朗聲道：「承讓了，紀兄！」

受傷的常玉峰一見紀無情跌翻在地，掙扎著起來，齜牙咧嘴道：「三弟，對這等狂徒，何必留情！」

常三公子苦苦一笑道：「大哥！紀無情他是神經錯亂，情有可原。」

常玉峰不服氣的道：「什麼神經錯亂，上門找岔，咄咄逼人，分明沒把金陵常家放在眼內。」

他說著，忍著肩痛，從桌上抓過長劍，就待刺向跌坐不起的紀無情。

忽然，嬌叱聲起，南蕙已由門外一躍而入，吼道：「住手！」

常三公子一見，大喜過望，上前叫道：「南姑娘！你這些日子到哪裡去了？」

不料南蕙冷冷的道：「怎麼？除了你們金陵常家，難道我就沒有棲身之所嗎？難怪你們一家上下都欺負我！」

常三公子急呼呼的道：「南姑娘！你何出此言，自你不聲不息的一走，我找得你好苦！」

南蕙搖頭不已的道：「找我？是不是要說我偷走你們金陵世家的金銀財寶，把我捉回來審問？」

常三公子陪著笑臉道：「你的誤會太大也太深，難道你對我完全不瞭解？完全沒有信心！」

南蕙緩緩的走向紀無情，口中卻道：「先前我有，現在，哼哼！看穿了之後，我還有信心嗎？那未免傻得太離譜了。」

常三公子心中十分難過道：「南姑娘！你這話從何而起？」

南蕙緊接著道：「由你而起！」

常三公子道：「我更不明白了。」

南蕙一面扶起口角滲出血絲的紀無情，一面道：「我明白，要不要我一條條的說出來！」

「最好！」常三公子點頭不迭道：「有話說出來，我可以解釋，放在心裡，難免造成不瞭解的誤會。」

南蕙從腰間錦囊內取出兩粒傷藥，塞進紀無情口中，將扶著倚靠在另一張太師椅上，纔慢慢的道：「我爹隱居洗翠潭近二十年相安無事，為什麼你一到，就糊裡糊塗的遭了橫死！」

常三公子大驚道：「難道你疑惑南老前輩之死與我有關？」

南蕙道：「目前還沒有證據，總有一天我會查出來，替他老人家報仇，在沒找到真兇之前，你也脫不了干係，等著好啦！」

常三公子不由幽幽一嘆道：「跳到黃河也洗不清，原來你對我誤會這麼深，好的！你也明察暗訪，我也不會放鬆，我們一定要找出真兇，替南老前輩報仇，解釋我們之間的誤會！」

南蕙淡然的道：「那是我的事，我自己會了斷，不用你三公子費神！」

態度的冷漠，語氣的疏遠，都使常三公子十分難過。

他無可奈何的道：「南蕙！相隔不久，你態度變得如此之快，難道我們之中的感情真的就到了視同陌路的一般嗎？」

不料，南蕙把面色一沉，嬌喝聲道：「變的是你常玉嵐，不是我南蕙，反而你說我變了，真是惡人先告狀，不是太假了嗎？」

常三公子忙道：「我變？我哪裡變，到現在為止，我並沒變！」

南蕙氣得花容變色，鐵青著臉道：「你呀，你早就變了，人有人證，物有物證，你居然還想狡賴！

「常玉嵐，你以為我南蕙是山野長大的傻瓜，是好欺負的對不對？不錯，我是傻瓜，可惜你的狐狸尾巴露得太早了一些，不然，姑娘我也會上當的。」

她娓娓道來，有十分的委屈，也有十分的氣惱，更有十分的哀怨。

常三公子不明白她的話從何而來，怔怔的道：「我不明白你說的是什麼？什麼人證物證？」

南蕙道：「不明白還是裝糊塗？」

常三公子道：「真的不明白。」

「好！」南蕙雙手插腰，挺起胸膛理直氣壯的道：「你劍繐就是物證，江上碧就是人證，你對我好，原來是假的，卻用劍繐定情，把我這個傻丫頭蒙在鼓裡，現在明白了嗎？」

常三公子真是啼笑皆非，忙道：「原來是這件事，南姑娘，劍繐之事，本身就是一個陰謀。」

南蕙道：「陰謀？誰能把你貼身的劍繐偷去、搶去？這是陰謀嗎？騙去？你是三歲小孩還是沒

見過世面的三家村野人？你說呀！」

常三公子搖頭道：「南姑娘，在下做夢也想不到你會為這事對我如此！」

南蕙益發聲嗔道：「原來你心目之中，根本就沒有我南蕙存在！」

「這……」常三公子停了一下道：「這完全是風馬牛不相及的兩碼子事。南蕙，我一直把你當成小妹妹看待，是個親近的朋友，也是兄妹的情誼。」

「住口！」南蕙是天真，也是耿直，她嬌叱道：「男女之間感情就是愛，我們不是兄妹，你不必逞口舌之利。

「我爹臨死之前，將我託付於你，你有沒有說把我當妹妹看待？你為何不當著我爹面前，說我們將要結為兄妹？」

她十分激動，是感嘆自己的身世，也是訴說自己內心的痛苦。

一個天真無邪的姑娘，在遭到她已認為是初戀情人的變心，其所受的打擊，當然是無比的沉重。

而常三公子又說是兄妹之愛，更使她有受騙的感受，被侮辱愚弄的悲哀。

因此，她哇的一聲，哭了起來，泣不成聲的道：「好！算我南蕙一廂情願，存心想高攀你金陵世家的貴公子。」

女人的眼淚，是最難以抵擋的武器。

常三公子被南蕙一哭，急得手足無措，不知如何是好，連聲道：「你這算什麼？有話好講。」

南蕙邊哭邊道：「沒有什麼好講的，拿來，還我的幾張破鹿皮，你走你的陽關道，我過我的獨木橋，從此以後，井水不犯河水。」

常三公子不住的搓手道：「我已經丟了！」

「丟了！」南蕙突然哈哈大笑道：「哈哈哈！那是秘笈，不是一兩銀子就可買一大疊的鹿皮，丟了，你說的未免太輕鬆了吧！」

常三公子道：「實在是丟了，那客店中的一場大火，你是知道的。」

「啐！」南蕙抹去淚水，重重的啐了一聲道：「你不覺得你的謊言有漏洞嗎？」

常三公子愕然道：「什麼謊言？什麼漏洞？」

南蕙道：「一場大火，應該是燒了，怎麼說丟了。誰會相信。但是，智者千慮必有一失，你說丟了，那你剛才打傷紀公子的一招，是從哪裡學來的？」

常三公子想不到自己的真心話聽在南蕙耳中卻是漏洞百出，處處是毛病，無奈苦笑著道：「沒燒掉，因為大火之後，我的床鋪倖存，放在枕頭下的秘笈卻不翼而飛。」

南蕙不相信的道：「既然如此，當時你為何沒有提起，秘笈被盜並不是小事呀！」

常三公子道：「我是怕你生氣，又怕你焦急，所以才好意的不讓你知道，想不到現在反而成了我的罪惡。」

南蕙道：「既然你那裡早就丟掉，適才那一招絕學，又是怎麼解釋？」

常三公子實話實說道：「慶順客棧，無意之間，發現一套紅衣，還有秘笈的抄本。」

「太巧了！」南蕙冷冷的道：「好一個無意之間，而且又是客棧。常玉嵐！你舌燦蓮花也罷，真情實話也好，我只問你一句話！」

常三公子道：「請問！」

南蕙侃侃而談道：「受人之託，忠人之事。我爹把秘笈交給你，你該不該原物奉還，一頁不少的交給他的女兒？」

常三公子道：「應該！」

南蕙道：「好，拿來！」

常三公子一時語塞，訥訥的道：「南姑娘！實在是丟了。不過，你說得對！受人之託，忠人之事，我答應只要我常玉嵐有一口氣在，一定要把原物找回來，哪怕是粉身碎骨在所不計！」

他無論態度、神情、語氣，都十分誠懇。

南蕙不由嘆息聲道：「唉！姑且相信你一次。還有就是紀無情挨你一掌傷勢不輕，我不能耽擱了他的治療。今天的話，你要記好，秘笈我是要定了！等你通知我會來取，你不通知，我也會再來要！」

她說著，雙手扶起喘息不已的紀無情，溫柔的道：「紀大哥！你撐著點，我們走。」

「慢著！」

喝阻聲中，逍遙探花沙無赦急步而來，迎著南蕙兜頭一揖，喜不自禁的道：「有緣千里來相會，姑娘，我可算找到你了。」

他冒冒失失的又轉面對常三公子道：「常兄，你要言而有信，我們的君子協定你不會食言背信吧！」

常三公子心知他是誤把南蕙當成了藍秀，忙道：「沙兄！你誤會了。」

「哈哈哈哈！」沙無赦仰天長笑道：「常兄欺人太甚，我沙某的這雙眼睛是不會騙我的。耳聽是虛，眼見是實，是不是？」

他說完，又十分不悅的指著紀無情道：「他是何人？你為何這麼降貴紆尊親自攙扶著他？」

南蕙奇怪的道：「閣下何人？我們在何處見過了嗎？」

沙無赦連連點頭道：「見過！見過！我見過姑娘，姑娘可能沒見過在下，難怪你不知道。「在下西北沙無赦，人稱逍遙公子，又是一個特賜探花。不過，我不喜歡別人叫我探花！卻很願人家把我與其他三人並稱為武林四大公子。」

他口若懸河的說著，南蕙不由好笑道：「哦！你見過我？」

沙無赦忙道：「姑娘是不是姓藍？」

南蕙點頭道：「不錯！小姓南。」

沙無赦喜形於色道：「那就絕對錯不了。姑娘！這受傷的是何人？」

常三公子插口道：「四大公子之一的紀無情。」

沙無赦一聽，十分不悅道：「常兄！你我有君子協定，藍姑娘已經是屬於我的，紀無情算什麼東西，他憑什麼資格要我的藍姑娘攙著他。」

他口中說著，手下也沒歇著，一手拉著紀無情，另一手就要把南蕙推開。

南蕙勃然大怒道：「放肆！你要怎樣？」

沙無赦是色迷心竅，還笑瞇瞇的道：「我與常三公子已經有了君子協定，你藍姑娘已經是我的人了。誰也搶不走、奪不去！」

南蕙更加氣惱，狠狠的盯了常三公子一眼，不怒反笑著對沙無赦道：「真的嗎？常玉嵐有什麼資格把我讓給你，你又有什麼資格要我？」

話聲未落，忽然翻掌向身前的沙無赦出其不意的拍去。換了別人，這一掌會拍個正著，非死必傷。

只是逍遙探花沙無赦也非吳下阿蒙，急切間身子仰天倒下，就地一個翻滾，人已滾出丈餘之外。

南蕙不由盈盈一笑道：「不是探花，卻像一條懶驢，就地打起滾來！」

沙無赦是救命要緊，使出一招武林中不齒的懶驢打滾，被南蕙這麼一描，臉上甚為掛不住。他不找南蕙，反而臉紅脖子粗的對常三公子道：「常三公子！想不到你騙人騙到我沙無赦的頭上來了。」

常三公子先受了紀無情一頓逼迫，又被南蕙奚落了一陣，滿腔怒火原本無處發洩，哪能再忍耐沙無赦的口無遮攔，因此，沉下臉來，怒喝道：「你自取其辱，怪得誰來！」

沙無赦在心嚮往之的意中人面前，自然不肯示弱，也大聲道：「難道你沒騙我？」

南蕙見沙無赦一味蠻橫，冷冷的道：「把姑娘當成了交易的貨物，就饒不得！」

她說著，一振雙掌，作勢欲起！

常三公子忙道：「紀公子傷勢要及早醫治，姓沙的交給我。」

說著，一步一步，緩緩的向沙無赦走近，低沉沉的道：「這兒是金陵世家的大花廳，可不是西北蒙古包前的放羊場。沙無赦，不教訓你你也不知天有多高地有多厚！」

沙無赦從腰際抽出紫玉橫笛，不迎戰常三公子，反而擋在門前，攔住南蕙的去路道：「放下紀無情，藍姑娘，隨在下回西北去！」

南蕙也是積怒難消，聞言道：「可以，你能接下姑娘的十招，我就跟你走。」

這位刁蠻姑娘話出掌振，話沒落音，掌勢已發，雙掌鐘鼓齊鳴勢若迅雷。

沙無赦已經領教過，早已預防，玉笛護住面門，斜飄七尺，堪堪跳出掌風之外。

常三公子朗聲道：「南姑娘，你護著紀公子先走！我奉陪沙無赦幾招。」

南蕙回頭看看半倚半臥的紀無情，傷勢真的不輕，面如黃臘，嘴唇發白，只好扶起來，對常三公子道：「我早晚會再來找你，你要找我到狂人堡來。」說完向外走去。

沙無赦還待上前攔阻，常三公子怒喝聲道：「姓沙的！我看你有點不識時務。」

常三公子遊身急飄，擋住了沙無赦，讓開一條去路，一面從懷內摸出一包療傷藥粉，丟向南蕙道：「接住！這是特製的活血療傷藥，用陰陽水分三次服下。」

一面攔住沙無赦一面丟藥，另一隻手也沒閒著，輕舒臂，五指如鈎，認定沙無赦拿紫玉橫笛的那隻手抓去，一氣呵成，既狠又準。

沙無赦眼看腕脈就要被抓，一驚非同小可，玉笛急收，旋風晃身，人已縱出花廳。

這時常家八個護院武師，率領數十壯漢，各持傢伙早已圍聚在院落之中，一見沙無赦躍出，發聲喊，各亮兵刃，將他圍在核心。

常三公子追蹤而出，大吼道：「沙無赦，不得傷我家丁！」遂即又招呼眾人道：「在一旁看熱鬧好啦！不准任何人動手，看我拿下這個西北野回回。」

沙無赦在西北也有威靈顯赫的世家，乃是回王之子，又是朝廷的恩科探花，自命不凡的人物，聞言豈能不惱？

他橫笛當胸，戟指著常三公子道：「少吹大話，亮劍！」

常三公子道：「本公子念著與你無怨無尤、沒仇沒恨，無心傷你，無奈你不識時務，只想略施薄懲，並不需要動劍！」

沙無赦大怒道：「好狂！接招！」

他的話出，一根紫玉橫笛也隨之而發，帶起一陣破風厲哨，直點常三公子的面門。

請續看《劍氣桃花》之三

臥龍生精品集 58

劍氣桃花（二）

作者：臥龍生
發行人：陳曉林
出版所：風雲時代出版股份有限公司
地址：10576台北市民生東路五段178號7樓之3
電話：(02) 2756-0949
傳真：(02) 2765-3799
執行主編：劉宇青
美術設計：許惠芳
行銷企劃：林安莉
業務總監：張瑋鳳
封面原圖：明人入蹕圖（原圖為國立故宮博物館典藏）

出版日期：2020年1月
ISBN ：978-986-352-783-1
風雲書網：http://www.eastbooks.com.tw
官方部落格：http://eastbooks.pixnet.net/blog
Facebook：http://www.facebook.com/h7560949
E-mail：h7560949@ms15.hinet.net
劃撥帳號：12043291
戶名：風雲時代出版股份有限公司
風雲發行所：33373桃園市龜山區公西村2鄰復興街304巷96號
電話：(03) 318-1378
傳真：(03) 318-1378
法律顧問：永然法律事務所 李永然律師
　　　　　北辰著作權事務所 蕭雄淋律師

行政院新聞局局版台業字第3595號 營利事業統一編號22759935

國家圖書館出版品預行編目資料

劍氣桃花（二）／臥龍生著. --初版. 臺北市：風雲時代，2019.12-　冊；公分

ISBN 978-986-352-783-1 （平裝）

863.57　　108019068